阅微草堂笔记 译注

（清）纪昀 著
绿净 译注

北京联合出版公司
Beijing United Publishing Co.,Ltd.

目录

滦阳消夏录

如是我闻

槐西杂志

姑妄听之

滦阳续录

前　言

《阅微草堂笔记》是清代纪昀晚年写成的笔记小说。自乾隆五十四年至嘉庆三年，前后历时九年有余。原书共有二十四卷，近一千二百则故事，内容包括《滦阳消夏录》六卷，《如是我闻》四卷、《槐西杂志》四卷、《姑妄听之》四卷、《滦阳续录》六卷，由纪昀门人盛时彦编纂校订。故事来源丰富，上至达官贵人下至仆役、贩夫走卒等，都为他提供了创作素材，因此内容广泛，深刻地反映了清代驳杂的社会生活、人情风貌。

清代是中国文言小说的一个高峰，《阅微草堂笔记》与蒲松龄的《聊斋志异》是其中齐名的翘楚之作，也是当时的畅销书，几乎达到了家置其书的热销程度。它们各有千秋，分别代表了清代文言小说的两大流派。《聊斋志异》文笔细腻，情节曲折；而《阅微草堂笔记》体现作者“尚质黜华，追踪晋宋”的追求，文风恬淡雍容，天趣盎然，语言简朴生动，但有时过于简单，失去韵味，这也成为此书的一个缺点。

鬼狐志异是书中重要的表现内容。在这里，纪昀表现了他矛盾的思想，他既相信鬼狐的存在，又对这种迷信持有怀疑态度。他笔下的鬼狐，寄寓了他对现实的思考和对社会的批判。而更多时候这些鬼狐展现了可爱的一面，人反而不如鬼狐，善良的鬼狐乐善好施，给冰冷的人情注入了一抹温暖的亮色；正义的鬼狐惩罚恶人，给黑暗现实中被侮辱的人以帮助，实在大快人心；更有明白事理的鬼狐，处处给迷惘中的人以点拨，让人恍然大悟，弃恶从善。鬼狐虽然可怕，却不欺善者。更多的人狐爱情故事中，狐仙虽然是为采补精气，却也表现了对爱情热烈追求的一面。社会中的种种阴暗，即使在鬼界也不能避免，故事里的冥界官吏争相倾轧，贪财好利，无疑是对现实的侧面反映。总的说来，鬼狐内容体现的是惩恶扬善的劝教效果，因果报应的理论对当时的世风也有警示作用。

对于被压迫、被欺凌的妇女，书中多有描写。在那些触目惊心的故事中，作者对动辄被卖、被杀、被欺负的女子给予了最深切的同情，并对那些侠肝义胆、聪明善良、正气凛然的女子表示由衷的敬佩。假道学也是作者攻击的对象，对于道貌岸然、内心污浊而不知廉耻的道学家们，作者写了无数故事让他们丑态毕露，无脸见人。作者还对富贵权势阶层的荒淫腐朽、地痞恶少以及劣奴巫婆等人的流氓行径、士子的误入歧途等有不同程度的揭露、批判和劝诫。对动物的怜悯体现了作者的慈悲心肠，不少动物在他笔下被赋予了人的感情。对山河景色的精彩描摹，又体现出作者对自然的热爱赞美。全书内容丰富，包罗万象。

清初统治者厉行文字狱，动辄凌迟处死或株连九族。在这样的环境下，作者不顾随时有可能招致的祸患，在书中或直接描写，或辛辣讽刺，抨击了官场黑暗、道士虚伪、拐卖妇女、剧盗横行等社会丑态，令人十分敬服。鲁迅评价道："他生在乾嘉间法纪最严的时代，竟敢借文章攻击社会上不通的礼法，荒谬的习俗，以当时的眼光去看，真算得很有魄力的一个人。"（《中国小说的历史变迁》第六讲）

总的来说，《阅微草堂笔记》展现了作者通达开明的写作态度，但我们不能由此说《阅微草堂笔记》就是一部没有瑕疵的完美之作，由于社会历史的局限，其中也有不少糟粕。比如宣扬家仆应忠于主人、妇女应三从四德、守节殉夫值得褒扬等封建伦理道德思想，动辄以因果报应说教，抨击劳动人民的反抗，以维护封建统治秩序。

因本书篇幅所限，还有许多精彩的文章并未入选，而所选文章，思想和艺术多不能兼美，作者消极落后的思想时而掺杂其中，读者需辩证看待。选本文意力求流畅，但篇幅仅及文言原著十分之一二。此选本以道光十五年刊本为底本，参考多部新旧《阅微草堂笔记》及其相关研究成果，对此谨致谢忱。若有不当之处，敬祈读者朋友批评指正。

绿净

2013 年 3 月

溧阳消夏录

黑烟学究

爱堂先生言：闻有老学究夜行，忽遇其亡友。学究素刚直，亦不怖畏，问：“君何往？”曰：“吾为冥吏，至南村有所勾摄，适同路耳。”因并行，至一破屋，鬼曰：“此文士庐也。”问何以知之。曰：“凡人白昼营营[①]，性灵汩没[②]。惟睡时一念不生，元神朗澈[③]，胸中所读之书，字字皆吐光芒，自百窍而出，其状缥缈缤纷，烂如锦绣。学如郑、孔，文如屈、宋、班、马者，上烛霄汉，与星月争辉。次者数丈，次者数尺，以渐而差，极下者亦荧荧如一灯，照映户牖[④]。人不能见，惟鬼神见之耳。此室上光芒高七八尺，以是而知。”学究问：“我读书一生，睡中光芒当几许？”鬼嗫嚅良久曰[⑤]：“昨过君塾，君方昼寝。见君胸中高头讲章一部，墨卷五六百篇，经文七八十篇，策略三四十篇，字字化为黑烟，笼罩屋上。诸生诵读之声，如在浓云密雾中。实未见光芒，不敢妄语[⑥]。”学究怒叱之，鬼大笑而去。

注释

①营营：忙忙碌碌而不知道休息。

②汩 gǔ 没：埋没。

③元神：道家语，指人的灵魂。

④户牖 yǒu ：门窗。

⑤嗫嚅 nièrú ：想要说话但又吞吞吐吐不敢说出来。

⑥妄语：说谎。

译文

爱堂先生说：听说有一位老先生在晚上走路，忽然遇见了他亡故的好友。老先生平常性格刚直，也不害怕，问道："你去哪里？"对方说："我是阴间的小吏，到南边村里去勾人魂魄，恰好与你同路。"于是二人一起行走，来到一间破屋，鬼说："这是文人的房间。"老先生问他怎么会知道。鬼说："人们在白天都忙碌奔波，性灵全被埋没。唯独睡觉时，任何杂念都没有，灵魂清朗明澈，所读过的书，字字都吐露出光芒，从他身上的百窍透出去，缥缈缤纷，文辞灿烂如同锦绣一般。有学识的人例如郑玄、孔颖达，有文采的人例如屈原、宋玉、班固、司马迁，他们的光芒直冲云霄，与星月争辉。较次的，光芒有几丈高，再次的有几尺高，依次递减，最次的犹如一盏荧荧灯火，映照门窗。人们看不到这些，只有鬼神才能见到。这个房间上空的光芒高达七八尺，因此得以知道。”学究问：“我一辈子读书，睡觉时光芒有多高？”鬼吞吞吐吐，很久才说：“昨天路过你的私塾，看见你正在午睡。你的胸中有一部鸿篇巨著，有墨卷五六百篇，经文七八十篇，策略三四十篇，字字化为黑烟，笼罩在屋上。众多学生的朗诵声，好像在浓云密雾中。实在看不见光芒，不敢说假话。”学究听完后愤怒地斥责鬼，鬼却大笑着远去了。

菜人

景城西偏，有数荒冢，将平矣。小时过之，老仆施祥指曰：“是即周某子孙，以一善延三世者也。”盖前明崇祯末，河南、山东大旱蝗，草根木皮皆尽，乃以人为粮，官吏弗能禁。妇女幼孩，反接鬻于市[①]，谓之菜人。屠者买去，如刲羊豕[②]。周氏之祖，自东昌商贩归，至肆午餐。屠者曰：“肉尽，请少待。”俄见曳二女子入厨下，呼曰：“客待久，可先取一蹄来。”急出止之，闻长号一声，则一女已生断右臂，宛转地上；一女战栗无人色。见周，并哀呼，一求速死，一求救。周恻然心动，并出资赎之。一无生理，急刺其心死。一携归，因无子，纳为妾。竟生一男，右臂有红丝，自腋下绕肩胛，宛然断臂女也。后传三世乃绝。皆言周本无子，此三世乃一善所延云。

注释

①反接：将双手反绑在背后。接，连接。鬻：卖。

②刲 kuī：割；刺杀。豕：猪。

译文

在景城偏西的地方，有几座荒弃的坟冢，快和地面一样平了。我小时候路过这里，老仆人施祥指着它们对我说："这里埋的是周氏的子孙，因为他行了一件善事，福祉绵延了三代。"那是在明朝崇祯末年，河南、山东大旱，蝗虫肆虐，草根树皮都被人们吃光了，最后竟然把人肉作为食物吃掉，官吏都不能禁止。妇女小孩被反绑着手放到集市上叫卖，这就是所谓的"菜人"。屠户把这些菜人买走，像宰杀猪、羊一般将他们杀死。周氏的祖宗去东昌做生意回来，到一家饭馆里准备吃午饭。屠夫说："没有肉了，请稍等片刻。"不久他拖着两个女子进了厨房，高声说道："客人久等了，可先割一只蹄子来。"周氏急忙出面阻止，听得一声惨叫，一个女子已经生生断掉了右臂，疼得在地上打滚。另一个女子吓得浑身颤抖，面无血色。看到周氏进来，两个女子一起哀叫，一个哀求赶紧杀了自己，另一个求救命。周氏不禁动了恻隐之心，出钱赎下了这两名女子，一个女子没有生还的希望，刺中心脏而死；另一个被周氏带回家中，因周氏没有儿子，于是纳她为妾。不久后，竟然生了个儿子。儿子的右臂上有条红线，从腋下一直绕到肩胛，就好像那个断臂女子的情形。后来周氏传了三代香火。人们都说，周氏本来没有儿子，之所以会绵延三代是得益于他所做的这一件善事。

无赖吕四

沧州城南上河涯，有无赖吕四，凶横无所不为，人畏如狼虎。一日薄暮，与诸恶少村外纳凉，忽隐隐闻雷声，风雨且至。遥见似一少妇，避入河干古庙中。吕语诸恶少曰：“彼可淫也。”时已入夜，阴云黯黑。吕突入，掩其口，众共褫衣沓嬲[1]。俄电光穿牖，见状貌似是其妻，急释手问之，果不谬。吕大恚，欲提妻掷河中。妻大号曰：“汝欲淫人，致人淫我，天理昭然，汝尚欲杀我耶？”吕语塞，急觅衣裤，已随风吹入河流矣。旁皇无计，乃自负裸妇归。云散月明，满村哗笑，争前问状。吕无可置对，竟自投于河。盖其妻归宁②，约一月方归。不虞母家遘回禄③，无屋可栖，乃先期返。吕不知，而遘此难。后妻梦吕来曰："我业重，当永堕泥犁。缘生前事母尚尽孝，冥官检籍，得受蛇身，今往生矣。汝后夫不久至，善事新姑嫜，阴律不孝罪至重，毋自蹈冥司汤镬也④。"至妻再醮日⑤，屋角有赤练蛇垂首下视，意似眷眷。妻忆前梦，方举首问之。俄闻门外鼓乐声，蛇于屋上跳掷数四，奋然去。

注释

①褫 chǐ：脱去。嬲 niǎo：戏弄。

②归宁：女子回娘家。

③遘 gòu：遇，遇到。回禄：相传为火神的名字，引申指火灾。

④汤镬 huò：指用滚烫的水煮人的酷刑。

⑤再醮 jiào：女子再嫁。

译文

沧州城南的上河边上，有个无赖叫吕四，凶横野蛮无恶不作，人们害怕他就好像惧怕虎狼一样。一天傍晚，他与几个恶少在村子外面乘凉，突然隐隐约约听见了雷声，风雨马上就要来了。（这时）远远地看见一个少妇，躲避在河岸边的古庙里，吕四对众恶少说道:“那个女人可以奸淫。”当时已经是晚上，阴云密布，天色昏暗，吕四突然冲进去掩住了少妇的嘴，其余的人一起脱她的衣服，并调戏她。不一会儿，闪电穿入窗户内，吕四见少妇的样貌好像是自己的妻子，急忙松手问她，一问才知道果真没错。吕四十分恼怒，想要提着妻子扔到河里去，妻子大声哭号道:“你想要玩弄别人，结果却使别人奸淫我，天理昭昭，你还想杀我吗？”吕四一时语塞，急忙寻找她的衣裤，但衣裤已经随风飘落到河中了。他没有办法，只好自己背着赤裸的妻子回家了。这时云雾散开，月光清明，全村的人都喧哗讥笑，争着上前询问状况。吕四无话可答，竟然投河自尽。原来他的妻子回娘家探亲，约好一个月后才回来，没有想到娘家遭遇了火灾，没有地方住，只好提前返回家。吕四不知情而造成了这件丑事。后来妻子梦见吕四对她说:“我罪业重，应当永远堕入地狱，只因生前对母亲尚能尽孝，冥官检查籍册时说我将转生为蛇，现在要去投胎转生了。你的后夫不久就会来，你要好好侍奉新的公婆。阴间的律令规定，不孝罪业最为深重，不要让自己蹈入阴曹地府的汤锅里。”到了妻子再嫁的日子，妻子看到屋角有条赤练蛇，垂着头向下看，好像依依不舍的样子。妻子回忆起之前做的梦，正要抬头问它，忽然听到门外传来的鼓乐声，蛇在屋上跳了几下，便迅速地逃走了。

郑苏仙

北村郑苏仙，一日梦至冥府，见阎罗王方录囚。有邻村一媪至殿前[①]，王改容拱手，赐以杯茗，命冥吏速送生善处。郑私叩冥吏曰："此农家老妇，有何功德？"冥吏曰："是媪一生无利己损人心。夫利己之心，虽贤士大夫或不免。然利己者必损人，种种机械，因是而生，种种冤愆，因是而造；甚至贻臭万年，流毒四海，皆此一念为害也。此一村妇而能自制其私心，读书讲学之儒，对之多愧色矣。何怪王之加礼乎！"郑素有心计，闻之惕然而寤[②]。郑又言，此媪未至以前，有一官公服昂然入，自称所至但饮一杯水，今无愧鬼神。王哂曰："设官以治民，下至驿丞闸官，皆有利弊之当理。但不要钱即为好官，植木偶于堂，并水不饮，不更胜公乎？"官又辩曰："某虽无功，亦无罪。"王曰："公一生处处求自全，某狱某狱，避嫌疑而不言，非负民乎？某事某事，畏烦重而不举，非负国乎？三载考绩之谓何？无功即有罪矣。”官大踧踖[③]，锋棱顿减。王徐顾笑曰：“怪公盛气耳。平心而论，要是三四等好官，来生尚不失冠带。”促命即送转轮王。观此二事，知人心微暖，鬼神皆得而窥，虽贤者一念之私，亦不免于责备。“相在尔室”，其信然乎！

注释

①媪 ǎo：老年妇女。

②惕然：警觉省悟的样子。

③踧踖 cùjí：局促不安的样子。

译文

北村人郑苏仙，一日梦见到了阴曹地府，看见阎罗王正在审查囚犯的罪状。有一个邻村的老妇人来到殿前，阎罗王见了，顿时改换笑脸，拱手迎接，赐给她一杯茶，命令下属赶快送她投生到人间一个好地方去。郑苏仙私下里偷偷问阴官：“这农家的老妇人，有什么功德？”阴官说道：“这个老妇人一生中没有利己损人的心思。利己损人的心思，即使是贤士大夫也有难以避免的，然而利己的人必定损害别人，种种奸诈行为也由此而发生，种种冤孽罪业也由此而产生，甚至遗臭万年，流毒四海，都是被这种念头所害。这个村妇能自我抑制私心，就连读书讲学的儒生与她比较，也应该惭愧。你为何奇怪大王对她以礼相待呢？”郑苏仙平时很有心计，听了这话后心里一惊，猛然醒悟了。郑苏仙又说，这位老妇人没来之前，有一个官员身穿官服昂然进来，说：“我所到之处都只喝别人一杯水，至今没有愧对过鬼神。”阎罗王微笑道：“设立官职是用来治理人民，低微如驿丞闸官这些小官，也都有兴利除弊的事情要做。如果说不要钱就是好官，在堂庭上放一个木偶，连水也不喝，岂不是更胜过你了么？”官员又辩解道：“我虽然没有功劳也没有罪过。”阎罗王说：“你一生处处保求自全，某个案子某个案子，你为躲避嫌疑而不说话，岂非辜负了民众？某件事某件事，你害怕繁琐劳累而不去做，岂不是辜负了国家？三年一次的考绩上如何说的？没有功劳即是罪过。”官员听后显得非常不安，锋芒顿时减去。阎罗王慢慢回头看着他，笑着说：“我是在责怪你的盛气凌人，平心而论，你还是个三四等的好官，来世还能做官。”于是敦促下属送他到转轮王那儿去。从这两件事可以知道，人的心思虽将杂念隐蔽，但鬼神都能看见。即使是贤德的人有一念之私，也不能免受责备。“相在尔室”，诚然是这样啊！

天津某举人

天津某孝廉[①]，与数友郊外踏青，皆少年轻薄。见柳阴中少妇骑驴过，欺其无伴，邀众逐其后，嫚语调谑。少妇殊不答，鞭驴疾行。有两三人先追及，少妇忽下驴软语，意似相悦。俄某与三四人追及，审视，正其妻也。但妻不解骑，是日亦无由至郊外。且疑且怒，近前诃之，妻嬉笑如故。某愤气潮涌，奋掌欲掴其面。妻忽飞跨驴背，别换一形，以鞭指某数曰："见他人之妇，则狎亵百端；见是己妇，则恚恨如是。尔读圣贤书，一恕字尚不能解，何以挂名桂籍耶？"数讫径行。某色如死灰，僵立道左[②]，殆不能去。竟不知是何魅也。

注释

①孝廉：明、清两代对举人的称呼。

②道左：道路边。

译文

天津有一位举人，与几个朋友去郊外踏青。这些少年都是轻薄之人，见到柳荫中有个少妇骑着驴走过，欺负她没有同伴，便在她的身后追逐，胡言乱语调笑戏谑。少妇不搭理他们，鞭策驴快速跑开。有两三个人先追上，少妇忽然下驴，语气柔和地跟他们说话，看意思似乎很高兴。不久后举人与另外三四个人也赶上来。举人仔细看去，这个少妇不正是他的妻子吗？但是他的妻子不会骑驴，这天也没有理由到郊外来，举人既疑惑又愤怒，走上前训斥她。妻子仍像刚才那般嬉笑，举人的愤怒如潮水上涌，扬起手掌想要打她的耳光，妻子却忽然飞跨到驴背上，换成了另一个人的形貌，用鞭子指着举人数落道：“看见了别的妇人，就百般调戏，看见了自己的妻子，就这样愤恨，你读的是圣贤书，一个‘恕’字尚且不能理解，是如何考上举人的？”数落完毕后，径自走开。举人则面如死灰般难看，木然站在路旁，以致不能举步离开。竟不知这个少妇是什么鬼魅。

机深小妾

又去余家三四十里，有凌虐其仆夫妇死而纳其女者。女故慧黠，经营其饮食服用，事事当意。又凡可博其欢者，冶荡狎媟[①]，无所不至。皆窃议其忘仇。

蛊惑既深，惟其言是听。女始则导之奢华，破其产十之七八。又谗间其骨肉，使门以内如寇仇。继乃时说《水浒传》宋江、柴进等事，称为英雄，怂恿之交通盗贼，卒以杀人抵法。抵法之日，女不哭其夫，而阴携卮酒[2]，酬其父母墓曰："父母恒梦中魇我，意恨恨似欲击我。今知之否耶？"人始知其蓄志报复。曰：此女所为，非惟人不测，鬼亦不测也，机深哉！然而不以阴险论，《春秋》原心，本不共戴天者也。

注释

①狎媟 xiáxiè：亲昵而近于放荡。

②卮 zhī 酒：杯酒。卮，古代盛酒的器皿。

译文

离我家三四十里的地方，有一个人虐待自己的仆人，将仆人夫妇害死后，又将他们的女儿占为己有。这个女子一向聪慧狡黠，伺候户主的饮食穿着，事事都称户主的心。又能博得户主的欢心，放荡亲昵，无所不作。人们都偷偷议论她，说她忘记了仇恨。女子对户主的蛊惑很深，户主只听从她的话。女子开始引导他过奢华的生活，破费了他十分之七八的家产，又进谗言，离间他的骨肉，使得一家人好像仇敌一般。接着又时常叙说《水浒传》宋江、柴进等人的故事，称赞他们为英雄，怂恿户主与盗贼结交，最后户主因为杀人而偿命。在行刑的那天，女子不哭送她的丈夫，而是暗自携带着美酒，来到父母的墓前祭拜，说道："父母总是在梦中斥责我，对我非常怨恨，好像要打我，现在明白了吗？"人们这才知道她是蓄志报仇，都说：这个女子的作为，非但人不能揣测，就算是鬼也不能知道，心机颇深啊！但是人们不认为她阴险，《春秋》认为"原心定罪"，杀父之仇，本来就是不共戴天之仇。

以牙还牙

曾伯祖光吉公，康熙初官镇番守备。云有李太学妻，恒虐其妾，怒辄褫下衣鞭之，殆无虚日。里有老媪，能入冥，所谓走无常者是也。规其妻曰："娘子与是妾有夙冤，然应偿二百鞭耳。今妒心炽盛，鞭之殆过十馀倍，又负彼债矣。且良妇受刑，虽官法不褫衣。娘子必使裸露以示辱，事太快意，则干鬼神之忌。娘子与我厚，窃见冥籍，不敢不相闻。"妻哂曰①："死媪谩语②，欲我禳解取钱耶！"会经略莫洛遘王辅臣之变，乱党蜂起。李殁于兵，妾为副将韩公所得，喜其明慧，宠专房。韩公无正室，家政遂操于妾。妻为贼所掠，贼破被俘，分赏将士，恰归韩公。妾蓄以为婢，使跪于堂而语之曰："尔能受我指挥，每日晨起，先跪妆台前，自褫下衣，伏地受五鞭，然后供役，则贷尔命。否则尔为贼党妻，杀之无禁，当寸寸脔尔，饲犬豕。"妻惮死失志[③]，叩首愿遵教。然妾不欲其遽死[④]，鞭不甚毒，俾知痛楚而已。年馀，乃以他疾死。计其鞭数，适相当。此妇真顽钝无耻哉！亦鬼神所忌，阴夺其魄也。此事韩公不自讳，且举以明果报，故人知其详。韩公又言：此犹显易其位也。明季尝游襄、邓间，与术士张鸳湖同舍。鸳湖稔知居停主人妻虐妾太甚，积不平，私语曰："道家有借形法，凡修炼未成，气血已衰，不能还丹者，则借一壮盛之躯，乘其睡，与之互易。吾尝受此法，姑试之。"次日，其家忽闻妻在妾房语，妾在妻房语。比出户，则作妻语者妾，作妾语者妻也。妾得妻身，但默坐；妻得妾身，殊不甘，纷纭争执，亲族不能判。鸣之官，官怒为妖妄，笞其夫，逐出。皆无可如何。然据形而论，妻实是妾，不在其位，威不能行，竟分宅各居而终。此事尤奇也。

注释

①哂 shěn：讥笑。

②谩语：说谎话。

③惮 dàn：怕，畏惧。

④遽 jù：迅速。

译文

曾伯祖光吉公，在康熙初年担任镇番县守备，说有位李太学的妻子，常常虐待妾，生气时就扒下她的衣服鞭打，几乎没有一天不打。里中有位老妇人能进入阴间，就是所谓的“走无常”。她规劝那个妻子道：“娘子与这个妾女有夙冤，应该打她两百鞭子，现在你妒火炽旺，鞭打她差不多超过了十多倍，又会欠她的债了。况且良家妇女承受刑罚时，即使官家法律也不剥去衣服，娘子一定要使她裸露让她受辱，事情做得让你感到痛快，但是却触犯了鬼神的禁忌。娘子与我亲近，我偷偷看了阴间的名册，不敢不对你说。”李妻讥笑道：“死老婆子胡言乱语，想要我祈祷消灾好取钱财么？”这时李太学经略莫洛遇到王辅臣的叛变，乱党群起，李太学死在兵乱中。他的妾为副将韩公所得，韩公喜欢她的聪明慧黠，让她有专房之宠，韩公没有正妻，家政事务于是让妾操持。李太学的妻子为乱贼掠走，乱贼破亡之后，将俘虏分赏给将士们，李太学的妻子恰恰分给了韩公。太学的妾收她为婢女，让她跪在堂中对她说："你要是能听从我的指挥，每天早上起床后，先跪在梳妆台前，自己脱下衣服，趴在地上受我五鞭子，然后供我使役，就饶了你的命。否则的话，你是贼党的妻子，可以随时杀死你，我会一寸一寸割下你的肉去喂猪狗。"李妻害怕死去，叩头表示愿意遵从教诲。但是妾不希望她马上死去，鞭打她时下手不是很重，只是使她知道痛楚而已。一年过去，李妻因其他疾病而死，计算妾鞭打的次数刚好与李妻鞭打她的次数相当。这个妇人真是顽钝无耻啊，也为鬼神所忌恨，暗暗夺取了她的魂魄。对于这件事，韩公自己不避讳，而且举例来说明因果报应，所以人们知道它的详情。韩公又说，这就像明显对换所处位置一样。明末他曾经到襄邓一带去游玩，和术士张鸳湖住在一个房间里，鸳湖熟知旅馆主人的妻子虐待妾很过分，心中不平，私下里说道："道家有借形的法术，修炼还没完成，气血已经衰弱，不能还丹，就借用一个强壮的人，趁他睡觉的时候，与他互换身体。我曾经学过这种法术，姑且试试。"第二天，主人忽然听见妻在妾的房间说话，妾在妻的房间说话。等到走出了房门，则发现发出妻子声音的是妾，发出妾声音的是妻子。妾得到了妻子的身体，只是默默坐着；妻得到了妾的身体，非常不甘心，纷纷扰扰，争执不休。亲族也判断不了这件事。告到官府，官员恼怒说她是妖妄，鞭打了她们的丈夫，把他赶了出去。大家都无可奈何。但是根据形体辨别，妻子实际上是妾。妾在妻子的位分上，不能行使妻子的权利，最后只好妻妾分开居住。这件事特别奇怪。

两情亲厚，死则同穴

有游士以书画自给，在京师纳一妾，甚爱之。或遇宴会，必袖果饵以贻，妾亦甚相得。无何病革[①]，语妾曰："吾无家，汝无归；吾无亲属，汝无依。吾以笔墨为活，吾死，汝琵琶别抱，势也，亦理也。吾无遗债累汝，汝亦无父母兄弟掣肘[②]。得行己志，可勿受锱铢聘金，但与约，岁时许汝祭我墓，则吾无恨矣。"妾泣受教。纳之者亦如约，又甚爱之。然妾恒郁郁忆旧恩，夜必梦故夫同枕席，睡中或妮妮呓语。夫觉之，密延术士镇以符箓。梦语止，而病渐作，驯至绵惙。临殁，以额叩枕曰："故人情重，实不能忘，君所深知，妾亦不讳。昨夜又见梦曰：'久被驱遣，今得再来。汝病如是，何不同归？’已诺之矣。能邀格外之惠，还妾尸于彼墓，当生生世世，结草衔环。不情之请，惟君图之。”语讫奄然。夫亦豪士，慨然曰：“魂已往矣，留此遗蜕何为？杨越公能合乐昌之镜，吾不能合之泉下乎！”竟如所请。此雍正甲寅、乙卯间事。余是年十一二，闻人述之，而忘其姓名。余谓再嫁，负故夫也；嫁而有贰心，负后夫也。此妇进退无据焉。何子山先生亦曰：“忆而死，何如殉而死乎？”何励庵先生则曰：“《春秋》责备贤者，未可以士大夫之义律儿女子。哀其遇可也，悯其志可也。”

注释

①病革：病情很重，病情危急。

②掣肘：拉住胳膊，比喻受到干扰。

译文

有位游士靠卖书画为生，在京师中纳得一妾，非常爱她。如果参加宴会，一定会用袖子装着糖果小吃带回给妾吃，妾也与他琴瑟相和，两人感情很深厚。但不久游士患病垂危，临终时告诉妾说：“我没有家，你没有归宿；我没有亲属，你没有依靠；我以笔墨为生，我死之后你琵琶别抱，另嫁他人，这是情势所然，也是理所当然。我没有遗留的债务连累你，你也没有父母兄弟的牵制，遇到你自己中意的男人，不要接受他的钱财聘礼，但要与他约定，每年允许你祭奠我的坟墓，那么我就没有什么遗憾了。”妾哭泣着答应了他。后来这女子改嫁了，娶她的男人答应了她与前夫的约定，也非常疼爱她。然而妾常常抑郁不乐，始终忘不了游士的旧恩，晚上一定会梦见自己与已故的夫君同床共枕，睡觉时还喃喃呓语。丈夫觉察到，于是私底下请术士用符箓镇伏鬼魂。妾不再说梦话了，但是病魔渐渐侵袭她，病情日益加剧，临死之前，她用额头叩枕对丈夫说：“故人对我情意深重，实在是不能忘记，这个你是深深了解的，妾也不避讳。昨天晚上又梦见他说：‘我被赶走了很长时间，今天得以再来，你病成这个样子，为何不与我一同归去？’我已经答应他了，如果能得到你的格外恩惠，让我的尸体葬于他的墓穴之中，我会用生生世世来报答你的大恩大德。这个不情之请，希望您考虑考虑。”说罢就死了。她的丈夫也是个豪士，慷慨说道：“魂魄都已经没了，留着这具躯壳又有什么用？杨越公能成全乐昌公主的心愿，为何我就不能让他们合葬在黄泉之下？”最后按照妾的请求一一照办。这是雍正甲寅、乙卯年间的事情，那个时候我十一二岁，听到别人讲述，忘记了他的名字。我认为，这个女子再嫁，辜负了前夫；嫁了之后还眷念以前的故人，又辜负了后来的丈夫，这个女子进退无据啊！何励庵先生却说：“《春秋》之义是用来责求贤能之人的，不可以用士大夫的标准去要求小儿女。哀叹她的遭遇，怜悯她的心愿，这就够了。”

人鬼情未了

青县农家少妇，性轻佻，随其夫操作，形影不离。恒相对嬉笑，不避忌人，或夏夜并宿瓜圃中。皆薄其冶荡[①]。然对他人，则面如寒铁。或私挑之，必峻拒。后遇劫盗，身受七刃，犹诟詈[②]，卒不污而死。又皆惊其贞烈。老儒刘君琢曰：“此所谓质美而未学也。惟笃于夫妇，故矢死不贰。惟不知礼法，故情欲之感，介于仪容；燕昵之私，形于动静。”辛彤甫先生曰：“程子有言，凡避嫌者，皆中不足。此妇中无他肠，故坦然径行不自疑。此其所以能守死也。彼好立崖岸者，吾见之矣。”先姚安公曰：“刘君正论，辛君有激之言也。”后其夫夜守豆田，独宿团焦中。忽见妇来，燕婉如平日，曰：“冥官以我贞烈，判来生中乙榜，官县令。我念君，不欲往，乞辞官禄为游魂，长得随君。冥官哀我，许之矣。”夫为感泣，誓不他偶。自是昼隐夜来，几二十载。儿童或亦窥见之。此康熙末年事。姚安公能举其姓名居址，今忘矣。

注释

①薄：轻视。

②诟詈 lì：辱骂；斥责。

译文

青县有位农家少妇，性情轻佻，跟随着丈夫一起劳作，形影不离。两人互相嬉闹取乐，也不避讳别人。有时夏天夜晚一起睡在菜园中。人们都轻视她放荡。然而少妇面对其他人，却面色犹如冰冷的铁块。如果有人私下挑逗她，必定遭到她的拒绝。后来遭遇了劫匪，少妇身上被刺了七刀，仍然厉声大骂，坚决不从，最终清白死去。人们都惊讶于她的贞烈。老儒刘君琢说：“这就是所说的本性美好而没有受教育的人。因为忠贞于夫妇情感，所以至死也不背叛丈夫；因为不懂礼法，所以情欲的感受表现在仪容之间，燕燕呢喃表现在举止之中。”辛彤甫先生说：“程子有句话说：‘凡避嫌者，皆中不足。’这个女子心中无杂念，所以行为举止坦坦荡荡，所以她能守节而死。那些道貌岸然的人，我也见到过。”先父姚安公说：“刘先生所说甚是，辛先生所言有些偏激。”后来，少妇的丈夫晚上看守豆苗，一个人睡在圆形草屋中，忽然看见妻子回来，如同平日一样与他亲热，少妇说：“冥官因为我贞烈，判定来生中得乙榜，做县令，我思念夫君不愿去，乞求辞官当游魂，长时间陪伴在夫君左右，冥官哀怜我，答应了我的乞求。”丈夫感动得掉下眼泪，发誓不再娶他人。于是少妇白天隐匿，晚上到来，这样大约过了二十年。有儿童时常窥见她的鬼魂。这是康熙末年的事情。姚安公能够列出他们的姓名住址，现在我已经忘了。

狐妖助妇人推磨成仙

先太夫人乳媪廖氏言：沧州马落坡，有妇以卖面为业，得馀面以养姑。贫不能畜驴，恒自转磨，夜夜彻四鼓。姑殁后，上墓归，遇二少女于路，迎而笑曰：“同住二十馀年，颇相识否？”妇错愕不知所对。二女曰：“嫂勿讶[①]，我姊妹皆狐也。感嫂孝心，每夜助嫂转磨。不意为上帝所嘉[②]，缘是功行，得证正果。今嫂养姑事毕，我姊妹亦登仙去矣。敬来道别，并谢提携也。”言讫[3]，其去如风，转瞬已不见。妇归，再转其磨，则力几不胜，非宿昔之旋运自如矣。

注释

①讶：惊奇，奇怪。

②嘉：嘉奖，赞许。

③讫：完结，终了。

译文

先太夫人乳母廖氏说：沧州的马落坡，有一个妇女以卖面为业，用赚来的钱侍养婆婆。家里贫穷养不起驴，常常是自己转磨，每夜转到四更。婆婆死后，妇女上坟回家，在道路上遇见两位少女，只见两位少女迎上前来笑着对她说道：“我们跟你一起住了二十多年，你认识我们吗？”妇女感到惊讶，不知道怎么回答。两个女子说：“嫂嫂不要惊讶，我们姐妹二人都是狐仙，感动于嫂嫂的孝心，每天晚上帮助嫂嫂转磨，没想到被上天嘉奖，因为这个功德，得以修成正果。现在嫂嫂侍奉婆婆已经圆满，我们姐妹二人也要登天进入仙界了，因此前来道别，并感谢你的提携之恩。”说完，两人如风一般离去，转眼间已经看不见。妇女回到家，再转动磨的时候，几乎推不动，不像以往那样旋转自如了。

狐妖谏言酷吏

余官兵部时，有一吏尝为狐所媚，尪瘦骨立[1]，乞张真人符治之。忽闻檐际人语曰：“君为吏非理取财，当婴刑戮。我夙生曾受君再生恩，故以艳色蛊惑，摄君精气，欲君以瘵疾善终。今被驱遣，是君业重不可救也。宜努力积善，尚冀万一挽回耳。”自是病愈，然竟不悛改[2]，后果以盗用印信，私收马税伏诛。堂吏有知其事者，后为余述之云。

注释

①尪 wāng：瘦弱。

②悛改：悔改。

译文

我在兵部做官的时候，有一个官吏曾经被狐妖魅惑，病得瘦骨嶙峋，乞求张真人用符镇治。忽然听见屋檐上有人说道：“你身为官吏，违背天理搜刮钱财，本当伏法杀头。我上辈子曾经受过你的救命之恩，所以以美色来迷惑你，摄取你的精气，想让你得痨病以终天年。今天我被你驱赶，说明你罪业太重，无可救药了。应当努力积蓄善德，尚且还有挽救的希望。”这以后，官吏的病渐渐好起来，但是他却不知悔改，后来，终因盗用印信，私自征收马税而伏法处死。堂吏有知道这件事的，后来便把这个故事告诉了我。

田轿夫救母

先太夫人言：沧州有轿夫田某，母患臌将殆。闻景和镇一医有奇药，相距百馀里。昧爽狂奔去[①]，薄暮已狂奔归，气息仅属。然是夕卫河暴涨，舟不敢渡，乃仰天大号，泪随声下。众虽哀之，而无如何。忽一舟子解缆呼曰：“苟有神理，此人不溺。来来，吾渡尔。”奋然鼓棹，横冲白浪而行。一弹指顷，已抵东岸，观者皆合掌诵佛号。先姚安公曰：“此舟子信道之笃，过于儒者。”

注释

①昧爽：黎明，天刚亮。

译文

先太夫人说，沧州有个轿夫田某，他的母亲得了鼓胀病快要死了。听说景和镇有一位医生有奇药，距离他家有百余里路，田某在天还没亮就狂奔而去，在日近黄昏时已经狂奔回来，跑得只剩下一口气。但是这天晚上卫河暴涨，舟船不敢渡过去，田某仰天大哭，声泪俱下。众人都很同情他，但不知道该怎么办。忽然一个船夫解开了缆绳呼唤道："假如有天理的话，这个人不会淹死的，来，来，我来渡你过去。"船夫奋力摇动船桨，横冲白浪行驶，弹指间就已经抵达了东岸。观看的人都双手合十，念佛祈祷。先父姚安公说："这个船夫对孝道的笃信，胜过了儒生啊！"

史某仗义拒回报

献县史某，佚其名，为人不拘小节，而落落有直气，视龌龊者蔑如也。偶从博场归，见村民夫妇子母相抱泣。其邻人曰："为欠豪家债，鬻妇以偿。夫妇故相得，子又未离乳，当弃之去，故悲耳。"史问："所欠几何？"曰："三十金。""所鬻几何？"曰："五十金，与人为妾。"问："可赎乎？"曰："券甫成，金尚未付，何不可赎！”即出博场所得七十金授之，曰：“三十金偿债，四十金持以谋生，勿再鬻也。”夫妇德史甚，烹鸡留饮。酒酣，夫抱儿出，以目示妇，意令荐枕以报。妇颔之，语稍狎。史正色曰：“史某半世为盗，半世为捕役，杀人曾不眨眼。若危急中污人妇女，则实不能为。”饮啖讫，掉臂径去，不更一言。半月后，所居村夜火。时秋获方毕，家家屋上屋下，柴草皆满，茅檐秫篱，斯须四面皆烈焰，度不能出，与妻子瞑坐待死。恍惚闻屋上遥呼曰：“东岳有急牒，史某一家并除名。”砉然有声，后壁半圮。乃左挈妻，右抱子，一跃而出，若有翼之者。火熄后，计一村之中，爇死者九[①]。邻里皆合掌曰：“昨尚窃笑汝痴，不意七十金乃赎三命。”余谓此事见佑于司命，捐金之功十之四，拒色之功十之六。

注释

①爇 ruò：烧，点燃。

译文

献县有个姓史的人，不知道他的名字。他为人处事不拘泥小节，磊落正直，对龌龊卑鄙的小人非常轻蔑。有一次从赌场回来，看到村里的一家人互相抱着哭泣。

他们的邻居说："他欠了豪家的钱财，所以卖妻用以还债。这夫妻平素彼此很相好，小孩又没有断奶，妻子就要离去，所以伤心哭泣。"史某问欠了多少钱，村民说："三十两银子。"史某又问："把妻子卖了多少钱？"村民说："五十两卖给别人做妾。"史某问："还可以赎身回来吗？"对方回答说："契约刚刚写成，银钱还没有付，怎么不能赎身呢？"史某当即拿出赌场赢回来的七十两银子，送给了他，说道："三十两银子用来还债，四十两用来谋生，不要再卖妻子了。"夫妇两人对他感激不尽，杀鸡做菜留他饮酒。酒过三巡，丈夫抱着小孩出去了，以眼色向妻子示意，想让她跟史某同床以报答他的恩情。妻子点点头，跟史某说话也亲昵起来，史某察觉到了，正色道："史某半辈子当强盗，半辈子做捕快，杀人不眨眼。但若是乘人之危奸污别人的妻子，那实在是不能做的。"吃喝完毕，一甩胳膊，什么话也没说，径自走了。半个月后，他所居住的村子夜里起火了，当时秋收刚刚结束，家家户户、屋上屋下都有满满的柴草，茅草屋、秫秸、篱笆尽燃，不一会儿四面都是熊熊大火，史某估计自己不能逃出去，与妻子闭着眼睛坐着等死。恍惚间听见屋顶上有人遥遥喊道："东岳王有急命，史某家全部除名免死。"轰然一声巨响，后面的半堵墙壁都塌下来。史某左手携着妻子右手抱着儿子，一跳便跳了出来，好像是长了翅膀。火熄灭后计算全村伤亡人数，共死了九个人。邻居们都双手合十说道："我们昨天还嘲笑你傻，没想到七十两银子赎回了三条人命。"我认为这件事多亏于司命的保佑，史某捐钱的功劳占了十分之四，拒绝女色回报的功劳占了十分之六。

狐女择类媚惑

再从兄旭升言：村南旧有狐女，多媚少年，所谓二姑娘者是也。族人某，意拟生致之，未言也。一日，于废圃见美女[①]，疑其即是。戏歌艳曲，欣然流盼，折草花掷其前。方欲俯拾，忽却立数步外，曰："君有恶念。"逾破垣竟去[②]。后有二生读书东岳庙僧房，一居南室，与之昵。一居北室，无睹也。南室生尝怪其晏至[③]，戏之曰："左挹浮丘袖，右拍洪崖肩耶？"狐女曰："君不以异类见薄，故为悦己者容。北室生心如木石，吾安敢近？"南室生曰："何不登墙一窥？未必即三年不许。如使改节，亦免作程伊川面向人。"狐女曰："磁石惟可引针，如气类不同，即引之不动。无多事，徒取辱也。"时同侍姚安公侧，姚安公曰："向亦闻此，其事在顺治末年。居北室者，似是族祖雷阳公。雷阳一老副榜[④]，八比以外无寸长，只心地朴诚，即狐不敢近。知为妖魅所惑者，皆邪念先萌耳。”

注释

①圃：种植蔬菜、花草或瓜果的园子。

②逾：越过，超过。

③晏：迟，晚。

④副榜：科举会试或乡试时，除正榜外另取若干名，列为副榜。

译文

再从兄旭升说：村子的南边过去有个狐女，经常媚惑少年。她就是大家所说的“二姑娘”。有个族人想要活捉她，但没有说出来。一天，他在一个废弃的菜园里看见了一个美丽女子，怀疑她就是那个狐女。于是唱着艳歌勾引她，与她眉来眼去，他折了一束花草放在她的跟前。美女正要俯身去捡，却突然跳开了几步远，说道：“你有邪恶的念头。”于是跨过墙垣离去。后来，有两个书生在东岳庙的僧房里读书，其中一个住在南边的房间，与狐女亲昵；一个住在北边的房间，什么也没有看见。南边房间的书生常常责怪狐女来得晚，对她开玩笑说：“你是左手拉着浮丘袖，右手拍着洪崖的肩吗？”狐女说道:“你不因为我是异类而轻视我，所以我也愿意为悦己者容。北边房屋的书生，心如木石般，我怎敢靠近？”南边房屋的书生说:“为何不登上墙头引诱他，他未必三年也不对你动心。如果能改变他的气节，他就不会像程伊川那样，老板着脸孔对人了。”狐女说道:“磁石只能吸引针，如果气类不同，即使勾引他，他也不为所动。还是不要多此一举，以免自取其辱。”我听说这个故事的时候，和再从兄旭升一同侍奉在姚安公的身旁，姚安公说:“我过去也听说过这类故事，这件事情发生在顺治末年。居住在北屋里的人，好像是我们族人的祖先雷阳公，雷阳公是一个老副榜，除了钻研于八股以外一无所长，只是心地质朴忠诚，即使是妖狐也不敢近身。凡是被妖狐鬼魅所迷惑的人，他们心中都已经先萌生了邪念。”

王秃子恶斗群鬼

王秃子幼失父母，迷其本姓，育于姑家，冒姓王。凶狡无赖，所至童稚皆走匿，鸡犬亦为不宁。一日，与其徒自高川醉归，夜经南横子丛冢间，为群鬼所遮。其徒股栗伏地，秃子独奋力与斗，一鬼叱曰:“秃子不孝，吾尔父也，敢肆殴[1]！”秃子固未识父，方疑惑间，又一鬼叱曰：“吾亦尔父也，敢不拜！”群鬼又齐呼曰：“王秃子不祭尔母，致饥饿流落于此，为吾众人妻。吾等皆尔父也。”秃子愤怒，挥拳旋舞，所击如中空囊。跳踉至鸡鸣[②]，无气以动，乃自仆丛莽间。群鬼皆嬉笑曰：“王秃子英雄尽矣，今日乃为乡党吐气。如不知悔，他日仍于此待尔。”秃子力已竭，竟不敢再语。天晓鬼散，其徒乃掖以归。自是豪气消沮，一夜携妻子遁去，莫知所终。此事琐屑不足道，然足见悍戾者必遇其敌，人所不能制者，鬼亦忌而共制之。

注释

①殴：打人。

②跳踉 liáng：跳跃。

译文

王秃子自幼就失去了父母，不知道自己的本来姓名，被养在姑姑家，假托姓王。他性情凶恶、狡猾、无赖，所到之处，小孩子都会跑开躲藏起来，鸡犬也会闹得不安宁。一天，他与伙伴从高川喝得醉醺醺地回家，晚上经过南横子的墓地，被众鬼挡住了去路。他的伙伴们吓得两腿颤抖，扑倒在地上，只有王秃子一人与鬼奋力争斗。一鬼怒斥道："秃子不孝！我是你的老子，竟然敢跟你老子打架？"秃子本来就不知道他的老爹是谁，正疑惑的时候，又一鬼怒斥道："我也是你的老子，你竟敢不拜？"众鬼一起叫道："王秃子，你不祭奠你的母亲，以致让她饥饿沦落到这种地步，成为我们众人的妻子，我等都是你的父亲。"王秃子大怒，挥起拳头就打，打中了鬼却好像打在空袋子上。他跳来跳去，一直斯打到雄鸡鸣唱的时候，打到精疲力竭，没有力气动了，自己扑倒在草木中。群鬼都嬉笑着说："王秃子英雄逞到尽头了！今天我们是为乡党们出一口气，如果你还不知悔改，以后我们仍然在这里等候你。"王秃子已经没有力气，竟然不敢再说话。天亮了，鬼散去，伙伴们架着王秃子回家。从此之后，王秃子的豪气消散，一个晚上，他带着妻子消失远去，不知道到哪里去了。这件事微小琐屑，不足以说，但是足见凶悍暴戾的人一定会遇到强敌，人不能制止的，鬼神也会忌恨，一起来制服他。

鬼下逐客令

乾隆丙子，有闽士赴公车[①]。岁暮抵京，仓卒不得栖止，乃于先农坛北破寺中僦一老屋。越十馀日，夜半，窗外有人语曰："某先生且醒，吾有一言。吾居此室久，初以公读书人，数千里辛苦求名，是以奉让。后见先生日外出，以新到京师，当寻亲访友，亦不相怪。近见先生多醉归，稍稍疑之。顷闻与僧言，乃日在酒楼观剧，是一浪子耳。吾避居佛座后，起居出入，皆不相适，实不能隐忍让浪子。先生明日不迁，吾瓦石已备矣。"僧在对屋，亦闻此语，乃劝士他徙。自是不敢租是室，有来问者，辄举此事以告云②。

注释

①公车：举人应试的代称。

②辄 zhé：总是，就。

译文

乾隆丙子年间，有个福建的举人进京赶考。到了年终才抵达京城，仓促之间没有找到住宿的地方，就租住在先农坛北边破庙中的一间老屋子里。过了十多天，一天半夜，窗外有人说道："某先生醒一醒，我有话要对你说。我在这个房间居住了很久，当初以为你是读书人，奔波数千里辛苦追求功名，因此把这个房间让给你。后来见你每日都外出，以为你刚刚到京师，应当寻访亲友，也就没有怪你。最近见先生你多次醉醺醺地回来，心中便有些怀疑。不久听见你与和尚说话，原来你是天天在酒楼看戏，我这才知道你是一个浪子。我躲避在佛座的后面，起居出入都很不方便，实在不能忍受让浪子住我的房间。先生要是明天不搬走的话，我已经准备好了瓦块石头。”和尚在对面屋子里，也听到了这些话，于是劝举人搬到别处去住。从此再也不敢把这间屋子租给别人，有来问住房的，就把这件事告诉别人。

廖姥

廖姥，青县人，母家姓朱，为先太夫人乳母。年未三十而寡，誓不再适[①]，依先太夫人终其身，殁时年九十有六。性严正，遇所当言，必侃侃与先太夫人争。先姚安公亦不以常媪遇之。余及弟妹皆随之眠食，饥饱寒暑，无一不体察周至。然稍不循礼，即遭呵禁。约束仆婢，尤不少假借，故仆婢莫不阴憾之。顾司管钥，理庖厨[②]，不能得其毫发私，亦竟无如何也。尝携一童子，自亲串家通问归，已薄暮矣。风雨骤至，趋避于废圃破屋中。雨入夜未止，遥闻墙外人语曰：“我方投汝屋避雨，汝何以冒雨坐树下？”又闻树下人应曰：“汝毋多言，廖家节妇在屋内。”遂寂然。后童子偶述其事，诸仆婢皆曰：“人不近情，鬼亦恶而避之也。”嗟乎，鬼果恶而避之哉？

注释

①适：女子出嫁。

②庖厨：厨房。

译文

廖姥姥，是青县人，母亲姓朱，她是先太夫人的乳母，还没到三十岁就成了寡妇，发誓不再嫁人，依靠先太夫人过完一生，死的时候有九十六岁。她的性情严厉耿直，碰到该说话的时候，一定要理直气壮地与先太夫人争执。先父姚安公也不把她当作寻常的老婆子看待。我和弟妹等人，都跟着她睡觉吃饭，涉及饥饱冷暖，她会将我们照顾得无微不至，但是我们稍微不遵循礼法，就会遭到她的呵斥禁止。她约束仆人婢女就更加严格了，所以仆人婢女没有不在心底里恨她的。管理库房钥匙，料理厨房事务，仆人都不能得到丝毫的私利，别人也奈何不得。她曾经带着一个童子回娘家探望亲戚，回来时已经傍晚。风雨突然降临，他们躲在一个废弃菜园的破屋中，雨直到半夜也没有停止，远远听见墙外有人说：“我正要到你的房间去避雨，你为什么淋着雨坐在树下面？”又听见树下的人回答道：“你不要多说，廖家的节妇在屋里面。”于是就静得没有声音了。后来童子偶然说起这件事，诸多仆人婢女都说：“人不近情理，连鬼也嫌恶躲避她。”唉！鬼真的是讨厌她而躲避她吗？

杀生之戒

闽中某夫人喜食猫，得猫则先贮石灰于罂[①]，投猫于内，而灌以沸汤。猫为灰气所蚀，毛尽脱落，不烦挦治，血尽归于脏腑，肉白莹如玉，云味胜鸡雏十倍也。日日张网设机，所捕杀无算。后夫人病危，呦呦作猫声，越十馀日乃死。卢观察抝吉尝与邻居，抝吉子荫文，余婿也，尝为余言之。因言景州一宦家子，好取猫犬之类，拗折其足，捩之向后[②]，观其孑孑跳号以为戏，所杀亦多。后生子女，皆足踵反向前。又余家奴子王发，善鸟铳，所击无不中，日恒杀鸟数十。惟一子，名济宁州，其往济宁州时所生也。年已十一二，忽遍体生疮如火烙痕，每一疮内有一铁子，竟不知何由而入。百药不痊，竟以绝嗣。杀业至重，信夫！余尝怪修善果者，皆按日持斋，如奉律令，而居恒则不能戒杀。夫佛氏之持斋，岂以茹蔬啖果即为功德乎？正以茹蔬啖果即不杀生耳。今徒曰某日某日观音斋期，某日某日准提斋期，是日持斋，佛大欢喜；非是日也，烹宰溢乎庖[3]，肥甘罗乎俎[4]，屠割惨酷，佛不问也。天下有是事理乎？且天子无故不杀牛，大夫无故不杀羊，士无故不杀犬豕，礼也。儒者遵圣贤之教，固万万无断肉理。然自宾祭以外，特杀亦万万不宜。以一脔之故[5]，遽戕一命[6]；以一羹之故，遽戕数十命或数百命。以众生无限怖苦无限惨毒，供我一瞬之适口，与按日持斋之心，无乃稍左乎？东坡先生向持此论，窃以为酌中之道。愿与修善果者一质之。

注释

①罂：大腹小口的器皿。

②捩 liè：扭转。

③庖：厨房。

④俎：切肉的砧板。

⑤脔：小块的肉。

⑥戕：杀害。

译文

福建某位夫人喜欢吃猫肉。捕到猫后先在小口坛子里放上石灰，再将猫扔进去，然后倒入开水，猫被石灰水的热气蒸腾侵蚀，毛全部脱落，不用人来拔毛，猫的血液全部流回了心脏，猫肉洁白如玉。她说这样做猫的味道胜过嫩鸡肉十倍以上。她每天张列罗网、设置机关，所捕杀的猫不计其数。后来这位夫人病危，嗷嗷惨叫声就像猫叫一样，过了十多天就死了。卢拗吉观察曾经是我的邻居，他的儿子荫文，是我的女婿，曾经向我讲述了这件事。于是又说起景州的一个官宦子弟，喜欢捉猫狗之类的动物，折断它们的脚，扭到后面，观看它们一瘸一拐的样子来取乐，所捕杀的动物也很多。后来他所生的子女都是脚跟朝前，脚趾朝后。我家有个奴仆的儿子叫王发，善于玩鸟枪，所击杀的鸟儿没有不射中的，每天总要杀死几十只鸟。王发只有一个儿子叫济宁州，是在济宁州出生的。年纪已经有十一二岁了，忽然全身长疮，好像是火烧的烙痕，每一个烙痕里都有一粒铁砂子，竟然不知道是怎么进去的。用尽了各种药都没有治愈，王发竟然断子绝孙了。杀生的罪业最为严重，确实是这样。我常常觉得奇怪的是，那些修善果的人，都是在一定的日子里吃斋，好像遵循着律令一样，但平时就不戒杀生。佛家的斋戒，难道是只吃蔬菜水果就修成功德吗？难道只吃蔬菜水果就是不杀生了吗？今天佛徒说哪天哪天是观音菩萨的斋期，哪天哪天是准提菩萨的斋期，到了那天就吃斋，佛非常高兴；不是那天的时候，厨房里屠宰蒸煮，案板上满是肥硕甘美之味，屠杀割肉即使很残酷，佛祖也不会过问。天下有这种道理吗？况且天子没有特别原因不杀牛，大夫没有特别原因不杀羊，士子没有特别原因不杀猪狗，这便是礼法。儒生遵循圣贤的教义，固然万万没有不吃肉的道理，但是除了宴会祭祀以外，时时杀生万万不妥。因为想吃一块肉，而骤然残害一条生命；因为想喝一碗汤，而骤然残害了几十条生命，有时是上百条生命。用众多生命的无限恐怖苦痛，无限悲惨怨毒，来供给我享受一时的口福。这与按照一定时日持斋，不是相矛盾吗？东坡先生一向持有这种观点，我认为这观念很中肯。愿意与修善果的人辩论。

女巫郝媪

女巫郝媪，村妇之狡黠者也。余幼时，于沧州吕氏姑母家见之。自言狐神附其体，言人休咎，凡人家细务，一一周知，故信之者甚众。实则布散徒党，结交婢媪，代为刺探隐事，以售其欺。尝有孕妇，问所生男女。郝许以男。后乃生女，妇诘以神语无验。郝嗔目曰：“汝本应生男，某月某日，汝母家馈饼二十，汝以其六供翁姑[1]，匿其十四自食。冥司责汝不孝，转男为女。汝尚不悟耶？”妇不知此事先为所侦，遂惶骇伏罪。其巧于缘饰皆类此。一日，方焚香召神，忽端坐朗言曰：“吾乃真狐神也。吾辈虽与人杂处，实各自服气炼形，岂肯与乡里老妪为缘，预人家琐事？此妪阴谋百出，以妖妄敛财，乃托其名于吾辈。故今日真附其体，使共知其奸。”因缕数其隐恶，且并举其徒党姓名。语讫，郝霍然如梦醒，狼狈遁去，后莫知所终。

注释

①翁姑：公婆。

译文

有位姓郝的老巫婆，是村妇当中一个狡黠聪明的人。我小时候，在沧州吕氏姑母家见到过她。她自称狐仙附身，因此能说出人的吉凶，但凡别人家琐细的家事，也都一一知道，所以相信她的人很多。而实际上她散布徒党，结交婢女老婆子，让她们代她去打听隐秘的私事，用来欺骗别人。曾经有一个孕妇，问她所生的是男还是女，郝巫婆说是生男，后来那个孕妇竟然生了个女儿。妇女追问她为什么神仙的话不灵验了，郝巫婆假装生气瞪着眼睛说："你本来应该生个儿子，但是在某月某日，你的娘家送给你二十个饼，你将其中六个饼供奉给公婆，私藏了十四个饼自己吃，冥司责怪你不孝顺，所以不让你生男孩，而让你生女孩，你难道还没有觉悟吗？"妇女不知道这件事情是被巫婆侦查得知，于是惊恐万状，伏在地上请罪。巫婆其他欺骗捉弄的办法，都与这个类似。一天，她正烧香召唤狐仙，突然端坐朗声道："我是真正的狐仙，我们狐仙虽然同人混杂相处，实际上是养气修炼形体，怎么肯与乡里的老婆子结缘，去干预别人家的琐事？这个老巫婆阴谋百端，以妖的名义妄自聚敛钱财，竟然冒用我们狐仙的名字，所以今天我狐仙就真的附身在她身上，让大家都知道她的奸诈。"于是，又一件一件说出她的奸恶行为，并且列出她同党的姓名。狐仙把话说完，郝巫婆突然像大梦醒来，狼狈地逃走，后来就不知道她的下落了。

欺孤寡，尝恶果

某公之卒也，所积古器，寡妇孤儿不知其值，乞其友估之。友故高其价，使久不售。俟其窘极，乃以贱价取之。越二载，此友亦卒。所积古器，寡妇孤儿亦不知其值，复有所契之友效其故智，取之去。或曰:“天道好还，无往不复，效其智者罪宜减。”余谓此快心之谈，不可以立训也。盗有罪矣，从而盗之，可曰罪减于盗乎？

译文

某先生死后，所积攒的古玩珍器，寡妇孤儿不知道它们的价值，请求他的朋友帮忙估价。朋友故意高估这些古董的价值，使得这些古玩长时间卖不出去，等到孤儿寡母贫苦至极的时候，他就以低价买走了这些东西。过了两年，这个朋友也死了，所积攒的古玩珍器，他的妻子儿女也不知道它们的价格，又有他生前的好友效仿他的智谋，将古董都取走。有人说:“上天之道喜好循环之理，所有事情都会循环往复。后面那位朋友效仿前人的计谋，罪过应当小一些。”我说:“这虽是使人大快人心的说法，但不足以为训诫。偷盗者有罪，跟着他去偷盗，难道罪过就会小于他吗？”

中山狼

百工技艺，各祠一神为祖。倡族祀管仲[1]，以女闾三百也[②]。伶人祀唐玄宗[③]，以梨园子弟也。此皆最典。胥吏祀萧何、曹参，木工祀鲁班，此犹有义。至靴工祀孙膑，铁工祀老君之类，则荒诞不可诘矣。长随所祀曰钟三郎，闭门夜奠，讳之甚深，竟不知为何神。曲阜颜介子曰："必中山狼之转音也。"先姚安公曰："是不必然，亦不必不然。郢书燕说，固未为无益。"

注释

①倡 chāng 族：指妓女，后作"娼"。

②女闾 lǘ：春秋时齐桓公设在宫中的淫乐场所。

③伶人：指演员。

译文

各行各业的人都各自供奉一位神，作为他们的祖师。妓女们祭祀管仲，因为他设立了三百处女闾。戏曲艺人祭祀唐玄宗，因为他召集了梨园子弟。这些都是很早的祭祀了。胥吏祭祀萧何、曹参，木匠祭祀鲁班，这些都有根据。至于靴匠供奉孙膑，铁匠供奉老君，实在是荒诞无理。官员的长随们所祭祀的神，叫作钟三郎。他们晚上闭门祭奠，显得非常神秘，大家竟然不知道钟三郎是个什么样的神仙。曲阜人颜介子说："这一定是中山狼的转音。”先父姚安公说：“这个看法不一定对，也不一定不对。郢书燕说，本来不是没有一点好处的。”

悍妇狐仙

先叔仪庵公，有质库在西城中[①]。一小楼为狐所据，夜恒闻其语声，然不为人害，久亦相安。一夜，楼上诟谇鞭笞声甚厉，群往听之。忽闻负痛疾呼曰：“楼下诸公，皆当明理，世有妇挞夫者耶[②]？”适中一人方为妇挞，面上爪痕犹未愈，众哄然一笑曰：“是固有之，不足为怪。”楼上群狐亦哄然一笑，其斗遂解。闻者无不绝倒。仪庵公曰：“此狐以一笑霁威[③]，犹可与为善。”

注释

①质库：当铺。

②挞 tà：用鞭、棍等打人。

③霁 jì：指怒气消除。

译文

先叔父仪庵公在西城里开了一家当铺。有一个小楼被狐仙占据，晚上总能听到他们说话声，但是不害人，时间久了也就与人类和睦相处。一天晚上，楼上传来打骂声、皮鞭抽打声，十分吵闹，大家都跑到楼下去听。忽然听见一个狐仙忍痛大声喊道：“楼下的诸位，都应当明白事理，世上有妻子鞭打丈夫的吗？”观看者中有一人刚好被妻子打了，脸上的抓痕还没有痊愈，众人看看他便哄然大笑：“这固然是有的，不足为怪。”楼上的众多狐仙也哄堂大笑，也就不再打了。听说这个故事的人全都大笑。仪庵公说：“这个狐仙能以笑声灭掉妻子的威风，还可以跟她友好相处。”

让产徐四兄

田村徐四，农夫也。父殁，继母生一弟，极凶悖[①]。家有田百馀亩，析产时，弟以赡母为词，取其十之八，曲从之。弟又择其膏腴者[②]，亦曲从之。后弟所分荡尽，复从兄需索。乃举所分全付之，而自佃田以耕，意恬如也。一夜自邻村醉归，道经枣林，遇群鬼抛掷泥土，栗不敢行。群鬼啾啾，渐逼近，比及觌面[③]，皆悚然辟易，曰：“乃是让产徐四兄。”倏化黑烟四散。

注释

①凶悖：凶恶悖逆。

②膏腴：指土地肥沃。

③觌 dí：相见。

译文

田村的徐四，是个农夫，父亲死了，后妈生了一个弟弟，极其凶悍。父亲遗留给他们一百多亩田地，分家产的时候，弟弟以赡养母亲为由，取得了田产的十分之八，徐四委曲求全，没有争辩。弟弟又挑选那些肥沃的土地归自己所有，哥哥徐四也没有说什么。后来弟弟将所分得的家产挥霍完，又向他哥哥索要田产，于是徐四将所分得的田产全部给了弟弟，而自己去做佃农，给别人耕地，意态闲适，心情舒畅。一天晚上，徐四从邻近村子喝醉了回来，路过一片枣树林，遇到一群鬼向他抛掷泥土，他害怕得发抖，不敢走路。群鬼啾啾叫着渐渐逼近，等到看清楚了他的样子后，众鬼都悚然倒退，说道："这就是谦让田产的徐四兄。"忽地全化作黑烟四散而去。

爱堂先生

爱堂先生尝饮酒夜归，马忽惊逸，草树翳荟[1]，沟塍凹凸[②]，几蹶者三四[③]。俄有人自道左出，一手挽辔，一手掖之下，曰："老母昔蒙拯济，今救君断骨之厄也。"问其姓名，转瞬已失所在矣。先生自忆生平未有是事，不知鬼何以云然。佛经所谓无心布施，功德最大者欤？

注释

①翳荟 yìhuì：草木茂盛的样子。

②沟塍 chéng：沟渠和田埂。

③蹶：跌倒。

译文

爱堂先生曾经喝酒后晚上回家，突然马受到惊吓狂奔，进入密林中，地面沟壑凹凸不平，几次都差点儿从马上摔下去。忽然有人从道路边出来，一手挽着马缰绳，一手扶着爱堂先生下马，对他说道："过去承蒙你救济我的老母亲，现在我救你，让你免于摔断骨头的厄运。"爱堂先生问他的名字，但转眼间，那个人已经消失了。爱堂先生想不起自己平生接济过谁的老母亲，不知道那个鬼为什么要这样讲。这就是佛经所说的"无心布施"，才是最大的功德吗？

狐仙戏弄吝啬鬼

姚安公言：有孙天球者，以财为命，徒手积累至千金，虽妻子冻饿，视如陌路，亦自忍冻饿，不轻用一钱。病革时，陈所积于枕前，一一手自抚摩，曰："尔竟非我有乎？"呜咽而殁。孙未殁以前，为狐所嬲，每摄其财货去，使窘急欲死，乃于他所复得之，如是者不一。又有刘某者，亦以财为命，亦为狐所嬲。一岁除夕，凡刘亲友之贫者，悉馈数金。讶不类其平日所为。旋闻刘床前私箧[①]，为狐盗去二百馀金，而得谢柬数十纸。盖孙财乃辛苦所得，狐怪其悭啬，特戏之而已。刘财多由机巧剥削而来，故狐竟散之。其处置亦颇得宜也。

注释

①箧 qiè：箱子一类的东西。

译文

姚安公说：有个叫孙天球的人，把财产看得如同性命一般，白手起家积攒了千金钱财，即使妻子孩子挨饿受冻，他也视而不见，就好像是陌生人一样，他自己也是忍着饥寒，不轻易用一分钱。当他病得快要死去时，将所有积攒的钱财陈列在枕头前，用手一一抚摸着，说道："难道你们最终不属于我了吗？"他哭泣呜咽着死去了。孙天球没死之前，被狐仙调戏，每次都将他的钱财拿走，让他急得要死，然后再让他在别的地方找到这些钱，反复捉弄他不止一次。又有一个姓刘的人，也把钱财看得如同性命一般重要，而且也被狐仙戏弄。有一年除夕，但凡刘某亲戚朋友中贫困的人，都得到了刘某馈赠的钱财。众人都惊讶这不像他平时的所作所为，不久后就听说刘某床前私藏的箱子里的钱被狐仙取走了二百多两，里面却有数十张谢柬。大概是因为孙某的钱财是辛苦得来的，狐仙只是怪罪他吝啬，只不过调戏他而已，而刘某的钱财多是靠巧取豪夺剥削来的，所以狐仙竟把不义之财散发给了别人。这种处置也是极为合理的。

道貌岸然假君子

平原董秋原言：海丰有僧寺，素多狐[①]，时时掷瓦石膷人。一学究借东厢三楹授徒[②]，闻有是事，自诣佛殿呵责之。数夕寂然，学究有德色。一日，东翁过谈，拱揖之顷，忽袖中一卷堕地。取视，乃秘戏图也。东翁默然去。次日，生徒不至矣。狐未犯人，人乃犯狐，竟反为狐所中。君子之于小人，谨备之而已；无故而触其锋，鲜不败也[③]。

注释

①素：向来。

②楹 yíng：古代计算房屋间数的量词，一说一列为一楹，一说一间为一楹。授：教，传给。徒：学生，学徒。

③鲜 xiǎn：少。

译文

平原人董秋原说：海丰有个寺庙，平时有很多狐仙，常常扔瓦块石头调戏人。一个老学究借用寺庙东厢的三个房间教授学生，听说寺庙有闹狐这种事，就自己到佛殿里去呵斥。这之后几个晚上都很安静，老学究面露得意之色。一天，东边邻居的老翁到他这里来聊天，拱手作揖的时候，忽然老学究袖子里的书卷掉在地上，老翁捡起来一看，竟然是春宫图。老翁默默无语地离开。第二天老学究教授的学生一个也没来。狐仙没有冒犯人，人去冒犯狐仙，却反被狐仙算计。君子对于小人，应当谨慎防备，无缘无故去触碰别人的锋芒，很少有不失败的。

邻居罗某与贾某

罗与贾比屋而居[①]，罗富贾贫。罗欲并贾宅，而勒其值。以售他人，罗又阴挠之。久而益窘，不得已减值售罗。罗经营改造，土木一新。落成之日，盛筵祭神，纸钱甫燃[②]，忽狂风卷起，著梁上，烈焰骤发，烟煤迸散如雨落。弹指间，寸椽不遗，并其旧庐爇焉。方火起时，众手交救。罗拊膺止之[③]，曰："顷火光中，吾恍惚见贾之亡父。是其怨毒之所为，救无益也。吾悔无及矣！"急呼贾子至，以腴田二十亩书券赠之。自是改行从善，竟以寿考终。

注释

①比：挨着；靠近。

②甫：刚，才。

③拊膺 fǔyīng：捶胸。表示哀痛或悲愤。

译文

罗某与贾某相邻居住，罗某富裕贾某贫寒。罗某想要购买贾某的房宅，极力压低价格。贾某要把房子卖给别人时，罗某又来阻挠，使他没有卖出去。过了一段时间，贾某更加穷困，不得已只好减价卖给罗某。罗某将房屋经营改造一番，动工重新修葺，焕然一新。完工那天，罗某以丰盛的宴席款待宾客，祭祀鬼神。纸钱刚点燃，忽然一阵狂风刮来，将燃烧的纸钱卷到房梁上，烈火骤然间熊熊燃烧，烟火灰尘散落犹如雨下。弹指间，一寸房椽也没有剩下，连同他原先的旧房屋也一并烧了。刚刚起火时，大家一起争相救火，罗某捶胸阻止了大家，说道："刚才在火光之中，我恍惚间像是见到了贾某已经亡故的父亲，是他怨恨我的所作所为，所以才报复我，救火也没用。我后悔也来不及了啊。"他急忙找来贾某的儿子，写好田券，将二十亩肥田送给了他。从此之后罗某改恶从善，竟然长寿善终。

狐仙处世之道

长山聂松岩，以篆刻游京师[①]。尝馆余家[②]，言其乡有与狐友者，每宾朋宴集[③]，招之同坐。饮食笑语，无异于人，惟闻声而不睹其形耳。或强使相见，曰："对面不睹，何以为相交？"狐曰："相交者交以心，非交以貌也。夫人心叵测[④]，险于山川，机阱万端[⑤]，由斯隐伏。诸君不见其心，以貌相交，反以为密；于不见貌者，反以为疏，不亦悖乎？”田白岩曰：“此狐之阅世深矣。”

注释

①篆 zhuàn 刻：刻印章，印章多用篆文。

②馆：教学的地方，这里指设馆教学。

③宴集：宴饮集会。

④叵测：诡诈莫测。

⑤机阱：设有机关的捕兽陷阱，比喻害人的圈套。

译文

长山人聂松岩，因为善于篆刻，以此谋生，旅居在京师。曾经在我家设馆教学，他说他的家乡有人跟狐仙做朋友，每当宴请宾客的时候，都会招呼狐仙朋友一起坐，吃饭谈话，与常人没有两样。只能听到他的声音，而不能看不见他的身形。有人强烈要求见见他的样子，说道：“面对面却看不到，还说什么相交为友呢？”狐仙说：“相交为友，交的是心，而不是貌。人的心思诡诈难以揣摩测度，比山川还要险恶，奸诈阴险，隐藏在人的仪表之下。各位没有见到他的真心，以相貌交好，反而以为是亲近密友；没有见到我的相貌，反而将我疏远，岂不是荒谬么？”田白岩说：“这个狐仙阅世很深啊！”

孟生为女鬼赋诗

天津孟生文熺，有隽才①，张石粼先生最爱之。一日，扫墓归，遇孟于路旁酒肆②，见其壁上新写一诗，曰：“东风翦翦漾春衣，信步寻芳信步归。红映桃花人一笑，绿遮杨柳燕双飞。徘徊曲径怜香草，惆怅乔林挂落晖。记取今朝延伫处，酒楼西畔是柴扉。”诘其所以，讳不言。固诘之，始云适于道侧见丽女，其容绝代，故坐此冀其再出。张问其处，孟手指之。张大骇曰：“是某家坟院，荒废久矣，安得有是？”同往寻之，果马鬣蓬科，杳无人迹。

注释

①隽才：出众优秀的才智。

②酒肆：酒店。

译文

天津人孟生文熺，很有才智，张石粼先生最喜欢他。一天，张石粼扫墓回来，在道路旁的酒肆遇到了孟生，见他在墙壁上新写了一首诗："东风翦翦漾春衣，信步寻芳信步归。红映桃花人一笑，绿遮杨柳燕双飞。徘徊曲径怜香草，惆怅乔林挂落晖。记取今朝延伫处，酒楼西畔是柴扉。"张先生询问他为何会写出这种诗，孟生避讳不说。再三询问，他才说出来，说他刚才在道路上遇见一位美丽的女子，天姿国色，容貌绝代，所以坐在这里希望她再出来。张先生问他在哪里遇见那个女子，孟生用手指着不远处。张先生大为惊骇，说道："那是某家的坟院，已经荒废很久了，怎么会出现一个美丽女人呢？"孟生跟着张先生一同去寻找，果然坟冢遍地，杂草丛生，什么都没有。

于生骑驴

聂松岩言：即墨于生，骑一驴赴京师。中路憩息高岗上，系驴于树，而倚石假寐[①]。忽见驴昂首四顾，浩然叹曰："不至此地数十年，青山如故，村落已非旧径矣。"于故好奇，闻之跃然起曰："此宋处宗长鸣鸡也，日日乘之共谈，不患长途寂寞矣。"揖而与言[②]，驴啮草不应[③]。反覆开导，约与为忘形交，驴亦若勿闻。怒而痛鞭之，驴跳掷狂吼[④]，终不能言，竟棰折一足。鬻于屠肆[5]，徒步以归。此事绝可笑，殆睡梦中误听耶？抑此驴夙生冤谴，有物凭之，以激于之怒杀耶？

注释

①寐：睡，睡着。

②揖：古代的拱手礼。

③啮：咬。

④跳掷：上下跳跃。

⑤屠肆：屠宰场；肉市。

译文

聂松岩说：即墨人于生，骑着一头毛驴去京师，途中在高岗上休憩，将毛驴系在树上，自己倚靠在石头上打个盹。忽然毛驴抬起头来看着四周，感慨地叹息道："已经几十年没到这里来了，青山还是老样子，但村落田舍已经不是从前的那般模样了。"于生一向就是个好奇的人，听到后跳起来说道："你就像是宋处宗的长鸣鸡呀，每天骑在你背上与你谈话，就不怕旅途漫长寂寞了。"于是作揖与它说话，毛驴只顾吃草不回应他。于生反复开导它，愿与毛驴约为忘形交，毛驴也好像是没有听见一样。于生愤怒，狠狠抽打毛驴，毛驴蹦跳狂吼，始终没有说一句话，于生竟然打折了它的一条腿，把它卖给了屠场。没有驴骑了，于生只好徒步返回。这件事真是好笑，大概是他睡梦中误听了吧？还是跟这头毛驴有夙怨，神灵借助于物形让它开口说话，激怒了于生，而将它杀死了？

亡妻回煞

表叔王碧伯妻丧，术者言某日子刻回煞[①]，全家皆避出。有盗伪为煞神，逾垣入[②]，方开箧攫簪珥。适一盗又伪为煞神来，鬼声呜呜，渐近。前盗皇遽避出，相遇于庭，彼此以为真煞神，皆悸而失魂[③]，对仆于地。黎明，家人哭入，突见之，大骇，谛视乃知为盗[④]。以姜汤灌苏，即以鬼装缚送官。沿路聚观，莫不绝倒[⑤]。据此一事，回煞之说当妄矣[⑥]。然回煞形迹，余实屡目睹之。鬼神茫昧[⑦]，究不知其如何也。

注释

①回煞：也叫归煞。古代迷信，认为人死后灵魂会返回，并在返回的时候有凶煞出现。

②垣：矮墙，墙。

③悸：因害怕而心跳得厉害。失魂：极度惊慌。

④谛视：仔细看。

⑤绝倒：大笑而不能自持的样子。

⑥妄：荒诞不合理。

⑦茫昧：模糊不清。

译文

我的表叔王碧伯的妻子死后，有位术士告诉他某日的子刻亡妻就会回来，于是全家都避出。晚上，有盗贼伪装成煞神，越墙进去，撬开匣子拿走发簪、耳环等首饰。这时另一个盗贼也伪装成煞神，还学鬼的声音，呜呜叫着进来。前面的那个盗贼听见后很惶恐，急忙逃了出来，两个盗贼在庭院里相遇，彼此都以为对方是真的煞神，都吓得失了魂魄，昏倒在地。第二天早上，王家的人哭着进入家门，突然见到倒在地上的两个人，大为惊恐，仔细看才知道是强盗。于是用姜汤把他们灌醒，让他们穿着这身扮鬼的衣服，扭送到官衙。沿路观看的人，没有不哈哈大笑的。根据这件事，可知回煞的说法是荒诞的。但是回煞的形迹，我确实多次亲眼见到过。鬼神渺茫迷离，我也不知道这是怎么回事。

佃户曹二悍妇

佃户曹二妇悍甚[①]，动辄诃詈风雨[②]，诟谇鬼神，乡邻里闾，一语不合，即揎袖露臂，携二捣衣杵，奋呼跳掷如虓虎。一日，乘阴雨出窃麦。忽风雷大作，巨雹如鹅卵，已中伤仆地。忽风卷一五斗栲栳堕其前[③]，顶之得不死。岂天亦畏其横欤？或曰：“是虽暴戾，而善事其姑。每与人斗，姑叱之，辄弭伏[④]；姑批其颊[⑤]，亦跪而受。然则遇难不死，有由矣。”孔子曰：“夫孝，天之经也，地之义也。”岂不然乎！

注释

①悍甚：十分凶悍。

②詈：厉声责骂。

③栲栳 kǎolǎo：用柳条编成的像斗的容器。

④弭伏：驯服；顺服。

⑤批：用手掌打。

译文

佃户曹二的妻子是个凶悍的女人，动不动就谩骂风雨，咒骂鬼神。乡邻街坊，一句话合不来，就撸起袖管，露出胳膊，拿着两根捣衣棒槌，奋力呼叫，跳着扔过去，凶狠蛮横如咆哮的老虎一样。一天，她趁着阴雨连绵去偷别人的麦子，突然大风刮来，电闪雷鸣，巨大的冰雹就好像鹅卵石一样砸下来，她已经被打中受伤扑倒在地上。忽然大风卷过来一个装五斗粮的笆斗，正好落在她的前面，她拿过来顶在自己的头上，没有死掉。难道是上天也害怕她的蛮横吗？有人说："她虽然暴戾，但是对她的婆婆很孝顺，每次跟别人争斗时，婆婆呵斥她，她就乖乖听话了，要是她婆婆打了她耳光，她也跪下来受罪。这就是她遇大难没有死的原因。"孔子说："孝顺，是天经地义的事。"难道不是这样吗？

杨義拒二鬼捉拿

膳夫杨義，粗知文字，随姚安公在滇时，忽梦二鬼持朱票来拘，标名曰杨义。義争曰："我名杨義，不名杨义，尔定误拘。"二鬼皆曰："义字上尚有一点，是省笔義字"。義又争曰："从未见義字如此写，当仍是义字，误滴一墨点。"二鬼不能强而去。同寝者闻其呓语，殊甚了了①。俄姚安公终养归②，義随至平彝，又梦二鬼持票来，乃明明楷书杨義字，義仍不服曰："我已北归，当属直隶城隍，尔云南城隍。何得拘我？”喧诟良久。同寝者呼之乃醒，自云二鬼甚愤，似必不相舍。次日，行至滇南胜境坊下，果马蹶堕地卒[③]。

注释

①了了：清楚。

②终养：奉养年老父母，以终天年。

③堕：掉下来，坠落。

译文

有个厨子叫杨義，略微知晓文字，跟随姚安公在云南时，忽然梦见有两个鬼拿着红票来拘捕他。上面标写的是“杨义”两字。杨義争辩道：“我叫杨義，不是杨义，你们一定捉错人了。”两个鬼都说：“义字上有一点，是简笔的義字。”杨義又争辩道：“从没听说过義字有这样的写法，一定是乂字，你们多加了一个点儿。”两个鬼说不过他只好离开。跟他一起睡的人听见了他的梦话，听得非常清楚。不久后姚安公辞官回家养老，杨義跟着来到了平彝，又梦见了两个鬼拿着红票过来，上面明明白白用楷书写着“杨義”两个字，杨義仍然不服气，说道：“我已经回到了北方，应当属于直隶城隍管辖。你们是云南城隍的人，为何要拘捕我？”吵闹争辩了许久。与他睡在同一个屋里的人把他摇醒，杨義说那两个鬼很是气愤，好像一定要抓他。第二天行走到云南南部胜境坊下面，杨義果然从马上坠落摔死了。

农妇张氏强辩

宁津苏子庾言：丁卯夏，张氏姑妇同刈麦[①]。甫收拾成聚，有大旋风从西来，吹之四散。妇怒，以镰掷之，洒血数滴渍地上。方共检寻所失，妇倚树忽似昏醉，魂为人缚至一神祠。神怒叱曰："悍妇乃敢伤我吏！速受杖。"妇性素刚，抗声曰："贫家种麦数亩，资以活命。烈日中妇姑辛苦，刈甫毕，乃为怪风吹散。谓是邪祟，故以镰掷之，不虞伤大王使者[②]。且使者来往，自有官路；何以横经民田，败人麦？以此受杖，实所不甘。"神俯首曰："其词直，可遣去。"妇苏而旋风复至，仍卷其麦为一处。说是事时，吴桥王仁趾曰："此不知为何神？不曲庇其私昵，谓之正直可矣；先听肤受之诉，使妇几受刑，谓之聪明则未也。"景州戈荔田曰："妇诉其冤，神即能鉴，是亦聪明矣。倘诉者哀哀[③]，听者愦愦[④]，君更谓之何？” 子庾曰：“仁趾责人无已时。荔田言是。”

注释

①刈 yì：割。

②虞：预料。

③哀哀：悲伤的样子。

④愦 kuì 愦：昏庸；糊涂。

译文

宁津人苏子庾说：丁卯年的夏天，张氏婆婆与儿媳妇一起割麦子，刚刚收拾聚拢，有一股大旋风从西边吹来，吹散了麦子。妇人很愤怒，把镰刀丢了过去，几滴血洒在了地上。两人正一起寻找散失的麦子时，妇人忽然倚靠在树边，昏沉沉地好像喝醉了一样，她的魂魄被人束缚着押到一个神祠里，神愤怒斥责她道：“你这个悍妇，竟敢打伤我的下属，快快接受杖打刑罚！”妇人向来性情刚烈，她抗议道：“贫寒家庭种了几亩麦子，用来活命，烈日炎炎里，妇姑一起辛苦割麦，刚割完，竟然被怪风吹散。我以为是邪恶鬼怪作祟，所以才把镰刀丢过去，没有想到打伤了大王的手下。况且使者往来，自然有官路可走，为何横行在百姓的田地里，糟蹋别人的麦子？因为这个而受杖打，我实在是不甘心。”神低头说：“她的言辞耿直，放了她吧！”妇人苏醒了，旋风又吹来，将散落的麦子卷到一个地方。说起这件事的时候，吴桥人王仁趾说：“不知道这是个什么神仙，他不徇私情庇护自己的属下，可以说很是正直无私。起先他听信手下肤浅的诉苦之说，险些使得妇人受刑，说他聪明，就未必了。”景州人戈荔田说：“妇人倾诉她的冤情，神能明鉴，也是聪明啊。倘若吃到苦头的手下一苦苦哀求，倾听的人就昏聩，你又有什么说法？”子庚说道：“仁趾对人苛求个没完，还是荔田说的是。”

鬼囚

宏恩寺僧明心言：上天竺有老僧，尝入冥。见狰狞鬼卒，驱数千人在一大公廨外[①]，皆褫衣反缚。有官南面坐，吏执簿唱名[②]，一一选择精粗，揣量肥瘠，若屠肆之鬻羊豕。意大怪之。见一吏去官稍远，是旧檀越[③]，因合掌问讯：“是悉何人？”吏曰：“诸天魔众，皆以人为粮。如来运大神力，摄伏魔王，皈依五戒。而部族繁伙，叛服不常，皆曰自无始以来，魔众食人，如人食谷。佛能断人食谷，我即不食人。如是哓哓[4]，即彼魔王亦不能制。佛以孽海洪波，沉沦不返，无间地狱[5]，已不能容。乃牒下阎罗[6]，欲移此狱囚，充彼啖噬；彼腹得果，可免荼毒生灵。十王共议，以民命所关，无如守令，造福最易，造祸亦深。惟是种种冤愆，多非自作；冥司业镜，罪有攸归。其最为民害者，一曰吏，一曰役，一曰官之亲属，一曰官之仆隶。是四种人，无官之责，有官之权。官或自顾考成，彼则惟知牟利，依草附木，怙势作威，足使人敲髓洒膏，吞声泣血。四大洲内，惟此四种恶业至多。是以清我泥犁，供其汤鼎。以白皙者、柔脆者、膏腴者充魔王食，以粗材充众魔食。故先为差别，然后发遣。其间业稍轻者，一经脔割烹炮，即化为乌有。业重者，抛馀残骨，吹以业风，还其本形，再供刀俎；自二三度至千百度不一。业最重者，乃至一日化形数度，刲剔燔炙[7]，无已时也。”僧额手曰：“诚不如削发出尘，可无此虑。”吏曰：“不然，其权可以害人，其力即可以济人。灵山会上，原有宰官；即此四种人，亦未尝无逍遥莲界者也。”语讫忽寤。僧有侄在一县令署，急驰书促归，劝使改业。此事即僧告其侄，而明心在寺得闻之。虽语颇荒诞，似出寓言；然神道设教，使人知畏，亦警世之苦心，未可绳以妄语戒也。

注释

①公廨 xiè：官署。

②唱名：高声点名。

③檀越：施主。

④哓 xiāo 哓：吵嚷。

⑤无间地狱：佛教语，即阿鼻地狱。

⑥牒：文书，证件。

⑦剐：分解骨肉。燔 fán：烧。炙：烤。

译文

宏恩寺的寺僧明心说：上天竺有个老僧，曾经到了阴间，见到狰狞的鬼卒在一个大官署外驱赶数千个人。那些人都被剥去衣服反手捆绑，有个官面朝南而坐，小吏拿着花名册点名，一一检查他们身体的精粗和肥瘦，就好像屠场卖猪羊一般。老僧很奇怪，见到一位小吏离官员稍微远些，是自己曾经认识的施主，便合十问道："这些都是什么人？"小吏回答说："诸多魔众都把人作为粮食，如来运用大神力慑服了魔王，使他皈依了五戒，但是他的部族聚众，经常不服发动叛乱，都说：'自从开天辟地以来，魔众都吃人，就好像人都吃谷物一样，佛能断绝人吃谷物，我们就不再吃人。’这样吵吵闹闹，即使是那个魔王也不能制止。佛考虑孽海洪波，众多鬼沉沦其中不能再投胎转生，无间地狱已经容纳不下，于是给阎罗王下文书，想移出这里的狱囚，充当魔众的食物，魔众吃饱后就可以免除对生灵的荼毒。十殿阎罗王共同商议，认为跟人命相关的，没有超过郡守和县令的。他们造福最容易，制造祸端也最深重，只是种种冤愆，大多不是他们自己造成，冥司的业镜一照，罪过各有所归。其中对民危害最大的人，有吏、役、官员的亲属和官员的仆隶。这四种人没有官的责任，却有官的权利，官员还要顾虑为政考绩，那些人则只知道牟取利益，依附他人，恃权作威作福。足足可以使人敲髓洒膏，吞声泣血，四大洲内，唯独这四种恶业最多，因此清理我们的阴曹地府，将他们供给汤锅，用那白皙的鬼、柔嫩松脆的鬼、丰腴的鬼，充当魔王的食物。用那些粗糙的鬼，充当众魔的食物。所以先进行挑选，然后再派发出去，这其中罪业稍轻的鬼，一旦经受割肉烹煮之后，即刻化为乌有。罪业重的鬼，抛除残骨，用业风吹，还原本形，再供到刀案上，从二三次到千百次不等。罪业最为深重的鬼，一日之内无数次化为原形，割剔炙烤无休止。”老僧听完举手抚住额头，说道：“还不如削发出家，可以无此顾虑。”小吏说：“不对。他们有权去害人，也有力去助济人。灵山会上原来有宰官，即使这四种人，也未尝没有逍遥莲界的人。”说完，老僧忽然想到自己有一侄子在一个县属办事，急忙递送书信敦促他回家，劝导他更改职业。这件事就是老僧告诉他的侄子，而明心在寺庙中听到的。虽然非常荒诞，好像是出自寓言，但是神道设教，使人知道害怕，也是警告世人的一片苦心，不可看成是妄语。

盲人“林鬼”

沧州瞽者刘君瑞[①]，尝以弦索来往余家。言其偶有林姓者，一日薄暮[②]，有人登门来唤曰：“某官舟泊河干，闻汝善弹词，邀往一试，当有厚赉[③]。”即促抱琵琶，牵其竹杖导之往。约四五里，至舟畔。寒温毕[④]，闻主人指挥曰：“舟中炎热，坐岸上奏技，吾倚窗听之可也。”林利其赏，竭力弹唱。约略近三鼓，指痛喉干，求滴水不可得。侧耳听之，四围男女杂坐，笑语喧嚣，觉不似仕宦家，又觉不似在水次，辍弦欲起。众怒曰：“何物盲贼，敢不听使令！”众手交捶，痛不可忍，乃哀乞再奏。久之，闻人声渐散，犹不敢息。忽闻耳畔呼曰:“林先生何故日尚未出，坐乱家间演技，取树下早凉耶?”矍然惊问，乃其邻人早起贩鬻过此也。知为鬼弄，狼狈而归。林姓素多心计，号曰“林鬼”。闻者咸笑曰:“今日鬼遇鬼矣。”

注释

①瞽 gǔ 者：盲人，瞎子。

②薄暮：傍晚，太阳快要落山的时候。

③赉 lài：赐予，给予。

④寒温：问候。

译文

沧州有位盲人叫刘君瑞，曾经来往我家弹唱曲子。他说他有一个姓林的同伴，一天傍晚，有人登门叫林盲人，说道:“某个官员的船只停留在河边，听说你擅长弹词唱曲，邀请你前去试试，会有重赏。”那个叫门的小吏当即就催促他抱着琵琶，牵着他的竹杖领他过去。大约走了四五里路，来到了船边。寒暄之后，听到主人指令说道:“船上很热，你坐到岸上弹奏乐器吧。我靠着窗户听听就可以了。”林盲人贪图奖赏，竭力吹拉弹唱，大概将近三更天，手指疼痛，喉咙干燥，请求喝口水也喝不到。竖起耳朵去听，听见四周男女混杂坐在一起，欢声笑语，喧哗热闹，觉得不像是官宦人家，又觉得好像不是在水边，于是停止弹奏，想要起来。众人怒斥道：“那个盲贼，竟然敢不听指令！”便都来打他，林盲人感到疼痛不能忍受，于是哀求他们停手，再继续演奏。过了好长一段时间，听见人声渐渐消失，林盲人仍然不敢停止。忽然听见耳边有人喊道：“林先生为何在日头还没有出来之前，坐在乱坟堆中演奏呢？难道是贪图树下早上凉快吗？”林盲人感到很是惊恐，一问，才知道是邻近的村民一大早起来做买卖经过这里。他这才明白自己是被鬼戏弄了，狼狈地回到家里。林盲人平时很有心计，被人叫作“林鬼”。听到这个故事的人都笑说：“今天是鬼见到鬼了。”

吓鬼

南皮许南金先生，最有胆。在僧寺读书，与一友共榻[①]。夜半，见北壁燃双炬。谛视，乃一人面出壁中，大如箕[②]，双炬其目光也。友股栗欲死，先生披衣徐起曰：“正欲读书，苦烛尽，君来甚善。”乃携一册背之坐，诵声琅琅。未数页，目光渐隐。拊壁呼之[③]，不出矣。又一夕如厕，一小童持烛随。此面突自地涌出，对之而笑。童掷烛仆地。先生即拾置怪顶，曰：“烛正无台，君来又甚善。”怪仰视不动。先生曰：“君何处不可往，乃在此间？海上有逐臭之夫，君其是乎？不可辜君来意。”即以秽纸拭其口。怪大呕吐，狂吼数声，灭烛而没。自是不复见。先生尝曰：“鬼魅皆真有之，亦时或见之；惟检点生平，无不可对鬼魅者，则此心自不动耳。”

注释

①榻：矮而狭长的床，泛指床。

②箕：用竹篾、柳条等织成的扬去糠麸或清除垃圾的器具。

③拊：拍。

译文

南皮人许南金先生，最有胆量。在寺庙中读书的时候，与一个朋友睡在同一张床上。半夜的时候，看见北边的墙壁上有两个火炬。细看之后，发现是一个人的面孔从墙壁里出来，巨大得像簸箕一样，两个火炬是他的眼睛发出的光。朋友大腿发抖害怕得要死。先生披着衣服慢慢坐起来，说道：“我正想要读书，为没有蜡烛苦恼，你来得正好。”于是拿起一册书背对墙壁坐着，琅琅诵读。没读几页，巨人的目光渐渐隐去。先生拍打着墙壁呼唤，但巨人就是不出来。又有一个晚上，他去上厕所，小童子拿着蜡烛跟着他。这个面孔突然从地上冒出，对着他们笑。小童子吓得扔掉蜡烛扑倒在地上。先生拾起蜡烛放在巨人的头顶上，说道："蜡烛正好没有烛台，你又来得正好。"怪脸仰视着他动也不动。先生问道："你哪里不可以去，为何要在这里出现？我听说海上有专门追逐臭东西的人，难道就是你？不可以辜负了你的苦心啊。"于是用擦屁股的纸擦拭巨人的嘴巴，怪脸大声呕吐，狂叫几声，熄灭蜡烛，消失不见了。从此之后再也没有出现。先生曾经说："鬼魅都真实存在，有时也亲眼见到，但我平生检点，没有做过对不起鬼魅的事，见到鬼时心中也不害怕。"

鬼隐

戴东原言：明季有宋某者，卜葬地，至歙县深山中。日薄暮，风雨欲来，见岩下有洞，投之暂避。闻洞内人语曰："此中有鬼，君勿入。"问："汝何以入？"曰："身即鬼也。"宋请一见。曰："与君相见，则阴阳气战，君必寒热小不安。不如君爇火自卫，遥作隔座谈也。”宋问：“君必有墓，何以居此？”曰：“吾神宗时为县令，恶仕宦者货利相攘[①]，进取相轧[②]，乃弃职归田。殁而祈于阎罗[③]，勿轮回人世。遂以来生禄秩[④]，改注阴官。不虞幽冥之中，相攘相轧，亦复如此，又弃职归墓。墓居群鬼之间，往来嚣杂，不胜其烦，不得已避居于此。虽凄风苦雨，萧索难堪，较诸宦海风波，世途机阱，则如生忉利天矣[⑤]。寂历空山，都忘甲子[⑥]。与鬼相隔者，不知几年；与人相隔者，更不知几年。自喜解脱万缘，冥心造化，不意又通人迹，明朝当即移居。武陵渔人，勿再访桃花源也。”语讫不复酬对，问其姓名，亦不答。宋携有笔砚，因濡墨大书“鬼隐”两字于洞口而归。

注释

①攘：侵夺。

②轧：排挤。

③殁：死。

④禄秩：禄位。

⑤忉 dāo 利天：佛教用语，三十三天，即一般所说的天堂。

⑥甲子：岁月，光阴。

译文

戴东原说：明末有个姓宋的人，选择坟地，到了歙县深山中，天色将晚，风雨即将到来，看见山崖下有个山洞，便进去暂时避雨。听见洞中有人说道："这里面有鬼，你别进来。"宋某问道："那你怎么可以进去？"对方说："我就是鬼。"宋某请求见面。鬼说："与你见面的话，阴气与阳气就会冲撞，你必感风寒而不舒服，不如你点着火自卫，我们遥遥相隔谈一谈。"宋某问道："你一定有坟墓，为何居住在此地？"鬼说："我是明神宗时的一个县令，厌恶官场上的人争夺利益，相互排挤倾轧，于是辞去官职回到故里耕田种植，死后向阎罗王请求，希望不要转生到人世。于是以我来生的禄位，改做阴间的官吏。没想到在阴间，也一样相互倾轧。于是辞了阴间官职回到了墓中。墓穴位于众多鬼魂之间，鬼来来往往喧嚣嘈杂，不胜其烦，不得已才躲到了这里。虽然凄风苦雨，冷清难熬，但相对于官场上的风雨，仕途上的险恶，就好像是在天堂。在这寂静的山中，我都忘记了时间。与其他鬼遥遥相隔，不知道过了几年；与人世遥遥相隔，更不知道过了几年。我为我摆脱了万物纠缠潜心造化而喜悦，没想到又遇到了人，明天早上就得搬走。你就不要像那个武陵渔人，再访问这个山洞了。"说完，不再说话了，宋某问他的姓名，他也不回答。宋某随身带有笔墨纸砚，于是磨墨润笔，在洞口大大写上“鬼隐”两个字后回去了。

悍妇

先祖有庄，曰厂里，今分属从弟东白家。闻未析箸时[①]，场中一柴垛，有年矣，云狐居其中，人不敢犯。偶佃户某醉卧其侧，同辈戒勿触仙家怒。某不听，反肆詈。忽闻人语曰：“汝醉，吾不较。且归家睡可也。”次日，诣园守瓜。其妇担饭来馌，遥望团焦中[②]，一红衫女子与夫坐，见妇惊起，仓卒逾垣去。妇故妒悍，以为夫有外遇也，愤不可忍，遽以担痛击。某百口不能自明，大受捶楚。妇手倦稍息，犹喃喃毒詈。忽闻树杪大笑声，方知狐戏报之也。

注释

①析箸 zhù：分家。箸，筷子。

②团焦：圆形的草屋。

译文

祖父有个庄园，叫作厂里，现今已经分给堂弟东白家了。听说还没有分家前，庄园的场院里有个柴垛，有一些年代了。大家说有个狐仙居住在里面，人们都不敢冒犯。偶然有个佃户喝醉了，躺在柴垛的旁边。其他人劝告他不要触怒狐仙，这个佃户不听，反而肆意谩骂。忽然听见有人说："你喝醉了，我不与你计较，你回家睡觉去吧。"第二天，这个佃户去园中看瓜。他的妻子挑着担子来给他送饭，远远看见圆圆的瓜棚中，有一个身穿红衫的女子与自己的丈夫坐在一块，见到她过来，仓促越墙逃走。佃户的妻子向来善妒凶悍，以为丈夫有了外遇，气得不能忍受，二话不说甩起扁担将自己的丈夫痛打一顿。这个佃户辩白解释，也讲不清楚，反而饱受妻子的一顿棍棒毒打。妻子打累了，稍作休息，嘴里还喃喃毒骂个不停。忽然听见树枝上传来哈哈大笑声，佃户才知道原来是被狐仙戏弄、报复了。

两牛报恩斗强盗

护持寺在河间东四十里。有农夫于某，家小康。一夕，于外出，劫盗数人从屋檐跃下，挥巨斧破扉，声丁丁然。家惟妇女弱小，伏枕战栗，听所为而已。

忽所畜二牛，怒吼跃入，奋角与盗斗。梃刃交下[①]，斗愈力，盗竟受伤，狼狈去。盖乾隆癸亥，河间大饥，畜牛者不能刍秣[②]，多鬻于屠市。是二牛至屠者门，哀鸣伏地，不肯前。于见而心恻，解衣质钱赎之，忍冻而归。牛之效死固宜；惟盗在内室，牛在外厩，牛何以知有警？且牛非矫捷之物，外扉坚闭，何以能一跃逾墙？此必有使之者矣，非鬼神之为而谁为之？此乙丑冬在河间岁试，刘东堂为余言。东堂即护持寺人，云亲见二牛，各身被数刃也。

注释

①梃 tǐng 刃：棍棒和刀。

②刍秣：喂牛马的草料。

译文

护持寺在河间城东四十里。那里有个姓于的农夫，家中算是小康水准。一天晚上于某外出，有几个强盗从屋檐上跳下来，挥着巨斧要砍开大门，砍得叮当响。家里只有妇女小孩，都趴在枕头上发抖，听任强盗们破门偷盗。忽然于家所养的两头牛怒吼着冲了进来，奋力用犄角与强盗争斗，强盗刀棍齐下，两牛越斗越勇，强盗们全都受伤狼狈逃去。大概在乾隆癸亥年间的时候，河间县闹饥荒，养牛的人没有草料喂给牛吃，大多都把牛卖给了屠宰场。这两头牛走到屠夫的门外时，哀声鸣叫，趴在地上，不肯向前。于某见了心生怜悯，脱下衣服典当了钱后把它们买了回来，自己却忍受着寒冷回到家。牛冒着生命危险报效主人是应当的，只是强盗在内室，牛在外面的牛棚里，怎么会知道里面发生了危险？况且牛也不是动作矫捷灵敏的动物，外门紧闭，如何能一下就跳过了墙？这一定是有谁在指使它们，除了鬼神之外，还有谁能做到这样？这是乙丑年间的冬天，我在河间乡试的时候，听刘东堂告诉我的。东堂就是护持寺那里的人，他说亲眼见到过这两头牛，身上各有多处刀疤。

秃项马

里人张某，深险诡谲[①]，虽至亲骨肉，不能得其一实语。而口舌巧捷，多为所欺，人号曰“秃项马”。马秃项为无鬃，鬃踪同音，言其恍惚闪烁，无踪可觅也。一日，与其父夜行迷路，隔陇见数人团坐[②]，呼问当何向。数人皆应曰：“向北。”因陷深淖中。又遥呼问之，皆应曰：“转东。”乃几至灭顶，蹩躠泥涂[③]，困不能出。闻数人拊掌笑曰[④]：“秃项马，尔今知妄语之误人否？”近在耳畔，而不睹其形。方知为鬼所绐也[⑤]。

注释

①深险：深沉，阴险。诡谲：诡诈，狡黠。

②陇：同“垄”，土埂。

③蹩躠 biéxuè：跛行的样子。

④拊掌：拍手，鼓掌。

⑤绐 dài：欺哄。

译文

乡里有个叫张某的人，阴险狡诈，即使是至亲骨肉，也不能得到他的一句真话。而且他巧舌如簧，善于狡辩，很多人都受过他的欺骗，别人给他取外号叫“秃项马”。马秃项没有鬃毛，“鬃”与“踪”同音，意思就是说他飘忽、闪烁不定，没有踪迹可寻。一天，他与他的父亲在晚上赶路迷了路，隔着田垄看见几个人围坐在一起，于是张某高声问道应该往哪儿走，几个人都一起说道：“向北走。”于是张某陷入了泥淖中。又远远地问向哪走，几个人都说：“转向东边。”这一次，张某几乎被淹死，陷入到泥塘里，被困住出不来。听见那几个人拍着手笑道：“秃项马，现在你知道说谎有多害人了吗？”

声音近在耳边，但是看不见形体。张某这才知道是被鬼戏弄了。

骑马贼

先四叔父栗甫公，一日往河城探友。见一骑飞驰向东北，突挂柳枝而堕。众趋视之，气绝矣。食顷，一妇号泣来，曰：“姑病无药饵，步行一昼夜，向母家借得衣饰数事，不料为骑马贼所夺。”众引视堕马者，时已复苏。妇呼曰：“正是人也。”其袱掷于道旁[①]，问袱中衣饰之数，堕马者不能答，妇所言，启视一一合，堕马者乃伏罪。众以白昼劫夺，罪当缳首[②]，将执送官。堕马者叩首乞命，愿以怀中数十金，予妇自赎。妇以姑病危急，亦不愿涉讼庭[③]，乃取其金而纵之去。叔父曰：“果报之速，无速于此事者矣。每一念及，觉在在处处有鬼神。”

注释

①袱 fú：用布包成的包裹。

②缳 huán 首：绞刑。

③讼庭：讼堂。

译文

我的先四叔父栗甫先生，一天到河城镇探望朋友。他看见一个人骑着马，向东北方向飞奔，突然，他被一个柳枝挂住了，坠落在地上。众人前去一看，他已经断气了。过了一顿饭的工夫，一个妇女哭着过来，说道："我婆婆生病了没有钱买药，我走了一天一夜，去向娘家借了几件衣服首饰，准备换钱给婆婆治病，没有想到被骑马贼抢去了。"众人带着这个妇女走到那个从马上摔下来的人面前，此时这个人已经苏醒过来。妇人大叫道："正是这个人抢去的！"那个包袱被丢到了路边，询问骑马贼包袱中衣服首饰的数目，他都不能回答，打开包袱后，每一样东西都如妇人所说，骑马贼于是低头认罪。众人都认为他白天抢夺财物，罪当绞死，要捆住送到官府那里去。骑马贼叩头乞求饶命，愿意以怀中的几十两银子，给予妇人来赎罪。妇人因为婆婆病情危急，也不愿意牵涉到官司中，于是接受了他的银子，放他走了。叔父说："因果报应的速度没有比这个更快的了。每当想起这件事，总觉得处处都有鬼神。"

飞刀齐舜庭

齐舜庭，前所记剧盗齐大之族也[1]。最剽悍，能以绳系刀柄，掷伤人于两三丈外，其党号之曰“飞刀”。其邻曰张七，舜庭故奴视之，强售其住屋广马厩，且使其党恐之曰：“不速迁，祸立至矣。”张不得已，携妻女仓皇出，莫知所适，乃诣神祠祷曰：“小人不幸为剧盗逼，穷迫无路。敬植杖神前，视所向而往。”杖仆向东北。乃迤逦行乞至天津，以女嫁灶丁，助之晒盐，粗能自给。三四载后，舜庭劫饷事发，官兵围捕，黑夜乘风雨脱免。念其党有在商舶者，将投之泛海去。昼伏夜行，窃瓜果为粮，幸无觉者。一夕，饥渴交迫，遥望一灯荧然[②]，试叩门。一少妇凝视久之，忽呼曰：“齐舜庭在此。”盖追缉之牒，已急递至天津，立赏格募捕矣。众丁闻声毕集。舜庭手无寸刃，乃弭首就擒[③]。少妇即张七之女也。使不迫逐七至是，则舜庭已变服，人无识者；地距海口仅数里，竟扬帆去矣。

注释

①剧盗：剧贼，势力强大的贼寇。

②荧然：光亮微弱的样子。

③弭首：俯首。

译文

齐舜庭，就是我前面说的盗贼齐大的族人。他长得最为剽悍，能用绳子系住刀把，掷杀两三丈以外的人。他的朋党给他取了个外号，叫“飞刀”。他的邻居叫作张七，齐舜庭向来都把他当作奴隶看，强迫他卖掉住房用来拓宽自己的马厩，并且让同党威胁张七说：“如果你不赶快搬走，马上就会大祸临头！”张七不得已，只好带着妻子女儿仓皇逃走，不知道去哪里，就来到神祠对神祈祷说道：“我不幸被强盗逼得走投无路，把手杖恭敬地立在神的面前，看木杖倒下的方向来决定逃走的方向。”手杖倒向东北。于是张七就带着家人一路辛苦奔波到天津，将女儿嫁给了一个煮盐的人，帮助他晒盐，勉强能维持生计。三四年后，齐舜庭抢劫官粮的事情败露了，官兵到处包围追捕他们，在一个黑夜里，他趁着刮风下雨逃脱。想到还有朋党在商船上的，就想要投靠他们，逃亡到海上去。他白天潜伏躲藏，晚上赶路，偷别人的瓜果作粮食，幸好没有被人发觉。一天晚上，他又饿又渴，远远看见一盏灯闪着微弱的光芒，便试探地去敲了敲门。一个少妇出来，盯着他看了好久，忽然大声说道：“齐舜庭在这里！”当时追缉他的公文已经急送到了天津，官府到处悬赏捉拿他。众官兵听见后全部围住他。齐舜庭手无寸铁，只好俯首被擒住。这个少妇就是张七的女儿。如果当时齐舜庭没有强行驱逐张七到了这里，那么齐舜庭逃跑时已经换了装束，就没有人能认出他。这个地方距离海口只有几里路，他很快就能扬帆出海逃脱了。

自食其果

孙虚船先生言：其友尝患寒疾，昏愦中觉魂气飞越，随风飘荡。至一官署，谛视门内皆鬼神，知为冥府。见有人自侧门入，试随之行，无呵禁者。又随众坐庑下，亦无诘问者。窃睨堂上[①]，诉者如织。冥王左检籍，右执笔，有一两言决者，有数十言数百言乃决者，与人世刑曹无少异[②]。琅挡引下，皆帖伏无后言。忽见前辈某公盛服入，冥王延坐，问讼何事。则诉门生故吏之辜恩，所举凡数十人，意颇悁悁。冥王颜色似不谓然，俟其语竟，拱手曰："此辈奔竞排挤，机械万端，天道昭昭，终罹冥谪[③]。然神殛之则可，公责之则不可。种桃李者得其实，种蒺藜者得其刺，公不闻乎？公所赏鉴，大抵附势之流；势去之后，乃责之以道义，是凿冰而求火也。公则左矣，何暇尤人？"某公怃然久之[④]，逡巡竟退。友故与相识，欲近前问讯。忽闻背后叱叱声，一回顾间，怃然已醒。

注释

①睨：斜着眼睛看。

②刑曹：管刑事的官署或属官。

③罹：遭受（苦难或不幸）。冥谪 zhé：阴间的惩罚。

④怃 wǔ 然：怅然失意的样子。

译文

孙虚船先生说：他的朋友曾经患了寒病，昏昏沉沉中觉得灵魂飞了出去，随风飘荡。他来到了一个官署前，仔细一看，门里边都是鬼神，才知道到了阴间。看见有人从侧门进入，就试着跟别人走，也没有谁呵斥阻止他。他又跟着别人一起坐在廊庑下，也没有谁诘问他。他偷偷地看了一眼公堂上，诉讼告状的人，穿梭如织。冥王左手拿着名册，右手拿着笔，有的是一两句话就解决了，有的要说几十句话甚至几百句话才能决定，跟人间的断案没有什么差别。那些被枷锁拷住的人被带下来后，都服服帖帖，没说二话。忽然，看见他的前辈某公穿戴整齐地进去了，冥王招呼他坐下，问他要告什么案子。他说要告自己的学生和旧时的官吏忘恩负义，他列举了几十个人，看他样子十分气愤。冥王的面色看起来似乎不以为然，等到他把话说完，拱手道："这些人到处奔走，竞相排挤，诡计多端，尔虞我诈，天理明了，这些人最终是要遭受鬼神的惩罚的。但是鬼神责罚他们可以，你去责问他们就不行了。种下桃李之树就会得到果实，种下蒺藜得到的只是刺，难道你没有听说吗？你所欣赏的人，大都只是趋炎附势的人，这些人都是你所教育塑造的，竟还以道义的名义去责备他们，就好像是凿开冰块来求火一样。你自己已经错了，为什么还要去责怪别人呢？"这个人沉默了很久，告辞后恭顺地退下了。孙虚船的朋友与那位前辈相识，想要靠近前去问候，忽然听见背后的呵斥声，回头间，猛地从梦中醒来。

土地神调停争端

董文恪公老仆王某，性谦谨，善应门[①]，数十年未忤一人，所谓"王和尚"者是也。言尝随文恪公宿博将军废园，月夜据石纳凉。遥见一人仓皇隐避，一人邀遮而止之，捉其臂共坐树下，曰："以为汝生天久矣，乃在此相遇耶？"因先述相交之契厚[②]，次责任事之负心，曰："某事乘我急需，故难其词以勒我，中饱几何[3]。某事欺我不谙[4]，虚张其数以给我，乾没又几何[5]。"如是数十事，每一事一批其颊，怒气坌涌[6]，似欲相吞噬。俄一老叟自草间出，曰："渠今已堕饿鬼道，君何必相凌？且负债必还，又何必太遽？"其一人弥怒曰："既已饿鬼，何从还债？"老叟曰："业有满时，则债有还日。冥司定律，凡称贷子母之钱，来生有禄则偿，无禄则免，为其限于力也。若胁取诱取之财，虽历万劫，亦须填补。其或无禄可抵，则为六畜以偿；或一世不足抵，则分数世以偿。今夕董公所食之豚，非其干仆某之十一世身耶？"其一人怒似略平，乃释手各散。老叟意其土神也。所言干仆，王某犹及见之，果最有心计云。

注释

①应门：照看门户。

②契厚：交往密切，感情深厚。

③中饱：指经手钱财时，以欺诈等不正当手段从中谋取利益。

④谙 ān：熟悉；精通。

⑤乾没：侵吞别人的财物。

⑥坌 bèn 涌：涌出。

译文

董文恪公的老仆人王某，性情谦虚谨慎，善于在门前应酬，几十年来没有得罪过一个人，别人都说他是“王和尚”。他说曾经跟随文恪公晚上睡在博将军的废弃花园里，月夜在石头上乘凉。远远看见一个人仓皇躲避，另一个人拦住他，扯着他的胳膊一起坐在树下，说道：“我以为你早就升天了，没想到在这里遇到了。”接着，先讲述了他们交情甚为深厚，后讲了对方如何负心，说：“某事，趁着我有急需，故意为难我，借机勒索我，你得到了多少好处？某事欺骗我不懂，虚报数目诓骗我，你私吞了多少？”像这样数落了十件事，每数落一件事，就扇对方一个耳光，到最后怒气冲冲，想要把他吞进去。过了一会儿，一个老翁从草丛里钻出来，说道：“他如今已经堕落为地狱的饿鬼道，你何必再欺凌他？而且欠债一定会归还的，你又何必太急呢？”那个人更加生气地说道：“既然已经是饿鬼，怎么还能还债？”老翁说：“罪业有满的时候，那么债也有还的时候。冥司的法令规定，凡是高利贷的债务，他来生有禄就偿还，没有的话就免了，因为他没有钱去还。要是威胁或是诈骗取得的钱财，即使经历了一万代，也还是必须要还的。有时候没有禄可以抵还，那就变成六畜来偿还，要是一辈子也还不完，那就分成几辈子来偿还。现在董公所吃的豚，不就是他的那个仆人的第十一世身吗？”听完这番话，那个人的怒火似乎平息了不少，于是松开手各自散去。那个老翁估计是这里的土地爷吧。他所说的那个仆人，王某曾经还见到过他，的确是最有心计的人。

如是我闻

淫邪伪道士

京师某观，故有狐。道士建醮[①]，醵多金[②]。蒇事后[③]，与其徒在神座灯前，会计出入。尚阙数金[④]，师谓徒乾没，徒谓师误算，盘珠格格，至三鼓未休。忽梁上语曰："新秋凉爽，我倦欲眠，汝何必在此相聒[⑤]？此数金，非汝欲买媚药，置怀中，过后巷刘二姐家，二姐索金指环，汝乘醉探付彼耶？何竟忘也？"徒转面掩口。道士乃默然敛簿出。剃工魏福[⑥]，时寓观内，亲闻之。言其声咿咿呦呦，如小儿女云。

注释

①醮：道士设坛做法事。

②醵 jù：凑钱，集资。

③蒇 chǎn：完成，解决。

④阙 quē：缺少，欠缺。

⑤聒：声音吵闹，使人厌烦。

⑥剃工：剃头发的人。

译文

京师的某个道观里，向来就有狐仙。观里的老道士设道场做法事，聚敛了不少钱财。法事完成之后，老道士跟他的徒弟一起在神座的灯前计算账目。算完之后发现还缺几两银子，师父说是徒弟拿去藏起来了，徒弟说是师父算错了，两人算来算去，拨动算盘咯咯作响，直到三更天还没有算出来。忽然听见房梁上有人说道："刚入秋天，十分凉爽，我困倦想要睡觉，你们为何在这里聒噪吵闹？这几两银子，你不是想拿去买春药，放在怀中，到后巷中的刘二姐家，刘二姐索要金指环，你喝醉后就把银子给了她吗？怎么就忘记了？"徒弟转过脸去捂住嘴巴憋着笑，老道士沉默不语，收起账本就走了。当时剃头的魏福，正住在道观里，亲耳听见了这番话。说那声音咿咿呦呦的，就好像小孩儿在说话。

天下最善妒的妇人

同年金门高，吴县人。尝夜泊淮扬之间，见岸上二叟相遇，就坐水次草亭上。一叟曰："君近何事？"一叟曰："主人避暑园林，吾日日入其水阁，观活秘戏图[①]，百媚横生，亦殊可玩。其第五姬尤妖艳[②]。见其与主人剪发为誓，约他年燕子楼中作关盼盼；又约似玉箫再世，重侍韦皋。主人为之感泣。然偶闻其与母窃议，则谓主人已老，宜早储金帛，为琵琶别抱计也。君谓此辈可信乎？”相与太息久之[③]。一叟又曰：“闻其嫡甚贤，信乎？”一叟掉头曰：“天下之善妒人也，何贤之云！夫妒而嚣争，是为渊驱鱼者也。此妇于妾媵之来[④]，弱者抚之以恩，纵其出入冶游，不复防制，使流于淫佚[⑤]，其夫自愧而去之。强者待之以礼，阳尊之与己匹[⑥]，而阴导之与夫抗，使养成骄悍，其夫不堪而去之。有二术所不能饵者，则密相煽构[⑦]，务使参商两败者，又多有之。幸不即败，而一门之内，诟谇时闻，使其夫入妾之室则怨语愁颜，入妻之室乃柔声怡色[⑧]，其去就不问而知矣。此天下之善妒人也,何贤之云！”门高窃听所言，服其中理，而不解其日入水阁语。方凝思间，有官舫鸣钲来[⑨]，收帆欲泊，二叟转瞬已不见，乃悟其非人也[⑩]。

注释

①秘戏：男女狎昵嬉戏。

②姬：妾。

③太息：深深叹息。

④妾媵 yìng：泛指侍妾。媵，古代随嫁的人，称为媵。

⑤淫佚：淫荡；淫乱。

⑥阳：同“佯”，假装。

⑦煽构：煽动，捏造。

⑧怡色：面露和悦之色。

⑨鸣钲 zhēng：敲击钲、铙或锣。古代常用作起程的信号。

⑩悟：理解，明白。

译文

跟我同一年进士的金门高，是吴县人。他曾经在晚上停船于淮阴之间，看见水岸边有两个老翁相遇，坐在水边的草亭中说话。一个老翁说：“近来你在忙些什么？”另一个老翁说：“我家主人在园林中避暑，我每天都去水阁看活生生的秘戏图，看妻妾那种百媚横生的样子，非常有意思。尤其是第五个姨太太最为妖艳，我看见她剪掉头发，与主人立下誓约，说是要下辈子与他在燕子楼相会，像关盼盼一样。又约定要像玉箫那样来生还要重新侍奉韦皋，把主人感动得流下眼泪。但是我偶然听见她跟她的母亲偷偷商议，说主人已经老了，应当早早储蓄好一些钱财，做好别抱琵琶、再嫁他人的打算。你说这种人可信不可信？”两个老翁都叹息了好久。另一个老翁又问道：“我听说你家主人的嫡妻非常贤惠，是真的吗？”那老翁转头说道：“那是天底下最善于妒忌的妇人，哪里还说得上贤惠？妇人妒忌而争执吵闹，就像在深渊里驱赶鱼（这里赶了，那里又钻出来）。这个妇女对待姬妾很有一套，对于那些软弱的人就给她们恩惠，放纵她们冶游放荡，不予限制，使得她们荒淫浪荡，她的丈夫因感到羞愧而赶走她们。对于那些强悍的人以礼相待，表面上尊重她们，好像跟自己地位平等，暗地里让她们与丈夫对抗，使得她们骄纵凶悍，她的丈夫也会感到不能忍受而赶走她们。如果这两种方法还不能对付姬妾的话，就会暗地里挑拨离间，煽风点火，一定使得她们两败俱伤，这样的事多有发生。即使侥幸没有被挑拨所伤，但在一个房屋内，时时听得见诟骂声，使得丈夫进入妾的房间内，只见到妾的满面愁容，听到的都是怨言。进入到正妻的房间内，见到的则是妻子的和颜悦色，听到的是柔声细语。主人常去哪里就不言而喻了。这是天下最善妒的人，哪里说得上贤惠？”门高偷偷听他们的谈话，佩服他们说得有道理，但是不明白为何要到水阁去。正凝神思考的时候，有一个官船敲着锣鼓过来，收帆将要停泊，两个老翁眨眼间就不见了。

门高这才明白这两个老翁不是人类。

陈忠请客

先叔仪南公，有质库在西城。客作陈忠，主买菜蔬。侪辈皆谓其近多馀润[①]，宜飨众[②]。忠讳无有[③]。次日，箧钥不启，而所蓄钱数千，惟存九百。楼上故有狐，恒隔窗与人语，疑所为。试往叩之，果朗然应曰:“九百钱是汝雇值,分所应得,吾不敢取。其馀皆日日所乾没，原非汝物。今日端阳，已为汝买粽若干，买酒若干，买肉若干，买鸡鱼及瓜菜果实各若干,并泛酒雄黄,亦为买得,皆在楼下空屋中。汝宜早烹炮，迟则天暑恐腐败。”启户视之，累累具在，无可消纳，竟与众共餐。此狐可谓恶作剧，然亦颇快人意也。

注释

①侪辈：同辈；朋辈。馀润：指额外的经济收益。

②飨 xiǎng ：用酒食招待客人。

③讳：避忌，避讳。

译文

先叔父仪南公，在西城开了一家当铺。其中有个伙计叫陈忠，主管买菜办伙食。他的同辈都说他最近多有钱财，应当宴请大家。但是陈忠不承认。第二天，他的小箱子上的锁并没有被打开，可是箱子里攒下的几千钱只剩下九百了。楼上向来住着狐仙，总是隔着窗户跟别人说话，陈忠便怀疑是他干的。他试着询问他，狐仙果然高声回答说："九百钱是你被雇佣应得的工钱，我不敢拿，其余的钱都是你每天买菜时私吞的，原本就不是你的钱。今天是端午节，我已经替你买了不少粽子，不少美酒，还有不少肉，鸡鱼瓜果蔬菜等等也都有，还有雄黄酒，这些都放在楼下的空屋子里。你应当早些把他们烹煮出来。过不久，天就热了，恐怕会腐烂。"陈忠打开房门一看，房间里堆了不少东西，自己一个人吃不完，只好与同伴们一起吃了。这个狐仙可算是恶作剧，但是也让人大快人心。

有贼

史太常松涛言：初官户部主事时，居安南营，与一孀妇邻[①]。一夕盗入孀妇家，穴壁已穿矣[②]。忽大呼曰："有鬼！"狼狈越墙去。迄不知其何所见也。岂神或哀其茕独，阴相之欤？又戈东长前辈一日饭罢，坐阶下看菊。忽闻大呼曰："有贼！"其声喑呜，如牛鸣盎中[③]。举家骇异。俄连呼不已，谛听乃在庑下炉坑内。急邀逻者来，启视，则傫然一饿夫，昂首长跪。自言前两夕乘暗阑入，伏匿此坑，冀夜深出窃。不虞二更微雨，夫人命移腌齑两瓮置坑板上[④]，遂不能出。尚冀雨霁移下，乃两日不移。饥不可忍，自思出而被执，罪不过杖；不出则终为饿鬼，故反作声自呼耳。其事极奇，而实为情理所必至，录之亦足资一粲也。

注释

①孀妇：寡妇。

②穴壁：凿墙洞。

③盎：古代腹大口小的盆。

④齑 jī：切成细末腌菜或调味的姜、蒜、韭菜等。

瓮：一种用来盛水或酒等的陶器。

译文

太常寺卿史松涛说：起初担任户部主事时，住在安南营，与一个寡妇相邻。一天晚上强盗进了寡妇家，墙洞都已经被凿穿了。忽然强盗大喊道："有鬼！"于是狼狈地翻墙逃跑。到现在也不知道他所见到的是什么东西。难道是神仙也哀怜寡妇孤苦无依，暗地里帮助她吗？又有一次，戈东长前辈吃完饭，坐在台阶下观赏菊花。忽然听见有人大声喊："有贼！"声音好像是牛在盎里叫。全家人感到又惊骇又奇怪。不一会儿，又连续传来喊叫声，仔细一听，那个声音来自廊庑下的灶坑里。家人赶快把巡逻的人叫来，打开一看，里面是一个饿得半死的人，他昂着头跪在地上。他说是前两天晚上，趁着天黑私自闯进来，潜伏隐匿在这个灶坑里，企图到了半夜出来偷东西，没想到二更天的时候下起了小雨，夫人命令移动两个腌菜缸放在坑板上，于是他便出不来了。希望雨停后，他们会把缸拿走，结果竟然两天都没有移动。他饥饿难忍，想到出来被抓住，罪不过杖刑而已，不出来的话最终会成为饿死鬼，所以反而自己出声呼叫。这件事极其奇特，但确实也是在情理之中，所以记录下来以供一笑。

狐仙斗术士

从兄坦居言：昔闻刘馨亭谈二事。其一，有农家子为狐媚，延术士劾治。狐就擒，将烹诸油釜[1]。

农家子叩额乞免，乃纵去。后思之成疾，医不能疗。狐一日复来，相见悲喜。狐意殊落落[2]，谓农家子曰："君苦相忆，止为悦我色耳，不知是我幻相也。见我本形，则骇避不遑矣。"欻然扑地[3]，苍毛修尾，鼻息咻咻，目睒睒如炬，跳掷上屋[4]，长嗥数声而去。农家子自是病痊。此狐可谓能报德。其一亦农家子为狐媚，延术士劾治。法不验，符箓皆为狐所裂，将上坛殴击。一老媪似是狐母，止之曰："物惜其群，人庇其党。此术士道虽浅，创之过甚，恐他术士来报复。不如且就尔婿眠，听其逃避。"此狐可谓能虑远。

注释

①釜：锅。

②殊：很，非常。落落：冷淡的样子。

③欻 xū 然：迅疾的样子。

④跳掷：上下跳跃。

译文

我的堂兄坦居说：曾经听刘馨亭讲过两个故事。其中一个说的是，一个农家子弟被狐仙给迷住了，请来术士为他劾治。狐仙被捉住了，将要放在油锅里烹杀。农家子弟叩头乞求饶了狐仙一命，于是术士就把狐仙给放了。后来这个农家子弟想念狐仙得了相思病，医治也没有效果。一天狐仙又过来见他，农家子弟悲喜交集。狐仙的态度却很冷淡，对农家子弟说道：“你想我想得这么厉害，只不过是因为喜欢我的美貌罢了，不知道这只是我幻化出来的相貌，如果你见到我的原形，恐怕躲避还来不及呢。”说完狐仙突然扑倒在地上，露出全身苍色的皮毛，修长的尾巴，鼻子咻咻地喘气，眼睛闪亮如火炬，跳到屋顶上，长啸几声离开了。农家子弟自此之后，病也就好了。这个狐仙可谓是知恩图报。另一个故事讲的也是一个农家子弟被狐仙迷惑了，也请术士来劾治，术士的道法不灵验，符箓全部被狐仙撕裂。狐仙非常愤怒，还要上法坛去殴打术士，一个老妇人像是狐仙的母亲，阻止她说道：“动物都会保护他们的同类，人们也庇护他们的同类。这个术士的道行虽然浅陋，但是如果你把他伤得太重了，恐怕其他的术士会来报复。不如你就到你夫君那儿去睡一觉，让他逃走算了。”这个狐仙可谓是能深谋远虑。

刘叟愤怒救牛

先姚安公言：雍正初，李家洼佃户董某父死[①]，遗一牛，老且跛，将鬻于屠肆。牛逸，至其父墓前，伏地僵卧，牵挽鞭捶皆不起[②]，惟掉尾长鸣[③]。村人闻是事，络绎来视。忽邻叟刘某愤然至，以杖击牛曰："渠父堕河，何预于汝？使随波漂没，充鱼鳖食，岂不大善？汝无故多事，引之使出，多活十馀年。致渠生奉养，病医药，死棺敛，且留此一坟，岁需祭扫，为董氏子孙无穷累。汝罪大矣，就死汝分，牟牟者何为？"盖其父尝堕深水中，牛随之跃入，牵其尾得出也。董初不知此事，闻之大惭，自批其颊曰："我乃非人！"急引归。数月后，病死，泣而埋之。此叟殊有滑稽风，与东方朔救汉武帝乳母事竟暗合也。

注释

①佃户：向地主租地的农户。

②挽：拉，牵引。

③掉尾：摇尾。

译文

先父姚安公说：雍正初年，李家洼佃户董某的父亲死了，遗留下来一头又老又跛的牛，董某打算将它卖给屠宰场。(半路上）牛逃跑了，跑到他父亲的墓前，伏在地上一动不动地卧在坟前。无论牵拉鞭打都不起来，只是摇着尾巴长声鸣叫。村里人听说了这件事，都纷纷前来观看。忽然邻居老翁刘某气愤地来到他们跟前，用木杖击打牛说道："他的父亲掉落到河里面，与你有什么关系？如果使得他随波逐流充当了鱼鳖的食物，岂不是更好？你无故多此一举，救他上岸，让他多活了十多年，致使他的儿子对他生来奉养，病来医救，死了还用棺材收殓，而且留下了这个坟冢，每年需要祭奠打扫，让董氏的子孙受到无穷连累，你的罪过太大了！让你死是应当的，你还哞哞乱叫什么？"原来董某的父亲曾经掉到深水中，牛随着也跳了下去，董某的父亲牵着牛的尾巴才得以生还。董某一开始不知道这件事，听说后感到十分惭愧，自己扇自己的耳光，骂道："我简直不是人！"急忙牵着牛回家了。几个月后，牛病死了，董某哭着把它埋了。这个老翁特别有滑稽的风范，与东方朔救汉武帝乳母的那件事竟然无意中相合。

太学生穷追新太守

舅氏张公梦徵言：儿时闻沧州有太学生，居河干。一夜，有吏持名刺叩门[①]，言新太守过此，闻为此地巨室[②]，邀至舟相见。适主人以会葬宿姻家，相距十馀里。阍者持刺奔告[3]，亟命驾返，则舟已行。乃饬车马[4]，具贽币[5]，沿岸急追。昼夜驰二百馀里，已至山东德州界。逢人询问，非惟无此官，并无此舟。乃狼狈而归，惘惘如梦者数日[6]。或疑其家多资，劫盗欲诱而执之，以他出幸免。又疑其视贫亲友如仇，而不惜多金结权贵，近村故有狐魅，特恶而戏之。皆无左证。然乡党喧传，咸曰："某太学遇鬼。"先外祖雪峰公曰："是非狐非鬼亦非盗，即贫亲友所为也。"斯言近之矣。

注释

①名刺：名帖，名片。

②巨室：世家大族。

③阍 hūn 者：守门的人。

④饬：整顿，使整齐。

⑤贽币：指各种礼品。

⑥惘惘：迷迷糊糊的样子。

译文

舅舅张梦徵说：小时候听说沧州有个太学生，居住在河边。一天晚上，有个小吏拿着名帖叩门，说："新任太守路过此地，听说你家是这里的豪族，特意邀请你去船中与他相见。”恰好太学生因为参加葬礼，住宿在姻亲家里，距离这里有十多里路。家中看门的人拿着名帖跑去，告诉太学生这件事。太学生急忙命令仆人赶车回家，等到他回来一看，新任太守的船已经走远了。于是太学生又整饬车马，备上礼物，沿着河岸赶紧追了过去，昼夜兼程赶了二百多里路，已经来到了山东德州的地界。逢人就问，大家都说没有见过这个官员，也没有见过这艘船。太学生只好狼狈回家。连着几天都痴痴惘惘的样子，好像做梦一般。有人怀疑是因为他家境殷实富有，强盗想要诱使他出来好劫持他，因他外出而幸免。也有人认为太学生平常对待贫寒的亲人朋友就好像仇敌一样，但不惜用重金结交权贵，邻近的村子向来有狐仙鬼魅，特别厌恶他的这种德行而出来戏弄他。这些说法都没有根据。但乡亲们中有传言，都说：“太学生遇到鬼了。”先外祖父雪峰先生说：“这不是狐仙也不是鬼魅，更不是盗贼所干的事。应该是他贫穷的亲友所做的事。”这种说法比较贴近实际。

女奴为母受捶

陈竹吟尝馆一富室。有小女奴，闻其母行乞于道，饿垂毙[1]，阴盗钱三千与之。为侪辈所发，鞭捶甚苦。富室一楼，有狐借居，数十年未尝为祟。是日女奴受鞭时，忽楼上哭声鼎沸。怪而仰问。同声应曰："吾辈虽异类，亦具人心，悲此女年未十岁，而为母受捶，不觉失声，非敢相扰也。"主人投鞭于地，面无人色者数日。

注释

①垂毙：快要死去。

译文

陈竹吟曾经在一个有钱人家坐馆教书。富户家里有个小女奴，听说她的母亲沿街乞讨，几乎快要饿死了，于是暗地里偷了主人家三千钱给了母亲。这件事被奴仆们揭发，主人将她鞭打得十分厉害。这个有钱人家的一栋楼里，有狐仙在此居住，几十年间从没有作祟害过人。这天女奴被鞭打时，大家忽然听见楼上哭声鼎沸。主人奇怪，便抬头问狐仙为什么哭。狐仙一起回答说："我们虽然是异类，但是也具有人的心性，我们为这个女子悲伤，念及她还不到十岁就为母亲忍受鞭打，也不禁失声痛哭，并不是想打扰你。"主人将鞭子扔在地上，好几天脸上都没有血色。

耽溺女色，咎由自取

一宦家子，资巨万。诸无赖伪相亲昵[1]，诱之冶游[2]，饮博歌舞。不数载，炊烟竟绝，顑颔以终。病革时[3]，语其妻曰："吾为人蛊惑以至此，必讼诸地下。"越半载，见梦于妻曰："讼不胜也。冥官谓妖童倡女，本捐弃廉耻[4]，借声色以养生；其媚人取财，如虎豹之食人，鲸鲵之吞舟也。然人不入山，虎豹乌能食？舟不航海，鲸鲵乌能吞？汝自就彼，彼何尤焉？惟淫朋狎客，如设阱以待兽，不入不止；悬饵以钓鱼，不得不休。是宜阳有明刑，阴有业报耳。"又闻有书生昵一狐女，病瘵死[5]。家人清明上冢，见少妇奠酒焚楮钱[6]，伏哭甚哀。其妻识是狐女，遥骂曰："死魅害人，雷行且诛汝！尚假慈悲耶？"狐女敛衽徐对曰："凡我辈女求男者，是为采补；杀人过多，天律不容也。男求女者，是为情感；耽玩过度，用致伤生。正如夫妇相悦，成疾夭折，事由自取，鬼神不追理其衽席也。姊何责耶？"此二事足相发明也。

注释

①亲昵：亲密友爱。

②冶游：嫖妓。

③病革：病重，病势危急。

④捐弃：抛弃。

⑤瘵 zhài：病，多指痨病。

⑥楮 chǔ 钱：旧时祭祀时焚化的纸钱。

译文

有个官僚的儿子，家财万贯。一帮无赖之徒假装与他亲近友好，引诱他放荡游乐，饮酒赌博，出入歌舞场地。没有几年，他的家产耗尽，穷得饭也没得吃，最后饿死了。病重临死之时，对他的妻子说道："我是被别人蛊惑才落到如此地步的，我一定要到阴间去告他们。"大概过了半年，托梦给妻子说："我败诉了。冥官说妖童娼女，本来都是不顾廉耻、靠声色来谋生的人。他们媚惑别人取别人的钱财，就好像虎豹吃人、鲸鲵吞船一样。但是人不进山的话，虎豹怎么会吃了他？船不在海上航行的话，鲸鲵怎么会吞了它？你这是自己找死，又何必怨怪别人？那些狐朋狗友，设下陷阱等待猎物进入，一直到你进去为止；悬挂着诱饵去钓鱼，没有钓到不罢休。因此阳间有明确的刑罚，阴间也有相应的报应。"

又听说一个书生与一个狐女亲昵，身体病垮而死。家人清明时节去上坟，看见一个少妇在坟前祭酒、烧纸钱，伏在地上哭得很伤心。书生的妻子认出她是狐女，远远地就骂道："你这个死狐狸精害死了人，雷公会劈死你的，你还在这里假慈悲哭什么？"狐女整理好衣服，慢条斯理地对书生的妻子说道："凡是我们狐女追求男子，都是为了采补精气，杀死的人太多，天理也不相容。男子追求女子，是为了情感，因为沉溺女色过度而伤了自己的性命。就好像夫妇相爱，因为过分沉溺其中而夭折一样。事情的后果都是自己造成的，鬼神都不责备他们房事过度，姐姐又何必责难我呢？"这两件事足可以互相启发了。

假风雅游士

有游士借居万柳堂。夏日，湘帘棐几[①]，列古砚七八，古玉器、铜器、磁器十许[②]，古书册画卷又十许，笔床[③]、水注[④]、酒盏、茶瓯[⑤]、纸扇、棕拂之类，皆极精致。壁上所粘，亦皆名士笔迹。焚香宴坐，琴声铿然，人望之若神仙。非高轩驷马，不能登其堂也。一日，有道士二人，相携游览，偶过所居，且行且言曰："前辈有及见杜工部者，形状殆如村翁。吾曩在汴京[⑥]，见山谷、东坡，亦都似措大风味[⑦]。不及近日名流，有许多家事。"朱导江时偶同行，闻之怪讶，窃随其后。至车马丛杂处，红尘涨合[⑧]，倏已不见，竟不知是鬼是仙。

注释

①湘帘：用湘妃竹做的帘子。

②磁器：瓷器。

③笔床：用来放置毛笔的文具。

④水注：用来给砚注水的文具。

⑤茶瓯：茶杯。

⑥曩：从前，以往。

⑦措大：贫寒的读书人。

⑧红尘：扬起的尘土。

译文

有个游士借居在万柳堂。夏天，挂着湘妃竹帘，摆着棐木几案，陈设着七八方古砚，十多种古玉器、铜器、瓷器，十多册古书和画卷，还有笔床、水注、酒盏、茶杯、纸扇、棕拂等等，都十分精致。墙壁上所悬挂的字画，也都是名士的笔迹。游士焚香静坐弹琴，琴声铿然悦耳，别人都把他看作是神仙。若不是乘坐着高马大车的人，都不能进他的厅堂拜访他。一天，有两个道士一起游览，偶然路过这个居室，一边走一边说：“前辈人中有见到过杜甫的，说他的外表就好像村里的老翁一样。我们以前在汴京，见过黄庭坚和苏东坡，他们也都是一副穷困潦倒的模样，比不上近日里许多名流，家里摆了这么多风雅器物。”朱导江当时偶然和道士一起行走，听说后感到十分惊讶，悄悄跟在他们的后面。到了车马喧杂的地方，尘土飞扬，忽然这两个人就不见了，竟不知道他们是神仙还是鬼。

高利贷

日南坊守栅兵王十，姚安公旧仆夫也。言乾隆辛酉，夏夜坐高庙纳凉，暗中见二人坐阁下，疑为盗，静伺所往。时绍兴会馆西商放债者演剧赛神[①]，金鼓声未息[②]。一人曰：“此辈殊快乐，但巧算剥削，恐造业亦深。”一人曰：“其间亦有差等。昔闻判司论此事，凡选人或需次多年[③]，旅食匮乏；或赴官远地，资斧艰难[④]，此不得已而举债。其中苦况，不可殚陈。如或乘其急迫，抑勒多端，使进退触藩[⑤]，茹酸书券[⑥]。

此其罪与劫盗等，阳律不过笞杖[7]，阴律则当堕泥犁[8]。至于冶荡性成[9]，骄奢习惯，预期到官之日，可取诸百姓以偿补。遂指以称贷，肆意繁华，已经负债如山，尚复挥金似土，致渐形竭蹶[10]，日见追呼。铨授有官[11]，逋逃无路[12]，不得不吞声饮恨，为几上之肉，任若辈之宰割。积数既多，取偿难必。故先求重息，以冀得失之相当。在彼为势所必然，在此为事由自取。阳官科断，虽有明条，鬼神固不甚责之也。”王闻是语，疑不类生人。俄歌吹已停，二人并起，不待启钥，已过栅门。旋闻道路喧传，酒阑客散[13]，有一人中暑暴卒，乃知二人为追摄之鬼也。

注释

①演剧：演戏。赛神：设祭酬神。

②金鼓：泛指金属乐器。

③选人：候选的官员。

④资斧：盘缠。

⑤触藩：指进退两难。

⑥茹：忍受。酸：悲痛，痛苦。书券：写下契约。

⑦笞杖：笞刑与杖刑。

⑧泥犁：佛教语，指地狱。

⑨冶荡：放荡。

⑩竭蹶：枯竭。

⑪铨 quán 授：选拔任命。

⑫逋 bū 逃：逃跑，逃亡。

⑬阑：尽，晚，残。

译文

日南坊有个守栅兵叫王十，曾经做过姚安公的仆人。他说在乾隆辛酉年，一个夏天的晚上，他坐在高庙前乘凉，昏暗中看见两个人坐在佛阁下，怀疑他们是强盗，就静静等待着看他们要去哪里。当时，绍兴会馆放高利贷的人，正在集资演戏酬神，鼓乐声敲敲打打没个止歇。其中一个人说道："这些人过得真惬意，但是奸诈巧于算计，精于剥削别人，恐怕罪业也很深重。"另一个人说："这其中又有差别。过去听判官议论这些事，凡是那些捐资等待了多年才选上的官员，吃饭住宿的钱都没有；有的人远赴别的地方当官，钱财困难，盘缠不够，没有办法才会借钱。其中的酸苦，一言难尽。如果有人趁着别人急迫之时而敲诈勒索，就会使得他们进退两难，只好忍痛写下借据。这种放高利贷的罪业与强盗一样，人间的法律不过是打他们几棍子，但是到了阴间，按照律刑，应当下地狱。至于那些放荡成性、习惯骄奢的人，以为到官上任后，能从百姓那里搜刮钱财予以补偿，所以他们放心借贷，肆意享乐，已经债台高筑如山，仍然是挥金如土。到最后走投无路，每天被人追喊着还债，因为被授予了官职，想逃又无路可去，只好忍气吞声，含恨成为别人案板上的肉，任由别人宰割。所欠的钱已经很多，难以偿还。所以，要先索求很高的利息，以期望得失相平衡。这对那些放高利贷的人来说，是势所必然，对于借高利贷的人来说，是咎由自取。人世间断案虽然有明确的法令，鬼神却不能责备他们。”王十听了这番话，怀疑他们不是人类。一会儿，歌舞之声已经停息，那两个人也一起站起来，不待开门，两个人就已经越过栅栏离开了。不久后听见路上传来喧闹声，说酒宴结束客人散后，有一个人中暑暴毙了。王十这才知道那两个人是追魂鬼。

残疾人王希圣

理所必无者，事或竟有；然究亦理之所有也，执理者自太固耳[1]。献县近岁有二事：一为韩守立妻俞氏，事祖姑至孝。乾隆庚辰，祖姑失明，百计医祷，皆无验。有黠者绐以刲肉燃灯，祈神佑，则可速愈。妇不知其绐也，竟刲肉燃之。越十馀日，祖姑目竟复明。夫受绐亦愚矣，然惟愚故诚，惟诚故鬼神为之格，此无理而有至理也。一为丐者王希圣，足双挛[2]，以股代足，以肘撑之行。一日，于路得遗金二百，移橐匿草间，坐守以待觅者。俄商家主人张际飞仓皇寻至，叩之，语相符，举以还之。际飞请分取，不受。延至家，议养赡终其身。希圣曰："吾形残废，天所罚也。违天坐食，将必有大咎。"毅然竟去。后困卧裴圣公祠下（裴圣公不知何时人，志乘亦不能详。土人云，祈雨时有验），忽有醉人曳其足，痛不可忍。醉人去后，足已伸矣，由是遂能行。至乾隆己卯乃卒。际飞故先祖门客，余犹及见，自述此事甚详。盖希圣为善宜受报，而以命自安，不受人报，故神代报焉。非似无理而亦有至理乎！戈芥舟前辈尝载此二事于县志，讲学家颇病其语怪。余谓芥舟此志，惟乩仙联句及王生殇子二条，偶不割爱耳。全书皆体例谨严，具有史法。其载此二事，正以见匹夫匹妇，足感神明，用以激发善心，砥砺薄俗[3]，非以小说家言滥登舆记也。汉建安中，河间太守刘照妻葳蕤锁事，载《录异传》；晋武帝时，河间女子剖棺再活事，载《搜神记》。皆献邑故实，何尝不删蕹其文哉！

注释

①固：墨守成规。

②挛：手脚蜷曲伸不开。

③砥砺：勉励，激励。

译文

情理上不存在的东西，事实上有时候会有；但追究下去这些事也在情理之中，只是执于理的人太顽固而无法理解罢了。献县近年发生了两件事：一件事是韩守立的妻子俞氏，侍奉祖姑非常孝顺。在乾隆庚辰年的时候，祖姑双眼失明，千方百计医治、祈祷，都没有效果。有个狡黠的人骗她说割下自己的一块肉点灯，祈求神灵的保佑，病就可以马上好。俞氏不知道那个人是在骗她，竟然真的割肉点灯。过了十多天，祖姑的双目真的恢复了视力。受到欺骗固然是愚蠢的，但是因为愚蠢而显得真诚，唯有真诚鬼神才被感动。这就是没有道理却又最有道理。另一件事说的是乞丐王希圣，他的双脚都蜷曲伸不开，就用大腿代替脚，用手肘支撑着行走。一天，他在路上捡到了二百两银子，把钱袋移到草丛间藏起来，坐在那里等候来寻找钱的人。一会儿，失主商人张际飞急急忙忙找到这里，王希圣问他话，他的回答与遗失的银子相符，于是王希圣便把钱拿出来还给他，张际飞要分一部分银子给他，王希圣不接受。张际飞又延请王希圣到家里，要养他一辈子。王希圣说：“我的身体残废了，是上天对我的惩罚，违背天意坐享吃喝，将来一定会遭到大的祸患。”于是坚决离开。后来他发困睡在裴圣公祠堂下面（裴圣公不知是什么时候的人，从志书里也不能知悉。当地人说，向他祈雨时有灵验），忽然有一个喝醉的人猛地拖拽他的双脚，痛得他不能忍受。喝醉的人离开后，王希圣的脚已经能伸开了，于是便能行走。他一直活到乾隆已卯年才死。际飞是我先祖的门客，我还见到过他，他讲述这件事很详细。大概是王希圣做好事应得善报，而且他安身知命，不接受别人的报答，所以神仙代别人来报答他。这难道不是看似没有道理却又非常有道理的吗？前辈戈芥舟曾经把这两个故事记载到县志上，一些讲学家们就责备他记叙这种怪事。我认为芥舟的县志，唯有乩仙联句和王生殇子这两条是他不忍割爱的。全书体例严谨，具有史家笔法。所记载的这两件事，正好说明匹夫匹妇的行为，足可以感动神明，用来激发人们的善心，砥砺浇薄的风俗，并不是小说家胡编乱造。汉朝建安年间，河间太守刘照的妻子赠他葳蕤锁的故事已经记录在《录异传》里；晋武帝的时候，河间女子开棺复活的故事，记载在《搜神记》里。这两个故事都发生在献县，不也没有删除这些文字嘛！

孝顺丐妇

从兄旭升言：有丐妇甚孝其姑，尝饥踣于路[①]，而手一盂饭不肯释[②]，曰：“姑未食也。”自云初亦仅随姑乞食，听指挥而已。一日，同栖古庙，夜闻殿上厉声曰：“尔何不避孝妇，使受阴气发寒热？”一人称手捧急檄[③]，仓卒未及睹。又闻叱责曰：“忠臣孝子，顶上神光照数尺。尔岂盲耶？”俄闻鞭捶呼号声，久之乃寂。次日至村中，果闻一妇馌田[④]，为旋风所扑，患头痛。问其行事，果以孝称。自是感动，事姑恒恐不至云。

注释

①踣 bó：跌倒；摔倒。

②盂：盛饭的器皿。

③檄：官府所用的文书。

④馌 yè 田：送饭到田间。

译文

堂兄旭升说：有个乞讨的妇人十分孝顺她的婆婆，她曾经饿倒在路旁，但手里捧着一碗饭不肯松手，（别人问她怎么不吃），她说道："我的婆婆还没有吃饭呢。"她说当初她跟随婆婆一起出来讨饭，只是听婆婆的指挥而已。一天，两人一起住在一个古庙里，晚上听见殿堂上有人厉声道："你为何不回避孝妇呢？使得她受到寒气发寒热？"另一个人解释说是当时手里拿着紧急的公文，仓促间没有看清楚是谁。又听见那个人叱责道："忠臣孝子，头顶上都有神光照耀几尺高，你难道瞎了吗？"一会儿听见鞭打哀叫声，过了很久之后才安静。第二天两人到村中，果然听说一个妇人送饭到田间，被旋风扑到了，患了头痛病。问起她日常的行事，果真是以孝顺著称。这个乞讨的妇女听了后很是感动，侍奉婆婆唯恐照顾不周全。

文雅狐仙

西城将军教场一宅，周兰坡学士尝居之。夜或闻楼上吟哦声，知为狐，弗讶也[①]。及兰坡移家，狐亦他徙。后田白岩僦居，数月狐乃复归。白岩祭以酒脯，并陈祝词于几曰："闻此蜗庐，曾停鹤驭[②]。复闻飘然远引[③]，似桑下浮图。鄙人匏系一官，萍飘十载，拮据称贷，卜此一廛。数夕来咳笑微闻，似仙舆复返。岂鄙人德薄，故尔见侵？抑夙有因缘[④]，来兹聚处欤？既承惠顾，敢拒嘉宾！惟冀各守门庭，使幽明异路，庶均归宁谧，异苔不害于同岑[⑤]。敬布腹心[⑥]，伏惟鉴烛。"次日楼前飘堕一帖云："仆虽异类，颇悦诗书，雅不欲与俗客伍。此宅数十年来皆词人栖息，惬所素好[⑦]，故挈族安居。自兰坡先生惄然舍我[⑧]，后来居者，目不胜驵侩之容[⑨]，耳不胜歌吹之音，鼻不胜酒肉之气。迫于无奈，窜迹山林。今闻先生山薑之季子，文章必有渊源，故望影来归，非期相扰。自今以往，或检书獭祭[⑩]，偶动芸签[⑪]；借笔鸦涂，暂磨鹳眼[⑫]。此外如一毫陵犯，任先生诉诸明神。愿廓清襟[⑬]，勿相疑贰。"末题"康默顿首顿首[⑭]"。从此声息不闻矣。白岩尝以此帖示客，斜行淡墨，似匆匆所书。或曰："白岩托迹微官，滑稽玩世，故作此以寄诙嘲。寓言十九，是或然欤！"然此与李庆子遇狐叟事大旨相类，不应俗人雅魅，叠见一时，又同出于山左。或李因田事而附会，或田因李事而推演，均未可知。传闻异词，姑存其砭世之意而已。

注释

①弗：不。

②鹤驭：指仙人。

③远引：远游，远行。

④夙：素来，旧。

⑤同岑：同一山上。

⑥腹心：至诚之心。

⑦惬：惬意，满足。

⑧恝 jiá 然：冷淡的样子。

⑨驵侩 zǎngkuài：泛指市侩。

⑩检书：翻阅书籍。獭祭：指写文章。

⑪芸签：指书籍。

⑫鸜眼：有圆形斑点的砚石。

⑬廓：广阔。清襟：高洁的胸怀。

⑭顿首：常用于书信末尾，表示致敬。

译文

西城将军教场处有一处宅院，周兰坡学士曾经居住在那里。晚上听见楼上吟哦声，知道是有狐仙，并不感到惊讶。等到兰坡搬家，狐仙也搬到别处去住了。后来田白岩租住了几个月，狐仙才回来。白岩用美酒果脯祭祀，并将祝词陈列在案前，祝词上这样写道："听说这个蜗牛般的陋室，曾经是仙人停留的地方，又听说仙人后来飘然远去了，好像桑下的佛徒。鄙人好像是系在别人腰间的葫芦一样的小官，如浮萍般飘摇了十年，生活拮据，靠借贷才住得这样一间居所。这几个晚上以来微微听见咳嗽和笑声，好像仙人驾车重返，难道是鄙人道行浅薄，所以才受到侵犯？或者是我们之间有夙缘，到此聚会？既然承蒙您的惠顾，怎敢将嘉宾拒之于门外呢？唯独希望我们各守门庭，使得我们幽明异路，或许都能归于平静，就好像同一山上的不同苔藓之间也不会有妨害。恭敬陈述心中之言，希望您明鉴。”第二天，楼前飘落下一张帖子，上面写道：“我虽然是异类，但也非常喜欢诗书。文雅人不想与俗客为伍，这个宅子几十年以来，都是擅长诗词的人在这里休息，素来爱好相同，所以携带家族安住在这里。自从兰坡先生舍我而去之后，后来居住在这里的人，我看不惯他们市侩的容貌，听不惯歌舞吹奏的声音，闻不惯酒肉的气味，迫于无奈，才在山林中隐居。今天听说先生是山虆的少子，文章一定有渊源，所以跟着您回来。不是有意要打扰您。从今以后，我有时会翻检您的书册写写文章，偶尔会抽动您的书签，有时会借您的笔涂鸦一番，暂时研磨砚石，除此之外，如果有丝毫的侵犯，任由先生诉诸神明，希望您有清远的胸襟，不要猜疑。”篇末题名“康默顿首顿首”。从此之后就没有听见狐仙的声音。白岩曾经将这张帖子拿给客人们看，帖子上字体歪斜，墨迹很淡，好像是匆匆写成。有人说：“白岩寄身于微末官职，滑稽好笑，玩世不恭，写成一篇文章以诙谐嘲弄，巧为寓言，十之八九便是这样。”但是这件事与李庆子遇到狐叟的事情类似，不应是一般的狐仙鬼怪故事，同出于一时，又一样出自山东。或者是李因田的事件而附会，或者是田因李的事件而推演，都无法知道。传闻中的说法不同，姑且保存下来针砭时事而已。

汲水情女

族兄次辰言：其同年康熙甲午孝廉某，尝游嵩山，见女子汲溪水[①]。试求饮，欣然与一瓢；试问路，亦欣然指示。因共坐树下语，似颇涉翰墨，不类田家妇。疑为狐魅，爱其娟秀，且相款洽[②]。女子忽振衣起曰：“危乎哉！吾几败。”怪而诘之[③]。赧然曰[④]：“吾从师学道百馀年，自谓此心如止水。师曰：‘汝能不起妄念耳，妄念故在也。不见可欲故不乱，见则乱矣。平沙万顷中，留一粒草子，见雨即芽。汝魔障将至，明日试之，当自知。’今果遇君，问答留连，已微动一念；再片刻则不自持矣。危乎哉！吾几败。”踊身一跃，直上木杪⑤，瞥如飞鸟而去。

注释

①汲：打水。

②款洽：亲切；亲密。

③诘：追问。

④赧 nǎn 然：羞愧难为情的样子。

⑤木杪：树梢。

译文

族兄次辰说：有一个与他同在康熙甲午年被举为孝廉的人，曾去游览嵩山，看见一个女子在溪边汲水。他试着向她讨水喝，女子高兴地给他一瓢水，又试着问路，也高兴地为他指路。于是两人一起坐在树下说话，女子颇懂一些文墨，不像是田家妇人。举人怀疑她是狐魅，但喜欢她的娟丽清秀，于是两人亲密起来。女子突然整理衣服站起说道：“好危险啊，我差点儿要坏了事。”举人觉得奇怪就追问她是怎么回事。女子面带羞涩地说道：“我跟着师父学道已经有一百多年了，自己以为心如止水。然而师父却对我说：‘你现在能抑制自己的欲念，但是欲念本来是存在的。没有机会故而不会乱了心智，有了机会就会方寸大乱，就好像万顷沙尘中留下的一粒草籽，遇到雨水就会发芽。你的魔障即将来到，明天试探一下你自己就会知道了。’今天果然遇见你。与你问答的时候流连牵绊，心中已经微微动了欲念，再过片刻功夫，就不能自持了。这样太危险了！我几乎前功尽弃。”说完纵身一跃，跳上树梢，眨眼间像飞鸟一般离去了。

逍遥古衣冠人

道士王昆霞言：昔游嘉禾，新秋爽朗，散步湖滨。去人稍远，偶遇宦家废圃，丛篁老木，寂无人踪。徙倚其间，不觉昼寝。梦古衣冠人长揖曰："岑寂荒林，罕逢嘉客；既见君子，实慰素心。幸勿以异物见摈[①]。"心知是鬼，姑诘所从来。曰："仆耒阳张湜，元季流寓此邦，殁而旅葬。爱其风土，无复归思。园林凡易十馀主，栖迟未能去也[②]。"问："人皆畏死而乐生，何独耽鬼趣？"曰："死生虽殊，性灵不改，境界亦不改。山川风月，人见之，鬼亦见之；登临吟咏，人有之，鬼亦有之。鬼何不如人？且幽深险阻之胜，人所不至，鬼得以魂游；萧寥清绝之景，人所不睹，鬼得以夜赏。人且有时不如鬼。彼夫畏死而乐生者，由嗜欲撄心[3]，妻孥结恋[4]，一旦舍之入冥漠[5]，如高官解组[6]，息迹林泉，势不能不戚戚[7]。不知本住林泉者，耕田凿井，恬熙相安[8]，原无所戚戚于中也。”问：“六道轮回，事有主者，何以竟得自由？”曰：“求生者如求官，惟人所命。人求生者如逃名，惟己所为。苟不求生，神不强也。”又问：“寄怀既远，吟咏必多。”曰：“兴之所至，或得一联一句，率不成篇。境过即忘，亦不复追索。偶然记忆，可质高贤者，才三五章耳。”因朗吟曰：“残照下空山，暝色苍然合。”昆霞击节。又吟曰：“黄叶……”甫得二字，忽闻噪叫声，霍然而寤，则渔艇打桨相呼也。再倚柱瞑坐[9]，不复成梦矣。

注释

①摈：遗弃；抛弃。

②栖迟：滞留。

③嗜欲：嗜好欲望，指肉体感官的欲望。撄心：扰乱心神。

④妻孥：妻子儿女。

⑤冥漠：指阴间。

⑥解组：解绶，辞免官职。

⑦戚戚：忧伤的样子。

⑧恬熙：安乐。

⑨倚：靠着，凭倚。瞑：闭着眼睛。

译文

道士王昆霞说：过去游历嘉禾，新近秋天，天高气爽，在湖滨散步。来到人迹罕至的地方，偶然进到了一个官宦家废弃的园子，园子里有丛竹古树，寂静没有人迹。逛着逛着便找了个地方休息，打了个盹。梦中有个身穿古衣冠的人作了一个长揖，说道："寂静荒芜的园林，难得遇见贵客，今天见到你，实在是让我感到慰藉。请不要因为我是异类而排斥我。"王昆霞知道对方是鬼，于是问他从哪里来。对方说："我原本是湖南耒阳县的张湜，元朝的时候流落到此地，死后便葬在这里，我喜爱这里的风土，就不想回去了。这座园林共换了十多位主人，而我一直滞留在此地，没有离开。"王昆霞问道："人们都贪生怕死，你为什么沉溺于做鬼的乐趣中呢？"对方说："生死虽然殊途，但是性情不会改，环境也不会改，山川风月，人能见到，鬼也能见到。登高吟咏抒怀，人能做到，鬼也能做到，鬼怎么会比不上人呢？况且幽深险阻的胜地，人们无法到达，鬼却能以魂魄游荡在萧索清绝的景色之中；人看不见的，鬼却能在夜间欣赏。人有的时候还不如鬼呢。那些怕死贪生的人，被欲望攫取了内心，眷念着妻儿，一旦抛弃这些进入到阴间，就好像高官被罢职，隐匿在山林泉水之中，势必心中戚戚然。但他们却不知道，本来住在山林之中泉水之畔的人，耕田凿井，生活恬淡安乐，原本就没有那种失意而凄恻的感受。”王昆霞问道：“世间六道轮回，都有神明主持，你为何得以逍遥自在呢？”对方说：“求生就好像求官，只能听从他人的命令。不求生的就好像逃名，可以凭着自己的意愿去办事。如果不谋求生，就算是神明也不会强求。”王昆霞又问道：“既然你的胸襟如此开阔，那么所吟咏的诗词也一定很多。”对方说：“兴趣来了就吟咏，有时得到一联一句，都不成篇章。时过境迁，都已忘记，也不去追求索忆。偶然记得又可让君子贤人品评的，才三五篇而已。”于是便朗诵道：“残照下空山，溟色苍然合。”王昆霞拍手称赞。对方又接着吟道：“黄叶……”刚刚听到了这两个字，忽然听见聒噪吵闹声，王昆霞猛然醒来，原来是渔船打桨相呼的号子声。他再次倚靠柱子闭着眼睛坐定，却再也没能进入梦乡。

青骡偿债

辛彤甫先生记异诗曰：“六道谁言事杳冥，人羊转毂迅无停。三弦弹出边关调，亲见青骡侧耳听。”康熙辛丑，馆余家日作也。初，里人某货郎，逋先祖多金不偿[①]，且出负心语。先祖性豁达，一笑而已。一日午睡起，谓姚安公曰：“某货郎死已久，顷忽梦之，何也？”俄圉人报马生一青骡[②]，咸曰：“某货郎偿夙逋也。”先祖曰：“负我偿者多矣，何独某货郎来偿？某货郎负人亦多矣，何独来偿我？事有偶合，勿神其说，使人子孙蒙耻也。”然圉人每戏呼某货郎，辄昂首作怒状。平生好弹三弦，唱边关调。或对之作此曲，辄耸耳以听云[③]。

注释

①逋：欠下，拖欠。

②圉 yǔ 人：马夫，掌管养马放牧的人。

③耸耳：竖起耳朵，形容听得很认真。

译文

辛彤甫先生写了一首记异诗，诗中写道：“六道谁言事杳冥，人羊转毂迅无停。三弦弹出边关调，亲见青骡侧耳听。”这是他在康熙辛丑年间，在我家坐馆时所写的。当初，乡里有一位货郎，欠下我的祖父很多钱而不偿还，而且总说出许多没有良心的话。先祖父性情豁达，也不与他争辩，对他说的负心话一笑而过。一天先祖父午睡起来后，对先父姚安公说："那个货郎死了很久，我刚刚忽然梦见了他，为何？"不一会儿，马夫来报说母马生了一头青骡，大家都说这是那个货郎转生投胎来偿还债务的。先祖父说道："欠我钱的人多的是，为何独独只有那个货郎来偿还？那个货郎所欠的人也很多，为何独独来偿还我呢？事情偶然凑巧，你们还是不要乱说，让他的子孙后代蒙受耻辱。"然而每当马夫开玩笑呼唤青骡那个货郎的名字时，青骡都昂着头，一副愤怒的样子。这个货郎平生喜欢弹三弦琴，喜欢唱边关调。有人对着青骡弹着这首曲子，青骡就会竖起耳朵倾听。

呼图壁

乌鲁木齐巡检所驻，曰呼图壁。呼图译言鬼，呼图壁译言有鬼也。尝有商人夜行，暗中见树下有人影，疑为鬼，呼问之。曰："吾日暮抵此，畏鬼不敢前，待结伴耳。"因相趁共行[①]，渐相款洽。其人问："有何急事，冒冻夜行？"商人曰："吾夙负一友钱四千，闻其夫妇俱病，饮食药饵恐不给，故往送还。"是人却立树背，曰："本欲祟公，求小祭祀。

今闻公言，乃真长者。吾不敢犯公，愿为公前导可乎？”不得已，姑随之。凡道路险阻，皆预告。俄缺月微升，稍能辨物。谛视，乃一无首人，栗然却立，鬼亦奄然而灭[②]。

注释

①相趁：相伴。

②奄然：忽然。

译文

乌鲁木齐巡检的驻地名叫“呼图壁”。“呼图”就是鬼的意思，“呼图壁”就是有鬼的意思。有一次，一个商人在夜间行走，黑暗中见大树底下有个人影，怀疑他是鬼，就叫住他问话。对方说：“我天黑到这里，害怕鬼不敢向前走，所以在这里等待同伴一起走。”于是两个人就结伴而行，边走边聊天，谈得很融洽，树下的人问：“你有什么急事，为何冒着寒冷在夜间赶路？”商人回答说：“我以前欠一个朋友四千钱，现听说他们夫妻都生病了，饮食医药恐怕都买不起，所以前去给他们送钱。”这个人听后退到树的后面，说道：“我本来想要加害你，求得小小的祭祀。听了你的话，知道你是仁爱的长者。我不敢冒犯你，愿意给你做向导，可以吗？”

商人不得已，只好跟着他，凡是险阻的道路，对方都提前告诉他。一会儿缺月慢慢升起，稍稍能辨认物体。商人仔细一看，对方原来是个没有脑袋的人，吓得他呆立在原地，而那个鬼也一下子消失不见了。

蒋紫垣贪财吝啬药方

歙人蒋紫垣，流寓献县程家庄，以医为业。有解砒毒方，用之十全。然必邀取重资，不满所欲，则坐视其死。一日暴卒，见梦于居停主人曰："吾以耽利之故，误人九命矣。死者诉于冥司，冥司判我九世服砒死。今将赴转轮，赂鬼卒得来见君，以此方奉授。君能持以活一人，则我少受一世业报也。"言讫，泣涕而去曰："吾悔晚矣！"其方以防风一两研为末，水调服之而已，无他秘药也。又闻诸沈丈丰功曰："冷水调石青，解砒毒如神。"沈丈平生不妄语，其方当亦验。

译文

歙县人蒋紫垣，流落寓居在献县程家庄，以行医为生计。他有解开砒毒的药方，使用后人都会痊愈，但是一定会索要高价，如果不能满足他的钱财欲望，他就会坐视不管，眼睁睁看着中毒的人死去。一天他突然死亡了，就托梦给房东主人说道："我因为贪财的缘故，耽误了别人九条性命。死去的人在冥司状告我，冥司判定我九世服用砒霜而死。现在我将投胎转世，贿赂了鬼卒，才得以在梦中见到你，特将这个药方告诉你，如果你能用这药方救一个人，我就会少受一世的报应。"说完，哭着离去，又说道："我后悔已经来不及了！"这个药方是用一两防风，研成细末，用水调服就可以，没有其他秘制的药。又听沈丰功说："用冷水调石青解砒霜毒很有效。"沈先生平生不说假话，他的药方应当可以奏效。

制胜之法

老儒刘挺生言：东城有猎者，夜半睡醒，闻窗纸淅淅作响，俄又闻窗下窸窣声，披衣叱问。忽答曰："我鬼也。有事求君，君勿怖[①]。"问其何事。曰："狐与鬼自古不并居，狐所窟穴之墓，皆无鬼之墓也。我墓在村北三里许，狐乘我他往，聚族据之，反驱我不得入。欲与斗，则我本文士，必不胜。欲讼诸土神，即幸而得申，彼终亦报复，又必不胜。惟得君等行猎时，或绕道半里，数过其地，则彼必恐怖而他徙矣。然傥有所遇，勿遽殪获[②]，恐事机或泄，彼又修怨于我也。”猎者如其言。后梦其来谢。夫鹊巢鸠据，事理本直。然力不足以胜之，则避而不争；力足以胜之，又长虑深思而不尽其力。不求幸胜，不求过胜，此其所以终胜欤！孱弱者遇强暴，如此鬼可矣。

注释

①怖：害怕。

②殪 yì：杀死。

译文

老儒生刘挺生说：东城有个猎人，睡到半夜醒来，听见窗纸上淅淅作响，一会儿又听见窗下窸窣的响声，于是就披起衣服厉声问是什么人。突然听见外面回答道：“我是鬼，有事求助于你。你不要害怕。”猎人问他是什么事情，对方回答说：“狐仙与鬼自古以来不能居住在一起，狐仙居住的墓穴从来都是无鬼的坟墓。我的墓穴在村北三里地左右，狐仙趁我到其他地方之时，群聚霸占了我的住处，反而驱逐我，不让我进去。正想与他们争斗，但转念一想，我本来是文人，一定斗不过他们；又想要向土地神告状，想到即使侥幸打赢了官司，他们也终会报复我，最后又吃亏。唯独希望你在打猎的时候，绕道半里路，从我墓穴那里多经过几次，那些狐仙就必然感到害怕，迁徙到别的地方去了。倘若你遇到了它们，请不要立即杀死它们，恐怕泄露了消息，他们又会怨恨我。”猎人按照他的话去做了，后来梦见鬼来谢他。鸠占鹊巢，事理本来很明显。然而力量不足以战胜对方的时候，就避开不争执；力量足可以战胜对方的时候，又深思熟虑，不尽全力。不求得侥幸胜利也不求得过分胜利，这就是最终能胜利的原因吧。孱弱的人遇到了强暴，按照这个鬼的方法去做就可以了。

佛公警言

姚安公官刑部日，同官王公守坤曰：“吾夜梦人浴血立，而不识其人，胡为乎来耶？”陈公作梅曰：“此君恒恐误杀人，惴惴然如有所歉[①]，故缘心造象耳。本无是鬼，何由识其为谁？且七八人同定一谳牍[②]，何独见梦于君？君勿自疑。”佛公伦曰：“不然。同事则一体，见梦于一人，即见梦于人人也。我辈治天下之狱，而不能虑天下之囚。据纸上之供词，以断生死，何自识其人哉？君宜自儆[3]，我辈皆宜自儆。”姚安公曰：“吾以佛公之论为然。”

注释

①歉：觉得对不住人，内心不安。

②谳 yàn 牍：判案的案卷。

③儆：使人觉悟、反省。

译文

姚安公在刑部做官的时候，同僚王守坤说：“我昨天夜里做了个梦，梦见一个人满身鲜血地站在我面前，但是我却不认识他，他来这里做什么呢？”陈作梅说：“这是因为你总是怕误杀人，心中惴惴不安好像做了亏心事，所以就出现了这种幻象。本来就没有这个鬼，你怎么会认识他是谁呢？况且我们七八个人一起断案，为何独独只有你梦见那个鬼？你还是不要胡思乱想了。”佛公伦说：“不是这样的。我们大家同为一体，其中有一个人做了梦，那就是大家都做了这个梦。我们判定天下的案子，而不能顾及到每个囚犯。只根据纸上的供词，来断定他们的生与死，自己怎么能够认识这个人呢？你应该自我警惕，我们也应该自我警惕。”姚安公说：“我认为佛公说得对。”

狐仙赏牡丹

外祖雪峰张公家，牡丹盛开。家奴李桂，夜见二女凭阑立。其一曰："月色殊佳。"其一曰："此间绝少此花，惟佟氏园与此数株耳。"桂知是狐，掷片瓦击之，忽不见。俄而砖石乱飞，窗棂皆损。雪峰公自往视之，拱手曰："赏花韵事，步月雅人，奈何与小人较量，致杀风景？"语讫寂然。公叹曰："此狐不俗。"

译文

外祖父张雪峰家里，牡丹花盛开了。他的家奴李桂，晚上看见两个女子凭靠栏杆站立着。其中一个说："月色真美啊。"另一个说："这个地方很难有这么好看的牡丹花，唯独佟家花园和这里有几朵。"李桂知道是狐仙，就扔掷瓦片击打她们，两个人忽然全都不见了。一会儿砖石乱飞，窗棂都损坏了。张雪峰亲自去看，拱手道："赏花是一件风雅之事，在月下散步是风雅之人，为何要与小人计较，以至于大煞风景呢？"说完后，园林中就安静了。张雪峰叹道："这狐仙不俗啊。"

张九宝锄禾

佃户张九宝言：尝夏日锄禾毕，天已欲暝[1]，与众同坐田塍上[2]。见火光一道如赤练，自西南飞来，突堕于地，乃一狐，苍白色，被创流血，卧而喘息。急举锄击之。复努力跃起，化火光投东北去。后牵车贩鬻至枣强，闻人言某家妇为狐所媚，延道士劾治，已捕得封罂中。儿童辈私揭其符，欲视狐何状，竟破罂飞去。问其月日，正见狐堕之时也。此道士咒术可云有验，然无奈骏稚之窃窥。古来竭力垂成[3]，而败于无知者之手，类如斯也夫。

注释

①暝：天黑。

②塍 chéng：田间的土埂。

③垂成：事情将要成功。

译文

佃户张九宝说：曾经在一个夏日锄禾完毕，天快黑了，与大家一起坐在田埂上。正在这时，看见一道如同赤练的火光，从西南方飞来，突然坠落在地上，竟然是一只狐狸。狐狸是灰白色的，已经受伤了，流着血躺在地上喘息。大家急忙举起锄头攻击它。狐狸又奋力跳起来，化作一道火光向东北飞去。后来佃户张九宝拉着车到枣强去做买卖，听别人说某家的妇人被狐狸媚惑了，延请道士为她劾治，已经捉到了那狐狸，将它封在罂里。儿童们私自揭开了上面的符，想看看狐狸是什么样子。这一下狐狸趁机打破坛子，飞了出去。张九宝询问时间，得知狐狸逃走的那天正是他们在田野间看到狐狸落地的那一天。这道士法术灵验，但无奈坏于儿童们的偷看。历来很多事情就快要大功告成，但败在无知者的手上，便和这个故事差不多。

怕不如敬

老仆刘琪言：其妇弟某，尝独卧一室，榻在北牖。夜半觉有手扪拂，疑为盗。惊起谛视，其臂乃从南牖探入，长殆丈许。某故有胆，遽捉执之。忽一臂又破棂而入，径批其颊，痛不可忍。方回手支拒，所捉臂已掣去矣。闻窗外大声曰：“尔今畏否？”方忆昨夕林下纳凉，与同辈自称不畏鬼也。鬼何必欲人畏？能使人畏，鬼亦复何荣？以一语之故，寻衅求胜，此鬼可谓多事矣。裘文达公尝曰："使人畏我，不如使人敬我。敬发乎人之本心，不可强求。"惜此鬼不闻此语也。

译文

老仆人刘琪说：他的妻弟曾经晚上独自睡一间房，床在北边窗户下。半夜里觉得有手在他身上摸，他以为是小偷，就急忙坐起来细看，只见这只手臂从南边的窗户里探进，有丈把长。这个人向来有胆量，于是急忙捉住这只手臂，忽然另一只手臂又破窗而入，直打他的脸颊，痛得他难以忍受。正要回手抵挡时，捉住的那只手已经撤去。忽然听见窗外大声说道："你现在害怕了吗？"这个人才想起昨晚在树下乘凉的时候，告诉同辈们说自己不怕鬼。鬼何必一定要使人怕他呢？使人怕他，鬼又有什么荣耀呢？因为一句话的原因，来挑衅争胜，这个鬼可真是多事。裘文达先生曾经说："使别人害怕我，不如使别人尊敬我。尊敬发自人的内心，不可以强求。"可惜这个鬼没有听说过这番话。

剧盗

外叔祖张公雪堂言：十七八岁时，与数友月夜小集。时霜蟹初肥，新篘亦熟，酣洽之际[①]，忽一人立席前，著草笠，衣石蓝衫，蹑镶云履，拱手曰：“仆虽鄙陋，然颇爱把酒持螯[②]。请附末坐可乎？”众错愕不测，姑揖之坐。问姓名，笑不答。但痛饮大嚼，都无一语。醉饱后，蹶然起曰：“今朝相遇，亦是前缘。后会茫茫，不知何日得酬高谊。”语讫，耸身一跃，屋瓦无声，已莫知所在。视椅上有物粲然，乃白金一饼，约略敌是日之所费。或曰：“仙也。”或曰：“术士也。”或曰：“剧盗也。”余谓剧盗之说为近之。小时见李金梁辈，其技可以至此。又闻窦二东之党（二东，献县剧盗。其兄曰大东，皆逸其名，而以乳名传。他书记载，或作窦尔墩，音之转耳），每能夜入人家，伺妇女就寝，胁以刃，禁勿语，并衾褥卷之[③]，挟以越屋数十重。晓钟将动，仍卷之送还。被盗者惘惘如梦。一夕，失妇家伏人于室，俟其送还，突出搏击。乃一手挥刀格斗，一手掷妇于床上，如风旋电掣，倏已无踪。殆唐代剑客之支流乎？

注释

①酣洽：酣畅欢洽。

②螯 áo：螃蟹等动物的第一对脚。这里代指蟹。

③衾 qīn 褥：被子和褥子。

译文

外叔祖张雪堂先生说：他十七八岁的时候，与几个朋友在月夜小聚。当时正值秋蟹肥美，新酒刚刚酿成的时候。酒酣之际，忽然一个人来到酒席前，他带着草帽，身穿石蓝长衫，脚穿镶云靴，拱手施礼道：“我虽然鄙陋，但是特别喜爱喝酒吃螃蟹，请让我坐在末座可以吗？”众人错愕，不知道来者是谁，姑且作揖让他坐在下首。问他的姓名，他只笑笑不回答，只是痛快喝酒大吃美味，没有说一句话。酒足饭饱之后，突然站起来说道：“今天与各位相遇，是前世缘分。以后难以再见，不知何时才能酬谢各位高谊。”说完，耸身向上一跳，屋瓦无声，已经不知道去了哪里。大家看见椅子上有个东西灿灿发光，竟然是一锭白金，大概与今夜这顿花费相当。有人说：“是仙人。”有人说：“是术士。”也有人说：“是大盗。”我认为是大盗的说法比较接近。小时候见到李金梁等人，他们的武艺可以达到这个水平。我还听说窦二东和他的党羽（二东是献县的大盗，他的兄弟叫大东，都不知道他们的确切名字，以乳名让人传知。其他书上记载有时称作窦尔墩，读音转了），每天晚上潜入别人家中，等到妇人睡了后，用刀威胁，禁止她们说话，连同被褥一起卷了，挟持着越过几十重房屋而去。等到晨钟将要敲响的时候，又卷着送了回来。被挟持的妇人迷迷糊糊地好像在梦里。一天晚上，丢了妇人的家人在房间里埋伏，等到强盗来还回妇人的时候，突然出来搏斗。强盗一手挥刀格斗，一手把妇人扔到床上，风驰电掣般跑得无影无踪。难道他们是唐代剑客的支流?

奇门遁甲

奇门遁甲之书，所在多有，然皆非真传。真传不过口诀数语，不著诸纸墨也。德州宋清远先生言：曾访一友（清远曾举其姓名，岁久忘之。清远称雨后泥泞，借某人一驴骑往。则所居不远矣），友留之宿，曰："良夜月明，观一戏剧可乎？"因取凳十馀，纵横布院中，与清远明烛饮堂上。二鼓后，见一人逾垣入，环转阶前，每遇一凳，辄蹒跚，努力良久乃跨过。始而顺行，曲踊一二百度[①]；转而逆行，又曲踊一二百度。疲极踣卧[②]，天已向曙矣[③]。友引至堂上，诘问何来。叩首曰："吾实偷儿，入宅以后，惟见层层皆短垣，愈越愈不能尽，窘而退出，又愈越愈不能尽，故困顿见擒，死生惟命。"友笑遣之。谓清远曰："昨卜有此偷儿来，故戏以小术。"问："此何术？"曰："奇门法也。他人得之恐召祸，君真端谨，如愿学，当授君。”清远谢不愿。友太息曰：“愿学者不可传，可传者不愿学，此术其终绝矣乎！”意若有失，怅怅送之返。

注释

①曲踊：跳跃。

②踣卧：伏卧。

③向曙：天快亮的时候。

译文

奇门遁甲的书虽然有很多，但都不是真传。真传不过是几句口诀而已，不会写到纸上去。德州宋清远先生说：他曾经拜访一个朋友（清远曾说过那人的姓名，但是年岁已久忘记了。清远说下雨后地上泥泞，借来某个人的驴子骑着出去，不久就到了朋友那里。那么住所也不会太远），朋友挽留他在那里过夜，说道：“良宵美景，月光明亮，为何不看一场戏呢？”于是取了十几条长凳，纵横放在院子中，与清远点起蜡烛在堂上饮酒。二更天后，只见一个人越墙进入，在阶前旋转，每遇到一条凳子，就蹒跚行进，努力了很久才跨过去。一开始往前走，绕了一两百次；又返回去行走，又这样绕了一两百次。疲惫至极，倒在地上，天已快亮了。朋友带着那人来到堂上，诘问他来干什么。那人叩头说道："我其实是个小偷，进入到你的宅院以后，只看见层层都是短墙，越想跳过越不能跳过，窘困地想退出去，又越跳越不能跳过。疲乏至极，所以困在里面被您捉住，要死要生都随你。"朋友笑笑让他走了。对清远说："昨天我就算到这个小偷要来，所以用小小的法术戏弄了他一把。"清远问："这是什么法术？"朋友说："奇门法术。别的人学这个恐怕会招来祸患，你为人非常端正谨慎，如果你想学，我一定会传授给你。"清远谢过他，表示不想学，朋友叹息说道："想学的不能传授，可以传授的不想学，这个法术终将断绝了。"朋友怅然若失地送清远回去了。

佛桑香界

申铁蟾，名兆定，阳曲人。以庚辰举人官知县，主余家最久。庚戌秋，在陕西试用，忽寄一札与余诀[①]。其词恍惚迷离，抑郁幽咽，都不省为何语。而铁蟾固非不得志者，疑不能明也。未几，讣音果至。既而见邵二云赞善，始知铁蟾在西安，病数月。病愈后，入山射猎，归而目前见二圆物如球，旋转如风轮，虽瞑目亦见之。如是数日，忽爆然裂，二小婢从中出，称仙女奉邀。魂不觉随之往。至则琼楼贝阙[2]，一女子色绝代，通词自媒。铁蟾固谢，托以不惯居此宅。女子薄怒，挥之出，霍然而醒。越月馀，目中见二圆物如前，爆出二小婢亦如前，仍邀之往。已别构一宅，幽折窈窕，颇可爱。问："此何地？"曰："佛桑。"请题堂额。因为八分书"佛桑香界"字。女子再申前议。意不自持[3]，遂定情。自是恒梦游。久而女子亦昼至，禁铁蟾勿与所亲通。遂渐病。病剧时，方士李某以赤丸饵之，呕逆而卒。其事甚怪。始知前札乃得心疾时作也。铁蟾聪明绝特，善诗歌，又工八分[4]，驰骋名场，翛然以风流自命。与人交，意气如云，邮筒走天下。中年忽慕神仙，遂生是魔障，迷罔以终。妖以人兴，象由心造，才高意广，翻以好异陨生，其可惜也夫！

注释

①诀：辞别，告别。

②琼楼：华美的建筑。贝阙 què：用紫贝作为装饰的宫阙。

③自持：自我克制。

④工：善于。八分：一种书体名称。

译文

申铁蟾，名兆定，是阳曲人。他以庚辰年举人官任知县，在我家主事时间最久。庚戌年秋天，在陕西试用，忽然给我寄来一封书信与我告别。信中语词恍惚迷离，抑郁悲戚，我都不知道他说的是什么。而铁蟾本来不是不得志的人，我非常疑惑这封信的内容。不久，他的死讯果然传来。后来见到了赞善官邵二云，才知道铁蟾在西安病了几个月。病愈后，他到山林中去打猎，回来的时候眼前有两个圆圆的像球一样的物体，像风轮一样旋转，即使闭着眼睛也能见到。几天后，两个圆球突然爆裂，从里面走出两个婢女，说是有仙女邀请他。他的魂魄不知不觉跟着她们前往。来到了琼楼殿堂之处，看见一个绝色女子，通词自荐，要与他成亲。铁蟾坚持谢绝，推托说住不惯这里的宅子，女子稍稍有些生气，挥手让他出去，铁蟾也霍然惊醒。过了个把月，眼前又出现两个圆球的物体，又像上次一样爆开，两个小婢女像上次一样邀请他前往。到了那个地方一看，已经另外修建了一所新的宅子，幽深曲折，非常可爱。铁蟾问绝色女子："这是什么地方？"对方说："这里是佛桑。"女子请铁蟾题写堂额。于是他用八分书法写了“佛桑香界”四个大字。女子又提出了婚事。这一次铁蟾没有把持住自己的意志，答应了女子，于是两人定情。自此之后，铁蟾总是在梦中神游。时间久了后，那女子白天也来与他相会，让铁蟾不要和亲人朋友来往。于是铁蟾渐渐生病。当他病情加剧时，有个姓李的方士给他喂了一颗红丸，他吃了后呕吐不止，最后死去。这件事情特别怪异。我这才知道他以前写给我的信，是他得心病时所写的。铁蟾聪明绝顶，善诗歌，又善八分书法，驰骋名誉场，以风流自命。他与人交往，意气如云，书信来往于天下。到中年的时候忽然仰慕神仙，于是就产生这个魔障，迷惘中终结了一生。妖魅因人而产生，幻象由心而生成，铁蟾才情高意志广，反而因为好异而丢失了性命，实在是可惜！

柴窑片磁

有客携柴窑片磁，索数百金，云嵌于胄[①]，临阵可以辟火器[②]。然无由知确否。余曰:“何不绳悬此物，以铳发铅丸击之[③]。如果辟火，必不碎，价数百金不为多;如碎，则辟火之说不确，理不能索价数百金也。”

鬻者不肯，曰：“公于赏鉴非当行，殊杀风景。”急怀之去。后闻鬻于贵家，竟得百金。夫君子可欺以其方，难罔以非其道。炮火横冲，如雷霆下击，岂区区片瓦所能御？且雨过天青，不过泑色精妙耳④，究由人造，非出神功，何断裂之馀，尚有灵如是耶？余作旧瓦砚歌有云：“铜雀台址颓无遗，何乃剩瓦多如斯？文士例有好奇癖，心知其妄姑自欺。”柴片亦此类而已矣。

注释

①胄：盔，战士所戴的帽子。

②临阵：身临战阵。

③铳 chòng：旧时枪一类的火器。铅丸：铅做的弹丸。

④泑 yòu：同“釉”。

译文

有位外地人拿着柴窑碎瓷片，要卖几百两银子，说把它镶嵌在头盔上，临阵的时候可以避开火器攻击。但无从得知是否真是这么一回事。我说：“为何不用绳子悬挂着这个物品，用火铳射击它。如果能避开火器，就一定不会碎裂，就算价值几百两银子也不算多；如果碎裂了，那么能避火器的说法就不是真的，照理不能索要几百两银子。”卖瓷片的人不肯，说道：“你在赏鉴这一方面并不是行家，特别煞风景。”于是揣着瓷片急忙走了，后来听说他将瓷片卖给了一个富贵人家，竟然真的卖了几百两银子。君子可能被合乎道理的方式欺骗，却不会被荒谬的事情所迷惑。炮火横冲的时候，好像雷霆电击，区区几块瓷片又怎能抵御？况且雨过天青，这样的瓷片不过是着色精妙而已，终究是由人制造的，并不是来自神功，为何断裂了之后，还会有这股灵力呢？我作了一首诗歌《旧瓦砚歌》，写道：“铜雀台址颓无遗，何乃剩瓦多如斯？文士例有好奇癖，心知其妄姑自欺。”柴瓷碎片也是属于这种情况。

鬼妻

昌吉遣犯彭杞，一女年十七，与其妻皆病瘵。妻先殁，女亦垂尽。彭有官田耕作，不能顾女，乃弃置林中，听其生死。呻吟凄楚，见者心恻。同遣者杨熺语彭曰：“君大残忍，世宁有是事！我愿舁归疗治[①]，死则我葬，生则为我妻。”彭曰：“大善。”即书券付之。越半载，竟不起。临殁，语杨曰：“蒙君高义，感沁心脾。缘伉俪之盟，老亲慨诺，故饮食寝处，不畏嫌疑；搔抑抚摩，都无避忌。然病骸憔悴，迄未能一荐枕衾，实多愧负。若殁而无鬼，夫复何言；若魂魄有知，当必有以奉报。”呜咽而终。杨涕泣葬之。葬后，夜夜梦女来，狎昵欢好，一若生人；醒则无所睹。夜中呼之，终不出；才一交睫，即弛服横陈矣。往来既久，梦中亦知是梦，诘以不肯现形之由。曰：“吾闻诸鬼云：人阳而鬼阴，以阴侵阳，必为人害。惟睡则敛阳而入阴，可以与鬼相见，神虽遇而形不接，乃无害也。”此丁亥春事，至辛卯春四年矣。余归之后，不知其究竟如何。夫卢充金碗，于古尝闻；宋玉瑶姬，偶然一见。至于日日相觌，皆在梦中，则载籍之所希睹也。

注释

①舁 yú：抬。

译文

昌吉有个罪犯叫作彭杞，他有个女儿年纪十七岁，与他的妻子都病重。妻子先死去，女儿也性命垂危。彭杞自己需要耕种官田，不能照顾女儿，竟然把她抛弃在林子中，听天由命，生死由她自便。女儿发出凄苦的呻吟声，见到她的人莫不心里凄恻。跟他一起被流放的罪犯杨熺对彭杞说："你太残忍了，世界上怎么会有这种事呢？我愿意把她抬回去治疗，死了我来埋葬她，活下来就做我的妻子。"彭杞说道："太好了。"于是写好字据将女儿交给了他。过了半年，女儿竟病重不起。临死之前，她对杨熺说："承蒙你的大义，对你的感激之情已经沁入我的心脾。因为结了伉俪盟约，是老父亲亲口答应，所以饮食住宿，也不避嫌疑；搔抑抚摩，也都不避忌。但是我病情加重，身体憔悴，到现在也没能与你同床共枕，尽到做妻子的责任，心中实在是很愧疚。若死了之后不能为鬼，我还能说什么呢？假若能为鬼魂，我一定会好好回报你。"于是呜咽着死去。杨熺哭着将她埋葬了。埋葬之后，每晚都梦见女子前来，与他狎昵欢好，就好像生前那样。醒了之后就看不见她。夜里，杨熺呼唤她，她也不出来，才刚刚合眼，女子就躺在了他怀里。时间一长，做梦的时候杨熺也知道自己是在做梦了，在梦中他责怪女子为何不现形。女子回答说："我从鬼那里听说：人属阳而鬼属阴，以阴气侵犯阳气，一定会使得人受到损害。唯独在入睡的时候收敛了阳气而进入到阴气状态，可以与鬼相见，魂灵虽然与鬼相见但是形体没有接触，对人才没有害处。"这是丁亥春天的事情，到辛卯春天已经四年了。我回来之后，就不知道他们后来怎么样了。卢充金碗的故事，古有传闻。宋玉瑶姬，也只是偶然一见。像杨熺这样与鬼妻夜夜在梦中相见，在书籍的记载中也是很少有的。

狐仙荐姻缘

有孟氏媪，清明上冢归，渴就人家求饮，见女子立树下，态殊婉娈[①]，取水饮媪毕，仍邀共坐，意甚款洽。媪问其父母兄弟，对答具有条理。因戏问："已许嫁未？我为汝媒。"女面赪避入，呼之不出。时已日暮，乃不别而行。越半载，有为媪子议婚者，询知即前女，大喜过望，急促成之。于归后，媪抚其肩曰："数月不见，汝更长成矣。"女错愕不知所对。细询始末，乃知女十岁失母，鞠于外氏五六年[②]，纳币后始迎归[③]。媪上冢时，原未尝至家也。女家故小姓，又颇窘乏，非媪亲见其明慧，姻未必成。不知是何鬼魅，托形以联其好；又不知鬼魅何所取义，必托形以联其好。事有不可理推者，此类是矣。

注释

①婉娈：美丽的样子。

②鞠jū：抚育，抚养。

③纳币：古代婚礼六礼之一。订婚之后，择日具书，送聘礼到女方家中，女方家中收到聘礼后复书，定下婚姻。

译文

有位孟氏老妇人，清明节上坟扫墓回来，路上觉得渴想找个附近的人家讨水喝，看见一个女子站在树下面，姿态婉丽，便走过去向她讨水喝。女子取了水给老妇人喝完后，邀请她一起坐坐，两人谈得很投机。老妇人问她的父母兄弟，她的回答也都有条理。于是老妇人就戏问她："嫁人了没有？没有的话，我给你做媒人吧。"女子面色羞红，跑进家里去了，老妇人喊她，她也不肯出来。看看天色已经不早了，老妇人于是不辞而别。过了半年，有人为老妇人的儿子提亲，仔细一打听，女子正是半年前她在路上遇到的那个人，老妇人大喜过望，急忙催促成婚。娶进了媳妇后，老妇人抚摸着她的肩膀说："几个月不见，你又长高了。"女子错愕，不知该怎么回答。细细询问事情经过，才知道这个女子十岁的时候就失去母亲，由外祖母养了五六年，直到订婚迎娶的时候才回到自己的家里。老妇人上坟时，原本她就不在家。这个女子是小户人家所生养，家境贫寒，要不是妇人见她聪明贤惠，这段姻缘未必能成。不知道是哪个鬼魅以她的形体来让他们联姻，也不知道鬼魅一定要这样做的缘故。不可以用理论去推断的事情，这一类就是了。

永公断事

乾隆壬戌、癸亥间，村落男妇往往得奇疾。男子则尻骨生尾[①]，如鹿角，如珊瑚枝。女子则患阴挺，如葡萄，如芝菌。有能医之者，一割立愈，不医则死。喧言有妖人投药于井，使人饮水成此病，因以取利。内阁学士永公，时为河间守。或请捕医者治之。公曰："是事诚可疑，然无实据。一村不过三两井，严守视之，自无所施其术。倘一逮问，则无人复敢医此证，恐死者多矣。凡事宜熟虑其后，勿过急也。"固不许。患亦寻息。郡人或以为镇定，或以为纵奸。后余在乌鲁木齐，因牛少价昂，农颇病。遂严禁屠者，价果减。然贩牛者闻牛贱，皆不肯来。次岁牛价乃倍贵。弛其禁[②]，始渐平。又深山中盗采金者，殆数百人。捕之恐激变，听之又恐养痈[③]。因设策断其粮道，果饥而散出。然散出之后，皆穷而为盗。巡防察缉，竟日纷纭，经理半载[④]，始得靖[⑤]。乃知天下事但知其一，不知其二，多有收目前之效而贻后日之忧者。

始服永公“熟虑其后”一言，真“瞻言百里”也[⑥]。

注释

①尻：脊骨的末端，屁股。

②弛：松弛，放松。

③养痈 yōng：指姑息养奸。

④经理：治理。

⑤靖：安定，秩序安稳。

⑥瞻言：有远见的言论。

译文

乾隆壬戌、癸亥年间，村里的男子和女子往往都生一种奇怪的疾病。男子的屁股后面长尾巴，像鹿角，像珊瑚枝。女子则得阴挺，就好像葡萄、灵芝菌之类。有能医治这种病的人，将那东西割掉，人马上就好了，如果不医治就会死去。有人传言说有妖人在井水里放了药，人饮用了井水之后就会得这种病，以此来取利。内阁学士永公，当时任河间太守，有人请他逮捕医生来平定这件事。永公说：“这件事确实可疑，但是没有实在的根据。一个村子不过是两三口井，严格看守，自然不会有人施邪术，倘若逮捕医生询问，以后就没有人敢治这种病了，恐怕死的人会更多。凡事要深思熟虑，顾及到后效，不要操之过急。”坚决不同意逮捕医生。病患也渐渐平息了。郡中的人们有的认为他处世镇定，有的认为他姑息纵奸。后来我在乌鲁木齐，因为牛少价格昂贵，农夫们非常忧虑。于是下令，严禁屠杀耕牛，牛价果然降低不少。但是牛贩子听说牛价降低之后，不肯再来这里贩牛。第二年，牛的价钱翻倍增长。于是又下令解除屠牛的禁令，价格才渐渐趋于平缓。又听说深山中有盗采金矿的人，大概有几百个人。逮捕他们恐怕会激起民变，放任他们又恐怕姑息养奸。于是设计断了他们的粮道，果然，这些人因饥饿而散出。但是散出之后，又因穷困而变成强盗，巡防缉拿，每日里都很忙乱，治理了半年，才得以安定。于是我才知道天下的事情，只知道其一，不知道其二，多有收获暂时的效益，但留下了后顾之忧的例子。我这才佩服永公的“熟虑其后”，他的这句话，真是“高瞻远瞩”，见识深远。

书楼鬼魅

诸桐屿言：其乡旧家有书楼，恒鐍钥[①]。每启视，必见凝尘之上有女子足迹，纤削仅二寸有奇，知为鬼魅。然数十年寂无形声，不知何怪也。里人刘生，性轻脱，妄冀有王轩之遇。祈于主人，独宿楼上，具茗果酒肴[②]，焚香切祝[③]，明烛就寝。屏息以伺，亦无所见闻，惟渐觉阴森之气砭入肌骨[④]，目能视，耳能听，而口不能言，四肢不能动。久而寒沁肺腑，如卧层冰积雪中，苦不可忍。至天晓，乃能出语，犹若冻僵。至是无敢复下榻者。此怪行踪可云隐秀，即其料理刘生，不动声色，亦有雅人深致也。

注释

①鐍 jué 钥：锁和钥匙。指锁门。

②茗：茶。

③切祝：恳切祝祷。

④砭：刺。

译文

诸桐屿说：他的家乡一户人家有藏书楼，书楼常年锁着门。每次打开进去，就会看见灰尘上有女子的脚印，纤细瘦小，只有二寸多长。书楼主人知道她是鬼魅。但是几十年来书楼都寂静无声，不知道是何方鬼魅。乡里有个刘生，性情轻佻洒脱，妄想有王轩那样的艳遇。于是请求主人，让自己一个人睡在楼上。他备好了茶果酒菜，焚香祝祷，点着蜡烛躺下。屏住呼吸等待着，也没有见到什么、听到什么。只觉得阴森之气，刺入肌肉骨骼，眼睛能看见，耳朵也能听见，但是嘴巴不能说话，四肢不能动弹。时间一久，只觉得寒气逼进肺腑中，好像躺在层冰积雪上，痛苦得不能忍受，一直到天亮了才能张口说话，身体却好像冻僵了一样。从此之后再也没有人敢在楼上睡了。这个妖怪形迹可以说是隐匿含蓄，她治理刘生，不动声色，又有文雅人的深远意趣。

刘太史拒天狐

沧州刘太史果实，襟怀夷旷[①]，有晋人风。与饴山老人、莲洋山人皆友善，而意趣各殊。晚岁家居，以授徒自给。然必孤贫之士，乃容执贽[②]。修脯皆无几[③]，箪瓢屡空，晏如也。尝买米斗馀，贮罂中，食月馀不尽，意甚怪之。忽闻檐际语曰："仆是天狐，慕公雅操，日日私益之耳。勿讶也。"刘诘曰："君意诚善。然君必不能耕，此粟何来？吾不能饮盗泉也，后勿复尔。"狐叹息而去。

注释

①襟怀：胸怀；心胸。夷旷：平和旷达。

②执贽 zhì：拜见人时携带礼物赠送。

③修脯：给老师的礼品或酬劳。

译文

沧州太史刘果实，胸襟宽广，有晋人风骨。与饴山老人、莲洋山人都是好朋友，但是他们的意志情趣各有不同。他晚年时候居住在自己家中，开馆授徒以自给自足。但是他所招收的徒弟一定是孤苦贫寒的人，才会收下他们的礼品。学生的学费没有多少，他的日子很是清贫，但处之泰然。他曾经买了一斗多的米贮存在坛子中，吃了一个多月还没吃完，心里觉得非常奇怪。忽然听见屋檐上有人说道：“我是天狐，仰慕你高雅的节操，每天悄悄加了一些米。你不要惊讶。”刘果实诘问道：“你的心意自然是很好的。但是你肯定自己不能耕种，这些粮食又从哪里来的？我不能吃偷来的粮食，以后你不要这样做了。”天狐只好叹息着离开了。

连贵配原夫

雍正丙午、丁未间，有流民乞食过崔庄，夫妇并病疫。将死，持券哀呼于市，愿以幼女卖为婢，而以卖价买二棺。先祖母张太夫人为葬其夫妇，而收养其女，名之曰连贵。其券署父张立、母黄氏，而不著籍贯，问之已不能语矣。连贵自云：家在山东，门临驿路，时有大官车马往来，距此约行一月馀。而不能举其县名。又云：去年曾受对门胡家聘。胡家亦乞食外出，不知所往。越十馀年，杳无亲戚来寻访，乃以配圉人刘登。登自云：山东新泰人，本胡姓，父母俱殁，有刘氏收养之，因从其姓。小时闻父母为聘一女，但不知其姓氏。登既胡姓，新泰又驿路所经，流民乞食，计程亦可以月馀，与连贵言皆符。颇疑其乐昌之镜，离而复合，但无显证耳。先叔栗甫公曰："此事稍为点缀，竟可以入传奇。惜此女蠢若鹿豕，惟知饱食酣眠，不称点缀，可恨也。"边随园徵君曰："'秦人不死，信符生之受诬；蜀老犹存，知葛亮之多枉。'（四语乃刘知几《史通》之文。符生事见《洛阳伽蓝记》，葛亮事见《魏书·毛修之传》。浦二田注《史通》以为未详，盖偶失考。）史传不免于缘饰，况传奇乎？《西楼记》称穆素晖艳若神仙，吴林塘言其祖幼时及见之，短小而丰肌，一寻常女子耳。然则传奇中所谓佳人，半出虚说。此婢虽粗，傥好事者按谱填词，登场度曲，他日红氍毹上[①]，何尝不莺娇花媚耶？先生所论，犹未免于尽信书也。”

注释

①氍毹 qúyú：用毛或其他材料织成的布或毯子。

译文

雍正丙午、丁未年间，有一对流民夫妻乞讨，路过崔庄，夫妇两人都生了疫病。临死之前，他们拿着卖身契在市场上哀呼，愿意将自己年幼的女儿卖了做奴婢，用卖的钱给自己买两副棺材。先祖母张太夫人埋葬了这对夫妇，收养了他们的女儿，给她取名叫连贵。卖身契上的署名是父亲张立、母亲黄氏，但是没有注明籍贯。询问的时候他们已经不能说话了。连贵自称家乡在山东，门前临着驿路，时常有大官的车马往来，到这里要走一个多月的路。但是说不出县的名字。又说：去年曾经接受了对门胡家的聘礼。胡家也在外面乞讨，不知道去向了。过了十多年，没有任何亲戚朋友来寻访，于是将她许配给马夫刘登。刘登自称是山东新泰人，本姓胡，父母都死了，有位刘氏收养了他，于是跟着姓刘。记得小时候父母给他订了一门亲事，但是不知道对方的姓名。刘登本姓胡，新泰又是驿路必经之地，流民乞讨路程大概一个月左右，与连贵说的话都相符。他们的结合很像乐昌公主破镜重圆的典故，但是没有明确的证据。先叔父栗甫先生说："这个故事稍微加以点缀，就是一个传奇小说。只可惜这个女子愚朴如猪，只知道吃饱喝足后酣睡，不配点缀。真是遗憾。"边随园徵先生说："'秦人不死，信符生之受诬；蜀老犹存，知葛亮之多枉。'（这四句话是刘知几在《史通》里写的文字，符生的事见《洛阳伽蓝记》，诸葛亮的事见《魏书·毛修之传》，《史通》评价浦二田对这几句的注，认为这几句语义不详，是因为偶然丢掉了考信的缘故。）连史传都不免修饰点缀，更何况是传奇呢？《西楼记》称穆素晖是个美貌像天仙一般的人物，吴林塘却说他祖父幼时见过她本人，矮小而胖，只不过是一个寻常的女子罢了。所以传奇中所说的佳人，半数是胡说虚构。这个婢女虽然粗陋，但是如果好事者按谱填词，登场度曲，他日在红地毯上，何尝不是一个莺娇花媚的美人？先生所说的话，未免也太相信书上所言了吧。"

東州邵氏子调戏狐仙

東州邵氏子，性佻荡，闻淮镇古墓有狐女甚丽，时往伺之[①]。一日，见其坐田塍上，方欲就通款曲。

狐女正色曰："吾服气炼形②，已二百馀岁，誓不媚一人，汝勿生妄念。且彼媚人之辈，岂果相悦哉，特摄其精耳；精竭则人亡，遇之未有能免者。汝何必自投陷阱也！"举袖一挥，凄风飒然，飞尘眯目，已失所在矣。先姚安公闻之，曰："此狐乃能作此语，吾断其后必生天。"

注释

①伺：观察。

②服气：道家养生延年之术，也称"吐纳"。炼形：道家中修炼形体。

译文

東州邵氏的儿子，性情轻佻放荡，听说淮镇古墓中有狐女长得十分漂亮，就经常前往去等候窥探。一天，见到狐女坐在田埂上，正要上前搭话，狐女正色说道："我服气炼形，已经有两百多年了，发誓不魅惑一个人，你切勿生妄想。况且那些媚惑人的狐狸，哪里是真的喜欢人，只不过是摄取他们的精气而已；精气没了人也就死了，遇到的没有一个人能幸免。你何必自投罗网！"说完她将袖子一挥，霎时凄风迎面扑来，黄尘扑进眼中，风尘过后，狐女便已经不见了。先父姚安公听说了这个故事后，说：“这个狐女能说出这番话，我断定她一定会修道有为，能飞升上天。”

庶女冤

洛阳郭石洲言：其邻县有翁姑受富室二百金，鬻寡媳为妾者。至期，强被以彩衣，掖之登车[①]。妇不肯行，则以红巾反接其手，媒媪拥之坐车上，观者多太息不平。然妇母族无一人，不能先发也。仆夫振辔之顷，妇举声一号，旋风暴作，三马皆惊逸不可止。不趋其家而趋县城，飞渡泥淖，如履康庄[②]，虽仄径危桥，亦不倾覆。至县衙，乃屹然立。其事遂败。用知庶女呼天，雷电下击，非典籍之虚词。

注释

①掖：拽着别人的胳膊。

②康庄：宽阔平坦的道路。

译文

洛阳郭石洲说：他的邻县有一对老公婆，接受了富户的二百两银子，把守寡的儿媳卖给富户做小妾。到了婚期那天，儿媳被强迫穿上彩衣，挟持着登上马车。

儿媳不肯走，公婆就用红巾反绑着她的双手，由媒婆抱着坐到了马车上。观看的人无不叹息，愤愤不平。但是这个儿媳的娘家没有一个人，因此也就没有人阻挡。当马夫甩动鞭子驱赶马时，这个妇人突然一声长号，顷刻间，旋风大作，三匹马都惊惧狂奔，无法制止。马车没有跑向富户家里，而是跑向了县城，飞快渡过了泥淖之地，就好像行驶在康庄大道上，即使是遇到逼仄的小路、危险的桥梁，马车也没有颠覆。到达县衙后，才屹然站立。这件事情自然也就败露了。于是我知道平民女子呼天喊冤，雷电下击的事情，并非是文献典籍中虚构的。

冥役索钱

戊子夏，小婢玉儿病瘵死。俄复苏曰："冥役遣我归索钱。"市冥镪焚之[①]，乃死。俄又复苏曰："银色不足，冥役弗受也。"更市金银箔折锭焚之[②]，则死不复苏矣。因忆雍正壬子，亡弟映谷濒危时，亦复类是。然则冥镪果有用耶？冥役需索如是，冥官又所司何事耶？

注释

①市：买。冥镪 qiǎng：纸钱。

②箔：敷上金属薄片或粉末的纸。

译文

戊子年的夏天，我家的婢女玉儿病重死去。一会儿她苏醒道："冥役让我回来要钱。"家里人烧了不少纸钱，她才死去。过了一会儿又苏醒了，说道："这些银子的成色不足，冥役不要。"于是家人更换了金银箔折锭焚烧了，玉儿才死去，没有再苏醒过来。这件事使我想起了雍正壬子年间，亡弟映谷临死时，也出现过类似的现象。难道烧纸钱真的有用吗？冥役像这样索取钱财，冥官又是管什么事的？

艳冶童

狐之媚人，为采补计耳，非渔色也[①]；然渔色者亦偶有之。表兄安滹北言：有人夜宿深林中，闻草间人语曰："君爱某家小童，事已谐否？此事亢阳熏烁[②]，消蚀真阴，极能败道。君何忽动此念耶？"又闻一人答曰："劳君规戒。实缘爱其美秀，遂不能忘情。

然此童貌虽艳冶[3]，心无邪念，吾于梦中幻诸淫态诱之，漠然不动。竟无如之何，已绝是想矣。”其人觉有异，潜往窥视，有二狐跳踉去。

注释

①渔色：猎取美色。

②亢 kàng 阳：极盛的阳气。

③艳冶：美丽；妖艳。

译文

狐仙媚惑男子，为的是采补他们的精气，并非贪恋美色；但是贪恋美色的情况偶尔也有。表兄安濂北说：有个人晚上睡在深林中，听见草间有人说道：“你喜爱某家的少年，事情成了吗？这可是要受亢阳之气的熏侵，消蚀掉你的真阴，会严重败坏你的道行，你为何忽然有这种念头呢？”又听见另一个人回答说：“谢谢你的劝告，但我实在是喜爱他的英俊秀美，难以忘情，无法控制自己。这个少年虽然相貌俊美，但是心中并无邪念，我在他的梦中经常幻化成各种淫荡姿态来诱惑他，可他就是漠然不动，竟然拿他没有办法，我已经断绝了这个念头。”那个人觉得奇怪，就悄悄过去偷看，有两只狐狸跳着跑掉了。

翰林某公

同年项君廷模言：昔尝馆翰林某公家，相见辄讲学。一日，其同乡为外吏者，有所馈赠。某公自陈平生俭素，雅不需此①。见其崖岸高峻②，遂逡巡携归。某公送宾之后，徘徊厅事前，怅怅惘惘，若有所失，如是者数刻。家人请进内午餐，大遭诟怒。忽闻有数人吃吃窃笑，视之无迹，寻之声在承尘上，盖狐魅云。

注释

①雅：平素；向来。

②崖岸：清高；矜庄。高峻：冷峻，不容易亲近。

译文

与我同一年的进士项廷模先生说：他曾在翰林某公家坐馆，翰林某公与他一相见就大谈道学。一天，一个在外做官的同乡，送给某公一些礼品。某公推说自己平生很是节俭朴素，不需要这些东西。同乡见他清高严峻，于是也就小心谨慎地带着东西回去了。某公送走宾客之后，徘徊在厅堂前，怅然若有所失的样子。

这样过了一会儿，家人请他进去吃午餐，被他大声诟骂。忽然听见有几个人吃吃地窃笑，某公看过去又没看到什么，去寻觅，声音来自屋顶，大概是狐仙在嘲笑他吧。

善博胥魁

胥魁有善博者[①]，取人财犹探物于囊，犹不持兵而劫夺也。其徒党密相羽翼，意喻色授[②]，机械百出[③]，犹臂指之相使，犹呼吸之相通也。骙竖多财者，则犹鱼吞饵，犹雉遇媒耳。如是近十年，橐金巨万，俾其子贾于长芦[④]，规什一之利。子亦狡黠，然冶荡好渔色。有堕其术而破家者，衔之次骨[⑤]。乃乞与偕往，而阴导之为北里游。舞衫歌扇，耽玩忘归，耗其资十之九。胥魁微有所闻，自往检校，已不可收拾矣。论者谓是虽人谋，亦有天道：仇者之动此念，殆神启其心欤？不然，何前愚而后智也！

注释

①胥魁：差役的头目。博：赌博。

②色授：用脸色传递内心的感情。

③机械：巧诈。

④贾 gǔ：买卖；做生意。

⑤次骨：深入到骨髓，形容程度极深。

译文

有个官署的差役头目，善于赌博，诈取别人的钱财就如同在囊中探物一般容易，好像不拿刀就能劫财一样。他的众多朋党就像他的羽翼一般，他的意思常常以脸色传达，朋党们便能意会，赌场上他们无比狡诈，就像是差役头目用手指使他们一样，像呼吸相通一般配合默契。诈取那些有钱的人，就好像鱼吞掉鱼饵、野鸡遇上了雉媒一般容易。像这样过了差不多十年，他已经聚集了百万家产，指派他的儿子在长芦做买卖，赚取了相当于本钱的十分之一的钱财。他的儿子也很狡诈，而且性情冶荡好色。有个人上了当，倾家荡产，对差役头目等人恨之入骨。于是乞求跟随差役头目的儿子一同前往做买卖，而暗地里引导他去逛妓院。他的儿子游荡在酒色之中，耽溺在其中不想回家，就这样耗尽了十分之九的资财。差役头目也听到了一些风声，亲自前往核查，但是事情已经到了不可收拾的地步。有人评论这个事情说，事情虽然是人为谋划的，但是也有天道：仇人产生复仇的念头，大概是神的启发吧？不然的话，为何他一开始愚钝，而后来却又变得聪明了呢？

虎神

先母张太夫人，尝雇一张媪司炊[1]，房山人也，居西山深处。言其乡有贫极弃家觅食者，素未外出，行半日即迷路，石径崎岖，云阴晦暗，莫知所适，姑枯坐树下，俟天晴辨南北。忽一人自林中出，三四人随之，并狰狞伟岸，有异常人。心知非山灵即妖魅，度不能隐避，乃投身叩拜，泣诉所苦。其人恻然曰[2]："尔勿怖，不汝害也。我是虎神，今为诸虎配食料。待虎食人，尔收其衣物，足自活矣。"因引至一处，嗷然长啸，众虎岔集。其人举手指挥，语啁哳不可辨。俄俱散去，惟一虎留伏丛莽间。俄有荷担度岭者，虎跃起欲搏，忽辟易而退。少顷，一妇人至，乃搏食之。捡其衣带，得数金，取以付之[3]，且告曰："虎不食人，惟食禽兽。其食人者，人而禽兽者耳。大抵人天良未泯者，其顶上必有灵光，虎见之即避。其天良澌灭者[4]，灵光全息，与禽兽无异，虎乃得而食之。顷前一男子，凶暴无人理；然攘夺所得，犹恤其寡嫂孤侄，使不饥寒。以是一念，灵光煜煜如弹丸[⑤]，故虎不敢食。后一妇人，弃其夫而私嫁，又虐其前妻之子，身无完肤，更盗后夫之金，以贻前夫之女，即怀中所携是也。以是诸恶，灵光消尽，虎视之，非复人身，故为所啖。尔今得遇我，亦以善事继母，辍妻子之食以养，顶上灵光高尺许，故我得而佑之，非以尔叩拜求哀也。勉修善业，当尚有后福。”因指示归路，越一日夜得至家。张媪之父与是人为亲串，故得其详。时家奴之妇，有虐使其七岁孤侄者，闻张媪言，为之少戢[⑥]。圣人以神道设教，信有以夫。

注释

①司炊：掌管炊事。

②恻然：哀怜悲伤的样子。

③付：交，给。

④澌 sī 灭：消失，消亡。

⑤煜 yù 煜：明亮的样子。

⑥戢：收敛。

译文

先母张太夫人，曾经雇佣一个姓张厨娘管炊事，她是房山人，居住在西山深处。她说家乡有户人家极其贫困，男人只好弃家出走谋食。他平常并不出外远行，因此才走了半天就已经迷了路。看那石子小路十分崎岖，乌云遮天，阴晦不明，他不知道该去哪里，就只好暂时坐在枯树下面，等候天晴了再辨明方向。忽然一个人从林中出来，身后有三四个人跟随着，全都狰狞恐怖，身躯高大，不同于常人。他心中知道如果不是山中神灵，就是妖魅鬼怪，揣度自己不能避让躲藏，就俯身叩拜在地，哭诉了他的苦处。那人心中恻然，同情他道："你不要害怕，我们不会害你的。我是虎神，今天过来是给众虎配给食物。等到老虎吃了人后，你收拾他的衣物，就能活命了。"于是引他来到一个地方，虎神仰天长啸，众虎便从各处汇聚到此处集合。虎神举手指挥，发出啁哳的声音，人听不懂。过了一会儿，众虎都散开，只有一只老虎留下，伏在草丛间。一会儿便有一个挑着担子的人来到了林中，老虎跳起来正要扑他，忽然避让退开。又过了一会儿，一个妇人来到林中，老虎便跳出来把她扑倒吃了。虎神捡起妇人的衣带，里面有几两银子，取出来递给他，并且告诉他说："老虎不吃人，只吃禽兽。它所吃的人，都已经变成了禽兽。良心没有泯灭的人，头顶上一定有灵光，老虎见到后就会避开；那些已经没有良心的人，头顶上没有灵光，与禽兽没有差别，老虎才会吃他们。刚才那个男子性情凶暴没有人性，但是他所夺取的东西，还能用来体恤施与他的寡嫂孤侄，使得他们不挨饿受寒。因为他还有这一个善念，头顶上还有灵光像弹丸闪闪发光，所以老虎不敢吃他。后面来的那个妇人，抛弃了她的前夫而自行嫁给别人，又虐待丈夫前妻的儿子，致使他身无完肤，还偷取后夫的钱财，留给前夫的女儿用。刚才她怀里携带的钱就是她偷来的。因为诸多恶行，她头顶上的灵光已经没有了，老虎没有将她看作是人，所以将她吃了。今天你能遇见我，也是因为你能善待继母，有时候宁愿饿着妻子孩子也要赡养她，你头顶上的灵光高达一尺多，所以我才来帮助你，并不是你叩拜哀求的缘故。勉力修得善行，一定还会有后福的。”说完给他指示回家的路，他走了一天一夜，回到了家里。张厨娘的父亲与这个人是亲戚，所以知道得很详细。当时，我家一个奴仆的妻子，平常虐待七岁的孤侄，听了这个故事后，也就有所收敛。圣人用神道来教化，相信其中自有一番道理。

东光某宅

李又聃先生言：东光某氏宅有狐，一日，忽掷砖瓦，伤盆盎[①]。某氏詈之。夜闻人叩窗语曰：“君睡否？我有一言：邻里乡党，比户而居，小儿女或相触犯，事理之常，可恕则恕之，必不可恕，告其父兄，自当处置。遽加以恶声，于理毋乃不可。且我辈出入无形，往来不测，皆君闻见所不及，堤防所不到。而君攘臂与为难[②]，庸有幸乎？于势亦必不敌，幸熟计之。”某氏披衣起谢，自是遂相安。会亲串中有以僮仆微衅，酿为争斗，几成大狱者，又聃先生叹曰：“殊令人忆某氏狐。”

注释

①盆盎：腹大口小的盆。

②攘臂：捋起衣袖，伸出胳膊。形容激愤的样子。

译文

李又聃先生说：东光县某家的宅子里闹狐仙，一天，狐仙忽然扔出砖瓦，损坏了盆罐。房子的主人就出言大骂，半夜里听见有人叩响窗户说道：“你睡了吗？我有一句话相告。邻里乡亲，相邻居住，小儿女们有时会相互触犯争执，事情也在常理之中，可以宽恕就宽恕吧，一定不能原谅的，就告诉他们的父母兄弟，自然会有一番处置。动不动就像你这样恶骂，在道理上也讲不过去，况且我们狐仙出入没有形体，往来也不可推测，都是你看不到，也提防不到的，而你却要动手为难我们，难道你能侥幸赢过我们吗？从情势上看也敌不过我们，还请你仔细想想。”听了这番话后，房子主人披衣起床，向狐仙答谢。从此之后，狐仙与他相安无事。正好他的亲戚中因为仆人寻衅挑拨而闹不和，争斗起来，差点坐了大牢。李又聃先生叹息说道：“实在是让人怀念那位狐仙啊。”

假供奉

田氏媪诡言其家事狐神，妇女多焚香问休咎[①]，颇获利。俄而群狐大集，需索酒食，罄所获不足供[②]。乃被击破瓮盎，烧损衣物，哀乞不能遣，怖而他投。濒行时，闻屋上大笑曰：“尔还敢假名敛财否？”自是遂寂，亦遂不徙。然并其先有之资，耗大半矣。此余幼时闻先太夫人说。又有道士称奉王灵官，掷钱卜事，时有验，祈祷亦盛。偶恶少数辈，挟妓入庙，为所阻。乃阴从伶人假灵官鬼卒衣冠，乘其夜醮，突自屋脊跃下，据坐诃责其惑众；命鬼卒缚之，持铁蒺藜将拷问。道士惶怖伏罪，具陈虚诳取钱状。乃哄堂一笑，脱衣冠高唱而出。次日，觅道士，则已窜矣[③]。此雍正甲寅七月事。余随先姚安公宿沙河桥，闻逆旅主人说[④]。

注释

①休咎：吉凶。

②罄：尽。

③窜：逃跑。

④逆旅：旅馆。

译文

有个姓田的老妇人骗人说她家供奉着狐神，许多妇女都去焚香询问吉凶因果，这位老妇人借机发了一笔财。不久，许多狐仙聚集在一起，向老妇人索要酒食，她倾其所有，也不足以供给狐神。狐神们生气了，打碎了她家的坛坛罐罐，烧毁了她的衣服，即使她哀求，狐神也不离开。老妇人十分害怕，准备投奔他处，要走的时候，听见屋顶上传来大笑声，说："看你还敢不敢借着狐仙的名义去聚敛钱财？"从此之后就安静了，老妇人也就没有搬到别的地方。但是连她原先有的财产算上，损耗有一大半。这是我小时候听先太夫人讲的。又有一个道士声称自己供奉王灵官，扔钱进去占卜，常常会有灵验。前来祈祷占卜的人也很多，偶然有几个恶少，带着妓女进入到庙中，被他阻挡。于是恶少们就暗地里指使戏子扮成灵官鬼卒的样子，趁着道士晚上做道场的时候，突然从屋顶上跳下来，假王灵官坐在坛上责骂老道士蛊惑百姓，命令鬼卒们将他绑了，拿起铁蒺藜要拷问。道士感到惶恐害怕，伏在地上请罪，将他供奉王灵官骗取钱财的事情全部都招了出来，惹得众人哄堂大笑，大家脱掉身上的戏子服装，高唱着歌走了。第二天去找道士时，他已经逃走。这是雍正甲寅七月间的事情，我跟随先父姚安公在沙河桥过夜时，听旅店的主人说的。

毒妇

东光霍从占言：一富室女，五六岁时，因夜出观剧，为人所掠卖。越五六年，掠卖者事败，供曾以药迷此女。移檄来问[①]，始得归。归时视其肌肤，鞭痕、杖痕、剪痕、锥痕、烙痕、烫痕、爪痕、齿痕遍体如刻画，其母抱之泣数日，每言及，辄沾襟。先是女自言主母酷暴无人理，幼时不知所为，战栗待死而已；年渐长，不胜其楚，思自裁[②]。夜梦老人曰："尔勿短见，再烙两次，鞭一百，业报满矣。"果一日缚树受鞭，甫及百而县吏持符到。盖其母御婢极残忍，凡觳觫而侍立者[③]，鲜不带血痕；回眸一视，则左右无人色。故神示报于其女也。然竟不悛改[④]，后疽发于项死。子孙今亦式微。从占又云：一宦家妇，遇婢女有过，不加鞭捶，但褫下衣，使露体伏地。自云如蒲鞭之示辱也。后患颠痫，每防守稍疏，辄裸而舞蹈云。

注释

①檄：官府所用的文书。

②自裁：自杀。

③觳觫 húsù：恐惧得战栗发抖的样子。

④悛 quān 改：悔改。

译文

东光人霍从占说：有一个富家的女儿，五六岁的时候，晚上看戏被别人掳走贩卖。过了五六年后，贩卖人口的案子败露，招供说曾经用药迷昏了这个女孩。官府发布公文追查，这个女孩才得以回家。回家后看这个女孩身上，鞭痕、杖痕、剪痕、锥痕、烙痕、烫痕、爪痕、齿痕，浑身是伤疤，好像刀刻一样。她的母亲抱着她哭了好几天，每每说到这件事时，都要落泪。女孩说那家女主人残酷凶暴没有人性，一开始自己年纪小不知道怎么办，只知道浑身颤抖等死而已；等到长大了一些，不能忍受痛楚，想着要自杀。晚上做梦梦见一个老人对她说道："你不要自寻短见，再被烙两次，鞭打一百次，你的罪业就满了。"果真有一天，她被绑在树上受鞭打，刚刚到一百下的时候，县吏就拿着公文赶到。原来这个女孩的母亲对待奴婢也极其残忍，那些战战兢兢立在身边的奴婢，很少有不带血痕的，女孩母亲回头一看，奴婢们就吓得面无人色。所以神将报应加在她的女儿身上。但是她竟然不知悔改，后来脖子上长了个脓包死掉了。她的子孙后代现在也衰落了。从占又说：有位官宦家的夫人，当她的婢女犯了过错时，她不打她们，但是脱下她们的衣服，让她们裸露着身体伏在地上，自称这是"蒲鞭示辱"。后来这位夫人得了癫痫病，每当看守稍有疏忽时，她就裸着身体跳舞。

僧自败

释明玉言：西山有僧，见游女踏青，偶动一念。方徙倚凝想间，有少妇忽与目成，渐相软语[①]，云："家去此不远，夫久外出。今夕当以一灯在林外相引。"叮咛而别。僧如期往，果荧荧一灯，相距不半里，穿林渡涧，随之以行，终不能追及。既而或隐或见，倏左倏右，奔驰辗转，道路遂迷，困不能行，踣卧老树之下。天晓谛观，仍在故处。再视林中，则苍藓绿莎，履痕重叠。乃悟彻夜绕此树旁，如牛旋磨也。自知心动生魔，急投本师忏悔。后亦无他。又言：山东一僧，恒见经阁上有艳女下窥，心知是魅；然私念魅亦良得，径往就之[2]，则一无所睹，呼之亦不出。如是者凡百馀度，遂惘惘得心疾，以至于死。临死乃自言之。此或夙世冤愆，借以索命欤？然二僧究皆自败，非魔与魅败之也。

注释

①软语：体贴温柔的话。

②就：靠近；接近。

译文

释明玉说：西山有个和尚，看见游女踏春，偶然动了俗念。正在徘徊发愣的时候，一个少妇忽然走近给他递送秋波，并逐渐语气温柔，细声细语地告诉他："家里离这里不远，丈夫久出不归。今天晚上用一盏灯在林中引导你前来。"并一再叮嘱之后才与他告别。到了晚上，和尚如约前往，果然在林中有荧荧闪耀的一盏灯，相距不过半里路，他穿过树林，渡过溪涧，跟着灯光行走，但始终赶不上那盏灯。那灯有时隐没有时出现，有时左有时右，和尚辗转奔走，于是就迷路了，疲倦得走不动，就倒在一棵老树下。天亮后和尚仔细一看，发现仍旧在原来的地方。再往林中看去，在苍绿的苔藓上，布满了自己重叠的脚印。这才明白昨天整个晚上是在围着这棵树打转，就好像牛在拉磨一样。他自知心中生出魔念，急忙奔回去向师父忏悔。后来也就没有其他的事发生。又说山东有个和尚，总是看见经阁上有艳丽的女子往下窥视，他心中知道是鬼魅，但是又想见到鬼魅也未尝不可，于是就去经阁上接近她，上去之后，什么都没有看到，呼唤她也不出来。像这样往复百多回，就失魂落魄得了心病，最后竟然死了。临死之前才将心事说出来。这或许是夙世冤孽，采用这种方法来索命的吧？但是这两个和尚终究是自讨苦吃，并不是妖魅败坏了他们。

插花庙董尼

沧州插花庙老尼董氏言：尝夜半睡醒，闻佛殿磬声铿然，如有人礼拜者。次日，告其徒。曰：“师耳鸣也。”至夜复然，乃潜起蹑足窥之[①]。佛火青荧，依稀辨物，见击磬者乃其亡师，一少妇对佛长跪，喁喁絮祝。回面向内，不识为谁。细听所祝，则为夫病祈福也。恐怖失措，触朱槅有声。阴气冥蒙，灯光骤暗。再明，则已无睹矣。先外祖雪峰张公曰："此少妇已入黄泉，犹忧夫病，闻之使人增伉俪之情。"

董尼又言：近一卖花媪，夜经某氏墓，突见某夫人魂立树下，以手招之。无路可避，因战栗拜谒。某夫人曰："吾夜夜在此，待一相识人寄信，望眼几穿，今乃见尔。归告我女我婿：一切阴谋，鬼神皆已全知，无更枉抛心力。吾在冥府，大受鞭笞；地下先亡，更人人唾詈。无地自容，日惟避此树边，苦雨凄风，酸辛万状。尚不知沈沦几载，得付转轮。似闻须所夺小郎资财耗散都尽，始冀有生路也。又婿有密札数纸，病中置螺甸小箧中[②]。嘱其检出毁灭，免为他日口实。"叮咛再三，呜咽而灭。媪潜告其女，女怒曰："为小郎游说耶！"迨于箧中见前札[③]，乃始悚然。后女家日渐消败。亲串中知其事者，皆合掌曰："某夫人生路近矣。"

注释

①蹑足：放轻脚步走路。

②螺甸：螺蛳壳或贝壳，镶嵌在漆器、硬木家具或雕镂器物的表面，形成装饰。

③迨 dài：等到。

译文

沧州插花庙里的老尼姑董氏说：有一次她在半夜里醒来，听见殿堂里敲磬的声音铿锵作响，好像有人在拜佛。第二天她将这事告诉自己的徒弟。徒弟却说：“师父耳鸣了吧？”到了夜里，她又听到了那声音，于是就悄悄起床，蹑脚窥探。只见殿堂上烛火闪烁着青青的荧光，依稀可以看见物体，只见击磬的人竟然是她已经亡故的师父，一个少妇对佛长跪，口中念念有声祝祷着。因为她的脸朝向里面，看不清楚她是谁。仔细一听祝语，是她为病重的丈夫求佛庇佑。心里觉得害怕，一时失手，触动了朱红槅扇。一声响动后，只见殿堂内阴气弥漫，灯光骤暗。等到室内再恢复明亮时，已经看不见什么东西了。先外祖父张雪峰先生说：“这个少妇已经命归黄泉，但还牵挂着她丈夫的病，听了这个故事，更使人感念夫妻伉俪的情意。”董尼又说：附近一个卖花的老妇人晚上经过某氏家的坟地，突然看见某家夫人的魂魄站立在树下，用手招呼老妇人过去。她没有地方可以躲避，于是就浑身颤抖地拜谒。某妇人说：“我每天晚上都在此地，等待一个认识的人可以给家里带个信儿，可真是望眼欲穿，今天才见到你。你回去告诉我的女儿和女婿：一切阴谋，鬼神已经全都知道了，要他们不要再枉费心机。我在阴间已经受到鞭挞的惩罚，地下的祖先们也是人人都唾骂。我无地自容，只有每天躲避在这棵树下，凄风苦雨，十分酸楚，还不知道要沉沦几辈子，才得以超生转世。听说要等到我女婿抢得的他小兄弟的钱财消耗完毕，我才有转生投胎的希望。另外，我女婿有几封密信，我生病时藏在镶着贝雕的小匣子里。请你嘱托他赶快找出来毁掉，免得他日被别人得到作为证据。”再三叮嘱后，才呜咽着灭了形迹。老妇人悄悄回去将这些话转告某夫人的女儿，女儿怒道：“你是为小叔子来说话的吗？”等到她在小匣子中找到了那几封密信，才开始感到害怕。后来女儿家渐渐衰败。亲友中知道这件事的人，都合掌说道：“某夫人快要投胎转生了。”

二异

舅氏张公梦徵言：所居吴家庄西，一丐者死于路，所畜犬守之不去。夜有狼来啖其尸，犬奋啮不使前；俄诸狼大集，犬力尽踣，遂并为所啖。惟存其首，尚双目怒张，眦如欲裂。有佃户守瓜田者亲见之。又程易门在乌鲁木齐，一夕，有盗入室，已逾垣将出。所畜犬追啮其足。盗抽刃斫之，至死啮终不释，因就擒。时易门有仆，曰龚起龙，方负心反噬。皆曰程太守家有二异：一人面兽心，一兽面人心。

译文

舅舅张梦徵说：在他居住的吴家庄西面，有个乞丐死在路上，他养的那条狗守着他的尸体不离开。晚上有狼过来要吃乞丐的尸体，狗狂吠撕咬不让狼上前；一会儿大批的狼聚集过来，狗奋力拼搏，最终倒在地上，连同乞丐一起被狼吃掉。只留下狗的头颅，两只眼睛还怒睁着，好像快要裂开一样。有个守瓜的佃户亲眼见到过这个场景。又说，程易门在乌鲁木齐时，一天晚上，有个强盗偷了东西，正准备翻墙出去的时候，主人养的狗追着去咬强盗的脚。强盗抽出刀砍狗，狗到死都不肯松口，于是这个强盗被抓住了。当时易门有个家仆叫作龚起龙，负心反咬了主家一口。人们都说程太守家有两怪：一个是人面兽心，一个是兽面人心。

群鬼儆戒书生

飞万又言：一书生最有胆，每求见鬼不可得。一夕，雨霁月明，命小奴携罂酒诣丛冢间[①]，四顾呼曰："良夜独游，殊为寂寞。泉下诸友，有肯来共酌者乎？"俄见磷火荧荧，出没草际。再呼之，呜呜环集，相距丈许，皆止不进。数其影约十馀，以巨杯挹酒洒之[②]，皆俯嗅其气。有一鬼称酒绝佳，请再赐。因且洒且问曰："公等何故不轮回？"曰："善根在者转生矣，恶贯盈者堕狱矣。我辈十三人，罪限未满，待轮回者四；业报沈沦，不得轮回者九也。"问："何不忏悔求解脱？"曰："忏悔须及未死时，死后无着力处矣。"酒洒既尽，举罂示之，各踉跄去。中一鬼回首叮咛曰："饿魂得沃壶觞[③]，无以报德。谨以一语奉赠：忏悔须及未死时也。"

注释

①诣：到。特指到尊长处。丛冢：葬在一地的许多坟。

②挹 yì 酒：舀酒。

③沃：以酒浇池祭祀鬼神。壶觞：酒器，指酒。

译文

飞万又说：一个书生最有胆量，经常想见到鬼，但是都没有见到。一个晚上，雨停了，明亮的月亮钻出来，书生命令小奴带着一坛子美酒来到了坟堆中，向四方大声喊道：“在这良宵里我独自悠游，十分寂寞。泉下的各位朋友，有愿意来一起喝酒的吗？”一会儿只见磷光荧荧闪烁，出没在草丛间。再叫，鬼“呜呜”地围过来，相距只有丈把远，都站住不再上前。数了一下鬼影大概有十多个，于是书生用巨杯盛酒向他们洒去，鬼影都俯身嗅酒的香味。有一个鬼说酒绝佳，请求再赐酒。书生边洒酒边问道：“你们为什么不投胎转生呢？”鬼说：“那些心地善良的人已经转生了，恶贯满盈的进入到地狱中去了。我们十三个人，罪期还没有满，等待轮回转生的有四个；罪业沉沦，不能轮回转生的有九个。”书生问：“那你们为何不忏悔求得解脱呢？”鬼说：“忏悔要在未死之前，死了之后就没有用处了。”酒已经洒完了，书生举着坛子给鬼看，鬼就踉跄地离开了。其中一个鬼回头叮嘱说：“我们这些饿死鬼得饮美酒，没什么可以拿来报恩的，只有一句话敬奉给你：要忏悔的话须在没有死的时候。”

侠义大盗

新城王符九言：其友人某，选贵州一令[1]。贷于西商，抑勒剥削，机械百出。某迫于程限，委曲迁就，而西商枝节益多。争论至夜分，始茹痛书券。计券上百金，实得不及三十金耳。西商去后，持金贮箧。方独坐太息，忽闻檐上人语曰："世间无此不平事！公太柔懦，使人愤填胸臆。吾本意来盗公，今且一惩西商，为天下穷官吐气也。"某悸不敢答[2]。俄屋角窸窣有声，已越垣径去。次日，闻西商被盗，并箧中新旧借券，皆席卷去矣。此盗殊多侠气，然亦西商所为太甚，干造物之忌，故鬼神巧使相值也。

注释

①令：县令。

②悸：因害怕而心跳。

译文

新城王符九说：他的某个朋友，被任命为贵州的一个县令。他向一个西商贷款，那个商人趁机勒索剥削，奸计百出。某人迫于时间期限，只好委曲迁就，而商人又节外生枝。两人争执到深夜，某人才忍痛写下借款书券。借据上写的是一百两银子，而实际上某人只借了不到三十两银子。商人离去后，某人把银两藏在小匣子里。正独自坐着叹息，忽然听见屋檐上有人说道："世界上竟然有如此不公平的事情！你也太柔弱怯懦了，叫人看得气愤难当，心中不平。我本来是想偷你的钱的，今天暂且惩罚那个商人，为天下的穷官出一口恶气！"某人害怕不敢回答。一会儿屋角处有窸窣的声音，那个小偷已经越墙离开了。第二天，听说那个商人被偷了钱财，他箱子中的新旧借据，也都被席卷偷去了。这个强盗固然是特别有侠义气概，然而也是因为这个商人做得太过分，犯了老天的忌讳，所以鬼神巧妙使得他们相遇。

孝廉性啬

香畹又言：一孝廉颇善储蓄，而性啬。其妹家至贫，时逼除夕，炊烟不举。冒风雪徒步数十里，乞贷三五金，期明春以其夫馆谷偿。坚以窘辞。其母涕泣助请，辞如故。母脱簪珥付之去，孝廉如弗闻也。

是夕，有盗穴壁入[1]，罄所有去。迫于公论，弗敢告官捕。越半载，盗在他县败，供曾窃孝廉家，其物犹存十之七。移牒来问，又迫于公论[2]，弗敢认。其妇惜财不能忍，阴遣子往认焉。孝廉内愧，避弗见客者半载。夫母子天性，兄妹至情；以啬之故，漠如陌路。此真闻之扼腕矣。乃盗遽乘之，使人一快；失而弗敢言，得而弗敢取，又使人再快。至于椎心茹痛，自匿其瑕，复败于其妇，瑕终莫匿，更使人不胜其快。颠倒播弄，如是之巧，谓非若或使之哉！然能愧不见客，吾犹取其足为善。充此一愧，虽以孝友闻可也。

注释

①穴壁：凿墙洞。

②公论：公众的舆论。

译文

香畹又说：有一个举人善于储蓄钱财，但是性情吝啬。他的妹妹家里非常贫穷，眼看已经快到除夕了，没钱吃饭。妹妹冒着风雪徒步走了几十里路，来找他借三五两银子，约好第二年春天用丈夫教书的钱偿还。举人坚持说自己家贫困而拒绝了她。他的母亲哭着请求举人帮助妹妹，他也以同样的理由拒绝了。母亲摘下簪子、耳环等首饰给了女儿，让她回家，举人就好像没有看到这个场景一般。这天晚上，有个强盗穿墙进来，偷走了举人的所有财物。举人害怕公众舆论，也不敢告官。过了半年，强盗在其他县偷盗时被抓了，招供说他曾经偷了举人家，现在的资财还剩下十分之七左右。官府下文书让失主来认领，举人又害怕舆论，不敢认领。他的媳妇心疼这些钱财，忍不住，就打发自己的儿子去认领。举人因此心中愧疚，半年都不敢见客人。母亲对子女的爱护是出于天性，兄妹之间本来应该情深义厚，因为吝啬的缘故，而使得亲人如同陌路。这个事情听了真叫人扼腕痛心啊。那个强盗偷了举人的钱，大快人心；举人失去了钱财又不敢说，得到了又不敢取，又大快人心。至于他忍受着锥心刺骨一般的痛苦，掩盖自己的吝啬，又被妻子的举动给揭穿了，恶性终于没能藏住，更使得人拍手叫好。颠来倒去，竟然这般巧合。如果不是吝啬那三五两银子，也不至于如此。但是举人能够感到羞愧，不见客人，我还是认为这是对的。他如能将这一愧疚之心扩大开去，成为以孝善而出名的人也是可以的。

布商韩某

汪御史香泉言：布商韩某，昵一狐女，日渐尪羸。其侣求符箓劾禁，暂去仍来。一夕，与韩共寝，忽披衣起坐曰："君有异念耶？何忽觉刚气砭人，刺促不宁也？"韩曰："吾无他念。惟邻人吴某，迫于债负，鬻其子为歌童。吾不忍其衣冠之后沦下贱，措四十金欲赎之，故辗转未眠耳。"狐女蹶然推枕曰："君作是念，即是善人。害善人者有大罚，吾自此逝矣。"以吻相接，嘘气良久，乃挥手而去。韩自是壮健如初。

译文

御史汪香泉说：有个姓韩的布商，与一个狐女亲昵，身体日渐羸弱。他的朋友求来神符劾禁狐女，狐女离开没多久又回来了。一天晚上，狐女与韩某同床共枕，忽然披着衣服坐起来说道："你在想什么呢？为何我觉得刚气逼人，刺得我不能安宁呢？"韩某说："我没在想什么。只是邻居吴某，被债务逼得没有办法，将他的孩子卖为歌童，我不忍心世家子弟沦为下贱人，想准备四十两银子去赎他，所以翻来覆去睡不着。"狐女听了后，急忙推开枕头说道：“你有这个念头，就是善人。残害善良的人会遭到重罚，我从此就不来了。”于是她与韩某嘴对嘴，向他口中吐气，好一会儿，才向韩某挥手告别。自此之后韩某就像从前一样强壮。

狐仙弃友

里人范鸿禧，与一狐友昵。狐善饮，范亦善饮，约为兄弟，恒相对醉眠。忽久不至，一日遇于秫田中[①]，问：“何忽见弃？”狐掉头曰：“亲兄弟尚相残，何有于义兄弟耶？”不顾而去。盖范方与弟讼也。杨铁崖《白头吟》曰：“买妾千黄金，许身不许心。使君自有妇，夜夜白头吟。”与此狐所见正同。

注释

①秫 shú：谷物中有黏性的叫秫，如黄米、高粱。

译文

村里有个人叫范鸿禧，与一个狐友十分亲近。狐友善于饮酒，范鸿禧也善于饮酒，两人因而约为兄弟，常常相对饮酒醉倒睡去。忽然狐友很久都不来了，一天范鸿禧在高粱地里遇见了狐友，就问他：“为什么忽然弃我而去？”狐友转头说道：“你家亲兄弟之间尚且相互残害，更何况是结拜兄弟呢？”于是头也不回就离开了。原来当时范鸿禧正与他的弟弟打官司。杨铁崖在《白头吟》中写道：“买妾千黄金，许身不许心。使君自有妇，夜夜白头吟。”与这个狐友所见正好相同。

狐仙赠帽

裘文达公赐第[①]，在宣武门内石虎胡同。文达之前，为右翼宗学。宗学之前，为吴额驸府。吴额驸之前，为前明大学士周延儒第。阅年既久，又窈窕闳深[②]，故不免时有变怪，然不为人害也。厅事西小屋两楹，曰“好春轩”，为文达燕见宾客地。北壁一门，又横通小屋两楹。僮仆夜宿其中，睡后多为魅异出。不知是鬼是狐，故无敢下榻其中者。琴师钱生独不畏，亦竟无他异。钱面有癞风[③]，状极老丑。蒋春农戏曰：“是尊容更胜于鬼，鬼怖而逃耳。”一日，键户外出[④]，归而几上得一雨缨帽[⑤]，制作绝佳，新如未试。互相传视，莫不骇笑。由此知是狐非鬼，然无敢取者。钱生曰：“老病龙钟，多逢厌贱。自司空以外（文达公时为工部尚书），怜念者曾不数人，我冠诚敝，此狐哀我贫也。”欣然取著，狐亦不复摄去。其果赠钱生耶？赠钱生者又何意耶？斯真不可解矣。

注释

①赐第：赏赐的宅第。

②窈窕：深远，幽深。闳 hóng 深：广阔深远。

③瘢风：一种皮肤病，有紫色或者白色的斑片。

④键户：关门。

⑤雨缨帽：清代的礼帽，帽后缀有帽缨。

译文

皇上赐给裘文达的宅第，在宣武门内的石虎胡同里。在裘文达之前，这个宅子是右翼宗学的地方。在宗学之前，又是吴额驸的宅邸。吴额驸之前，又是前明大学士周延儒的宅院。这处宅院年代久远，又曲径幽深，因此免不了时有怪异之事，但是都没有害人。大厅西面有两间屋子，题名为“好春轩”，是文达会见宾客的地方。北墙有一扇门，又横着通往另两间小屋。童仆晚上睡在那里，睡着后都会被鬼魅抬出来。但不知道是鬼还是狐仙，所以没有人敢在那里睡觉。琴师钱生却不怕，他睡在那里也从没有遇到怪异的事。钱生脸上有白瘢风，模样极其老且丑。蒋春农开玩笑说道：“他的这副尊容胜过鬼，鬼都害怕逃走了。”一天，钱生锁了房门外出，回来时看见桌子上多了一顶雨缨帽，制作手艺十分精美，崭新得像还没有戴过。传给大家看，大家都觉得惊讶又好笑。从此知道这里住的是狐仙而不是鬼，但是没有人敢拿走帽子。钱生说道：“我又老又病，经常遭到鄙视嫌弃，除了司空（文达当时任工部尚书）对我体恤之外，谁还愿意怜悯我呢？我的帽子也实在是破烂得不像话，这个狐仙也哀怜我贫穷呀。”于是欣然取了帽子戴在头上，狐仙也没有再拿走。难道这真是狐仙送给钱生的吗？赠给钱生又是什么意思呢？真是让人难以理解。

槐西杂志

某公纳一姬

某公纳一姬，姿采秀艳，言笑亦婉媚，善得人意。然独坐则凝然若有思，习见亦不讶也。一日，称有疾，键户昼卧。某公穴窗纸窥之，则涂脂傅粉[①]，钗钏衫裙，一一整饬，然后陈设酒果，若有所祀者。排闼入问[②]，姬蹙然敛衽跪曰[③]："妾故某翰林之宠婢也。翰林将殁，度夫人必不相容，虑或鬻入青楼，乃先遣出。临别，切切私嘱曰：'汝嫁我不恨，嫁而得所我更慰。惟逢我忌日，汝必于密室靓妆私祭我；我魂若来，以香烟绕汝为验也。'"某公曰："徐铉不负李后主，宋主弗罪也。吾何妨听汝。"姬再拜炷香，泪落入俎[④]。烟果袅袅然三绕其颊，渐蜿蜒绕至足。温庭筠《达摩支曲》曰："捣麝成尘香不灭，拗莲作寸丝难绝。"此之谓欤！虽琵琶别抱，已负旧恩，然身去而心留，不犹愈于同床各梦哉。

注释

①傅 fū 粉：搽粉。

②排闼：推开门。

③蹙然：局促不安的样子。敛衽：整理衣服，表示恭敬。

④俎：祭祀时用来放祭品的器皿。

译文

某公娶了一个姬妾，姿态秀美，长得艳丽，谈笑间也很婉转妩媚，善解人意。但是她独坐的时候就凝神若有所思，某公习惯了她这样，也不见怪。一天，姬妾称自己有病感到不适，关了门大白天躺在床上休息。某公心中疑虑，于是扯破窗纸偷窥，只见姬妾涂脂抹粉，整理裙钗，然后陈设美酒果品，好像在祭祀谁。某公推门进去质问，姬妾紧张不安，收敛衣裳跪在地上说道：“贱妾曾经是某个翰林的宠婢，翰林将要死的时候，揣度夫人一定不能容我，担心我会被卖到青楼去，于是在死之前就遣送我出去了。临别之前切切地叮嘱我说：‘你嫁人的话我不会恨你，你嫁了人得其所归我会更欣慰。只是每逢我忌日之时，你一定要在自己的房中，打扮漂亮后私下里祭祀我，我的魂魄要是来了，就会化作一缕香烟绕着你，以此来作为验证。’”某公听了后说：“徐铉不负李后主，宋朝的君王没有责怪她。我成全你又有何妨？”姬妾拜了再拜，焚香祭祀，泪水落到了放供品的器皿里。烟雾果然袅袅升起，三次绕过她的面颊，逐渐蜿蜒一直绕到她的脚边。温庭筠在《达摩支曲》中写道：“捣麝成尘香不灭，拗莲作寸丝难绝。”说的就是这种情景啊！虽然这个女子琵琶别抱、嫁了他人，已经辜负了故人的恩情，但是身去心留，不是胜过了那种同床异梦的情况吗？

申谦居

景州申谦居先生，讳诩，姚安公癸巳同年也。天性和易，平生未尝有忤色[①]，而孤高特立，一介不取[②]，有古狷者风[③]。衣必缊袍[④]，食必粗粝。偶门人馈祭肉，持至市中易豆腐，曰：“非好苟异，实食之不惯也。”尝从河间岁试归，使童子控一驴[⑤]。童子行倦，则使骑而自控之。薄暮遇雨，投宿破神祠中。祠止一楹，中无一物，而地下芜秽不可坐，乃摘板扉一扇，横卧户前。夜半睡醒，闻祠中小声曰：“欲出避公，公当户不得出。”先生曰：“尔自在户内，我自在户外，两不相害，何必避？”久之，又小声曰：“男女有别，公宜放我出。”先生曰：“户内户外即是别，出反无别。”转身酣睡。至晓，有村民见之，骇曰："此中有狐，尝出媚少年人，入祠辄被瓦砾击。公何晏然也[6]？"后偶与姚安公语及，掀髯笑曰[7]："乃有狐欲媚申谦居，亦大异事。"姚安公戏曰："狐虽媚尽天下人，亦断不到君。当是诡状奇形，狐所未睹，不知是何怪物，故惊怖欲逃耳。"可想见先生之为人矣。

注释

①忤 wǔ 色：怨怒之色。

②一介不取：不是自己应该得到的一点都不要。

③狷 juàn：清介，洁身自守。

④缊 yùn 袍：用乱麻作絮的袍子，为贫寒人所穿。

⑤控：驾驭。

⑥晏：平安。

⑦掀髯 rán：笑的时候启口张须的样子。

译文

景州人申谦居先生，名诩，与我先父姚安公是癸巳同年的举人。天生性情平易近人，平生没有发过脾气。而且他孤高自许，纤尘不染，有古时君子超凡脱俗的风度气韵。他所穿的一定是粗麻絮的袍子，吃的一定是粗粝的食物。偶然有学生送他祭祀后分得的肉品，他却拿着到市场上换豆腐，说：“不是我喜欢与众不同，实在是吃不惯这东西。”有一次，他从河间参加会试回家，让童子牵着一匹毛驴。童子走累了，他就让童子骑着驴，自己走路牵着毛驴。天黑了，又下起了雨，两人投宿在一个破烂的神祠中。祠庙里只有一个房间，其中什么也没有，地上肮脏不能坐，先生就摘下了一块门板，横卧在门前睡觉。半夜睡醒后，听见祠庙中有个很小的声音说：“我想出去避开你，但是你挡住了门让我不能出去。”先生说道：“你自己在门里面，而我在门外面，互不干扰妨害，何必避开？”过了一会儿，又听见那个小小的声音说道：“男女有别，你还是放我出去比较好。”先生说道：“户内户外已经男女有别了，出来了反而没有区别。”于是转身酣睡。等到天亮了，有村民见到他，惊讶道：“这个祠庙里有狐仙，经常出来媚惑少年。人进到祠庙里就会被瓦块击打，你为何能够平安无事？”后来偶然跟姚安公说起这事，他笑道：“竟然有狐仙想要媚惑谦居，真是怪异的事。”姚安公开玩笑说道：“狐仙虽然媚尽了天下人，但断断轮不到你。看你那诡异奇怪的样子，狐仙从来就没见过你这样子的，不知道你是什么怪物，所以都害怕得想要逃跑。”由此可见申谦居先生的为人了。

世家子读书坟园

霍丈易书言：闻诸海大司农曰："有世家子，读书坟园。园外居民数十家，皆巨室之守墓者也。一日，于墙缺见丽女露半面，方欲注视，已避去。越数日，见于墙外采野花，时时凝睇望墙内，或竟登墙缺，露其半身，以为东家之窥宋玉也，颇萦梦想。而私念居此地者皆粗材①，不应有此艳质②；又所见皆荆布③，不应此女独靓妆，心疑为狐鬼。故虽流目送盼，而未通一词。一夕，独立树下，闻墙外二女私语。一女曰：'汝意中人方步月，何不就之？'一女曰：'彼方疑我为狐鬼，何必徒使惊怖！'一女又曰：'青天白日，安有狐鬼？痴儿不解事至此。'世家子闻之窃喜，褰衣欲出④，忽猛省曰：'自称非狐鬼，其为狐鬼也确矣。天下小人未有自称小人者，岂惟不自称，且无不痛诋小人以自明非小人者。此魅用此术也。'掉臂竟返⑤。次日密访之，果无此二女。此二女亦不再来。"

注释

①粗材：比喻粗陋女子。

②艳质：指美女。

③荆布：指女子的服饰简陋寒碜，为贫寒的女子所穿。

④褰 qiān 衣：撩起衣服。

⑤掉臂：甩开胳膊就走。

译文

霍易书老先生说：户部尚书海先生曾经告诉他："有个世家子在坟园里读书，坟园外面住了几十户人家，都是为富贵人家守墓的人。一天，他在墙的缺口处看见一个美丽的女子露出半张脸来，正要仔细看时，女子已经避开了。又过了几天，看见她在墙外采摘野花，不时地凝望着墙里边，有时候竟然登上墙的缺口处，露出了半个身子。这个世家子以为是自己的风华吸引美女过来，像是东家女之窥宋玉一般，心里很是挂牵。但是转念一想，居住在这里的都是粗陋女子，不应该有这么艳丽的女子，又见到这里的女子穿的都是荆钗布裙，不像这个女子独独靓妆打扮，心中疑惑她是狐鬼。所以虽然那个女子对他顾盼生情，但是始终没有同她说一句话。一个晚上，他独自站在树下，听见墙外两个女子在说悄悄话。一个女子说：'你的意中人正在月下散步，你为何不去找他？'另一个女子说道：'他正怀疑我是狐鬼，何必白费工夫使他害怕！’另一个女子又说道：‘青天白日的哪里会有狐鬼？那个痴小子竟然这么傻。’世家子听了之后心中暗暗欢喜，提起衣服准备出去，忽又猛然醒悟道：‘自己说自己不是狐鬼，就一定是狐鬼了！天下的小人从没有说自己是小人的，不仅不自称是小人，还痛骂小人以表明自己并不是小人。这狐狸用的就是这种计谋。’于是甩开胳膊回去了。第二天暗地里调查，果真没有这两个女子。这两个女子也就再没有来过。”

少华山麓的狐妖

吴林塘言：曩游秦陇，闻有猎者在少华山麓，见二人儽然卧树下。呼之犹能强起，问：“何困踬于此[1]？”其一曰：“吾等皆为狐魅者也。初，我夜行失道，投宿一山家。有少女绝妍丽，伺隙调我。我意不自持，即相媟狎[2]。为其父母所窥，甚见詈辱。我拜跪，始免捶挞。既而闻其父母絮絮语，若有所议者。次日，竟纳我为婿，惟约山上有主人，女须更番执役，五日一上直，五日乃返。我亦安之。半载后，病瘵，夜嗽不能寝，散步林下。闻有笑语声，偶往寻视，见屋数楹，有人拥我妇坐石看月。不胜恚忿[3]，力疾欲与角。其人亦怒曰：‘鼠辈乃敢瞰我妇！’亦奋起相搏。幸其亦病惫，相牵并仆。妇安坐石上，嬉笑曰：‘尔辈勿斗，吾明告尔：吾实往来于两家，皆托云上直，使尔辈休息五日，蓄精以供采补耳。今吾事已露，尔辈精亦竭，无所用尔辈。吾去矣。’奄忽不见④。两人迷不能出，故饿踣于此，幸遇君等得拯也。”其一人语亦同。猎者食以乾糒⑤，稍能举步，使引视其处。二人共诧曰：“向者墙垣故土，梁柱故木，门故可开合，窗故可启闭，皆确有形质，非幻影也。今何皆土窟耶⑥？院中地平如砥，净如拭。今何土窟以外，崎岖不容足耶？窟广不数尺，狐自容可矣，何以容我二人？岂我二人之形亦为所幻化耶？”一人见对面崖上有破磁，曰：“此我持以登楼失手所碎，今峭壁无路，当时何以上下耶？”四顾徘徊，皆惘惘如梦。二人恨狐女甚，请猎者入山捕之。猎者曰：“邂逅相遇，便成佳偶，世无此便宜事。事太便宜，必有不便宜者存。鱼吞钩，贪饵故也；猩猩刺血，嗜酒故也。尔二人宜自恨，亦何恨于狐？”二人乃悯默而止⑦。

注释

①困踬 zhì：困顿窘迫。

②媟狎：过于亲近而不庄重。

③恚忿：愤怒。

④奄忽：忽然；突然。

⑤糒 bèi：干饭。

⑥土窟：土穴。

⑦悯默：因忧伤而沉默的样子。

译文

吴林塘说：以前在陕西、甘肃一带游历，听说有猎人在少华山的脚下，见到两个人累倒躺在树下。叫醒他们后，他们还能勉强起来，猎人问："你们为何困顿滞留在这个地方？"其中一个人说道："我们都被狐妖给媚惑了。一开始，我晚上赶路迷了路，到一户山里人家投宿。他们家的女儿非常漂亮，又伺机勾引我。我意乱情迷不能自持，就和她相好亲昵起来，正好被她的父母看见，当时就挨了一顿臭骂。我跪在地上叩拜，才免于挨打。接着就听见她的父母窃窃私语，好像在商议着什么。第二天，他们竟然招我为女婿，只是约定山上住着他家的主人，女儿要轮流上去做工，每隔五天就要上去，五天之后再返回。对此我也很安心。半年后，我病重，每晚咳嗽睡不着觉，一次在林中散步，听见有嬉笑说话的声音，偶然前去看看，看见了几间屋子，有个人抱着我的妻子坐在石头上看月亮。我不禁气愤难当，跑上去想与他厮打一通。那个人也十分愤怒，说道：‘你这等鼠辈竟敢偷看我的妻子！’也奋力跟我搏击相斗。幸好他也又病又累，两人一起扑倒在地上。而那个女人却坐在石头上，嬉笑道：‘你们不要打了，我明确告诉你们吧：我其实是往来于你们两家，都假托是要做工值班，使你们各自休息五天，蓄养精气以供我来采补罢了。现在我的事情已经败露了，你们的精气也已经衰竭，没有什么用处了。我走了。’说完，她就忽然不见了。我们两个人迷路了走不出来，所以才饿倒在这里，多亏遇到了你才得救。”另一个所说的也一样。猎人给他们吃了干粮后，两人都勉强能够走路，猎人让他们带路去看看他们各自的住处，两人都很奇怪地说道：“以前这里墙壁是泥做的，梁柱是用木头做的，门可以开启，窗户可以关闭，都有具体的形象，并非是幻境，为何现在见到的只是土洞了呢？以前院子中平坦得好像磨过一样，地面干净好像擦洗过一样，为何现在土洞之外崎岖不平无落脚之处？土洞不过是几尺之地，容纳一只狐狸是可以的，为何能容纳我们两人呢？难道我们两人的外形也被幻化了吗？”一个人看见对面山崖上有几个碎瓷片，说道：“这是我端着拿到楼上去，一失手打碎的。

现在这里陡峭没有路可走，为何当时我能上上下下？”两人环顾四周，徘徊走动，都痴痴惘惘地好像做了一个梦。两人都非常憎恶狐女，请求猎人上山去捕猎它。猎人说道：“你们与狐妖邂逅相遇，又结成了夫妻，世界上没有这么便宜的好事情。事情太便宜了，一定会有不便宜的地方。鱼上钩是因为贪吃鱼饵，猩猩被捉住放血是因为贪吃酒的缘故。你们两个人应该恨你们自己，为何恨狐妖呢？”两个人一脸愁苦忧伤，也就沉默不说话了。

飞车刘八

飞车刘八，从孙树珊之御者也[①]。其御车极鞭策之威，尽驰驱之力，遇同行者，必蓦越其前而后已[②]，故得此名。马之强弱所不问，马之饥饱所不问，马之生死亦所不问也。历数主，杀马颇多。一日，御树珊往群从家，以空车返。中路马轶，为轮所轧，仆辙中。其伤颇轻，竟昏瞀不知人[③]，舁归则气已绝矣。好胜者必自及，不仁者亦必自及。东野稷以善御名一国，而极马之力，终以败驾。况此役夫哉！自陨其生，非不幸也。

注释

①御者：驾驭车马的人。

②蓦越：超越。

③昏瞀 mào：昏迷，神志模糊。

译文

有个外号叫“飞车刘八”的人，是孙树珊的车夫。他驾起车来极尽鞭策驰骋之威，用尽全部力气去驱赶马，在路上遇到了同行的人，一定要拼命超过别人才肯罢休，因此就得了这么个外号。他不关心马的强弱，不关心马吃饱了还是饿了，也不关心马是生是死，多年下来，他经历了若干个家主，被他害死的马非常多。一天，他驾驭马车，送孙树珊到他叔家去，空车返回时，中途马忽然受到惊吓，他也坠落在地上，被轮子压住了。他的伤势看起来非常轻，但竟然昏迷不省人事，等到抬回家的时候已经断了气。由此可见，好胜争强的人一定会自食其果，不仁义的人也一定会自食其果。东野稷因为善于驾驭而名震全国，但是他使尽了马的力气，最终在表演驾车时失败了。更何况刘八这个车夫呢？自己害了自己的性命，并不是遭遇了不幸。

山东民家有狐

李庆子言：山东民家，有狐居其屋数世矣。不见其形，亦不闻其语，或夜有火烛盗贼，则击扉撼窗[①]，使主人知觉而已。屋或漏损，则有银钱铿然坠几上，即为修葺，计所给恒浮所费十之二[②]，若相酬者。岁时必有小馈遗置窗外，或以食物答之，置其窗下，转瞬即不见矣。从不出嬲人，儿童或反嬲之，戏以瓦砾掷窗内，仍自窗还掷出。或欲观其掷出，投之不已，亦掷出不已，终不怒也。一日，忽檐际语曰："君虽农家，而子孝弟友，妇姑娣姒皆婉顺，恒为善神所护，故久住君家避雷劫。今大劫已过，敬谢主人，吾去矣。"自此遂绝。从来狐居人家，无如是之谨饬者[③]，其有得于老氏"和光"之旨欤！卒以谨饬自全，不遭劾治之祸，其所见加人一等矣。

注释

①扉：门扇。撼：摇动。

②恒：总是，经常。浮：超过，多余。

③谨饬 chì：谨慎。

译文

李庆子说：山东有个农户，家中住了个狐仙，住在这个屋子里几代了，一直都没有显形，也没有听见他的声音，有时晚上失火或者有盗贼进来的话，狐仙就敲敲门摇摇窗户，使主人觉察到。屋顶上有时漏水损坏了，就有银两铿锵落在桌子上，主人就去修葺房屋，计算后发现狐仙给的钱总是超过修葺所费钱资的十分之二，好像是给他们的酬谢。过年的时候，一定会有小礼品放在窗户外面，有时主人也用食物答谢狐仙，放在窗户下面，转瞬间食物就消失不见了。狐仙从不出来戏弄人，孩子们反而会去戏弄狐仙，他们往窗户里扔石块瓦砾，狐仙会把石块瓦砾从窗户里扔出来。有的孩子想看狐仙扔石头，就不停往里扔石头，里面也一直扔出去，狐仙始终都不发怒生气。一天，这家主人忽然听见屋檐上说道："你虽然是农家，但是儿女孝顺，兄弟之间亲密友爱，姑婆妯娌之间也都温婉和顺，你家被善神保护庇佑，所以我一直以来住在你家躲避雷劫，现在大劫已经过去，我敬谢主人多年来的关照，现在就告辞离去了。"从此之后狐仙再也没有踪迹。从来，狐仙居住在人的家中，没有像这样谨慎的。难道它体会到老子"和光同尘"的要旨吗？它始终以谨慎自持来保全，因此也没有遭遇到劾治的祸患，这个狐仙的见识可谓是高人一等啊。

青楼椒树

同郡某孝廉未第时，落拓不羁，多来往青楼中。然倚门者视之漠然也[①]。惟一妓名椒树者（此妓佚其姓名，此里巷中戏谐之称也）独赏之，曰：“此君岂长贫贱者哉！”时邀之狎饮，且以夜合资供其读书。比应试，又为捐金治装，且为其家谋薪米。孝廉感之，握臂与盟曰：“吾傥得志[②]，必纳汝。”椒树谢曰：“所以重君者，怪姊妹惟识富家儿；欲人知脂粉绮罗中，尚有巨眼人耳。至白头之约，则非所敢闻。妾性冶荡，必不能作良家妇；如已执箕帚，仍纵怀风月，君何以堪！如幽闭闺阁，如坐囹圄[③]，妾又何以堪！与其始相欢合，终致仳离[④]，何如各留不尽之情，作长相思哉！”后孝廉为县令，屡招之不赴。中年以后，车马日稀，终未尝一至其署，亦可云奇女子矣。使韩淮阴能知此意，乌有“鸟尽弓藏”之憾哉！

注释

①倚门者：指妓女。

②傥 tǎng：同“倘”，假如；如果。

③囹圄 língyǔ：监狱。

④仳 pǐ 离：离散，又特指女子被遗弃。

译文

与我同郡的一个举人没有考取功名之前，贫困落拓，放荡不羁，经常往来于青楼之间。但是妓女们都对他非常淡漠。唯独有一个叫椒树的妓女（这妓女佚失了名字，市井中人开玩笑这么称呼她）赏识他，说道：“这个人怎么可能长期贫穷卑贱呢？”不时请他来亲昵、喝酒，而且拿出自己卖身的钱资助他读书，等到应试的时候，又给他钱整治行李，并且给他家里买了柴米油盐。这个人非常感动，握着她的双手对她发誓道：“我如果能得志当了官，一定会把你娶回家。”椒树答谢道：“我之所以看重你，是责怪姐妹们眼睛里只认得富贵人家，我想让别人知道，在脂粉绮罗堆里的女辈之中，也有人慧眼识得人才。至于你的白头约定，我是不敢接受的。我性情放荡，一定做不好一个良家妇女，如果我成了你的夫人，仍旧做放纵风月之事，你怎么受得了呢？如果把我关在闺阁中，就好像让我坐牢一样，我又怎么能忍受得了呢？与其与你起初欢洽、最终离开，还不如各自保留着这份不尽的情意，作为长久思念吧。”后来这个举人当上了县令，多次邀请椒树到府上，她都没有去。椒树中年以后，容颜衰老，门前车马渐渐稀少，但始终没有来到县令的府上。大家都说这是个奇女子。如果淮阴侯韩信能够明白这种心意，也就不会有“鸟尽弓藏”的遗憾了。

张四喜

冯平宇言：有张四喜者，家贫佣作[①]。流转至万全山中，遇翁妪留治圃[②]。爱其勤苦，以女赘之[③]。越数岁，翁妪言往塞外省长女，四喜亦挈妇他适。久而渐觉其为狐，耻与异类偶，伺其独立，潜弯弧射之，中左股。狐女以手拔矢，一跃直至四喜前，持矢数之曰：“君太负心，殊使人恨！虽然，他狐媚人，苟且野合耳。我则父母所命，以礼结婚，有夫妇之义焉。三纲所系，不敢仇君；君既见弃，亦不敢强住聒君[④]。”握四喜之手痛哭，逾数刻，乃蹶然逝。四喜归，越数载，病死，无棺以敛。狐女忽自外哭入，拜谒姑舅[⑤]，具述始末，且曰：“儿未嫁，故敢来也。”其母感之，詈四喜无良，狐女俯不语。邻妇不平，亦助之詈。狐女瞋视曰[⑥]：“父母詈儿，无不可者。汝奈何对人之妇，詈人之夫！”振衣竟出[⑦]，莫知所往。去后，于四喜尸旁得白金五两，因得成葬。后四喜父母贫困，往往奁中箧内无意得钱米，盖亦狐女所致也。皆谓此狐非惟形化人，心亦化人矣。或又谓狐虽知礼，不至此，殆平宁故撰此事，以愧人之不如者。姚安公曰："平宇虽村叟，而立心笃实[8]，平生无一字虚妄[9]。与之谈，讷讷不出口[10]，非能造作语言者也。"

注释

①佣作：受雇为别人劳作。

②翁妪：老年夫妇。

③赘：招女婿。

④聒：声音吵闹，使人心烦。

⑤拜谒：拜见。姑舅：公婆。

⑥瞋 chēn 视：怒视。

⑦振衣：整理衣服。

⑧笃实：忠厚老实。

⑨虚妄：荒诞无根据。

⑩讷 nè 讷：说话迟钝。

译文

冯平宇说：有个叫张四喜的人，家里贫穷，靠给人做工谋生，辗转到了万全山中，遇到了一对老夫妻，两人留他照顾菜园子，喜欢他勤劳吃苦，就将他招为女婿。过了几年，老夫妻说要去塞外看望大女儿，四喜也带着妻子到了别的地方。时间久了，他渐渐觉得妻子是狐仙，为自己与异类结成夫妻而感到羞耻。伺机等他的妻子一个人站着的时候，偷偷拉弦射箭，射中了妻子的左大腿。狐女用手将箭拔了出来，一下跳到四喜的面前，拿着箭头问道："你是个负心人，特别让人痛恨。虽然其他的狐女媚惑人类，都只是苟合贪求快乐，但我是受父母之命，按照礼俗与你结婚的，有着夫妻之间的恩义。由于三纲五常的规范约束，我不敢仇恨你。既然你已经抛弃了我，我也不敢勉强与你一起，招你厌烦。"于是狐女握着张四喜的手，痛声哭泣，这样过了好一会儿，便突然消失了。四喜回到家中，过了几年就病死了，没有棺材收殓他的尸身。狐女忽然从外面哭着进来，拜见公公婆婆，向他们详细说了事情的经过，又说道："儿媳还没有改嫁，所以敢来。"四喜的母亲很感动，痛骂四喜没良心，狐女低着头不吭声。邻居家的妇人也觉得愤愤不平，就帮着一起骂。狐女生气地瞪着她说道："父母骂儿子，无可厚非。你怎么对着人家妻子骂她的丈夫？"狐女挥袖离开，不知道她去了哪里。狐女离开后，大家在张四喜的尸体旁发现了五两银子，使他得以安葬。后来四喜的父母贫困，常常在盆罐里、箱子中意外发现一些钱米，大概也是狐女所馈赠的吧。人们都说这个狐女不仅身形化作了人，心灵也化作了人。又有人说狐女虽然知道礼仪，但也不会到这个地步吧，大概是平宇故意编出来的故事，用来使那些不如狐女的人感到羞愧。姚安公说：“平宇虽然是个乡下人，但是心地忠厚实在，平生没有讲过一个荒诞的字。与他谈话的时候，他讷讷迟钝，不是会编造假话的人啊。”

侍姬沈氏

侍姬沈氏，余字之曰明玕。其祖长洲人，流寓河间[①]，其父因家焉。生二女，姬其次也。神思朗彻[②]，殊不类小家女[③]。常私语其姊曰：“我不能为田家妇。高门华族，又必不以我为妇。庶几其贵家媵乎？”其母微闻之，竟如其志。性慧黠，平生未尝忤一人[④]。初归余时，拜见马夫人。马夫人曰：“闻汝自愿为人媵，媵亦殊不易为。”敛衽对曰：“惟不愿为媵，故媵难为耳。既愿为媵，则媵亦何难！”故马夫人始终爱之如娇女。尝语余曰：“女子当以四十以前死，人犹悼惜[⑤]。青裙白发，作孤雏腐鼠，吾不愿也。”亦竟如其志，以辛亥四月二十五日卒，年仅三十。初仅识字，随余检点图籍，久遂粗知文义，亦能以浅语成诗。临终，以小照付其女，口诵一诗，请余书之，曰："三十年来梦一场，遗容手付女收藏。他时话我生平事，认取姑苏沈五娘。"泊然而逝。方病剧时，余以侍值圆明园，宿海淀槐西老屋。一夕，恍惚两梦之，以为结念所致耳。既而知其是夕晕绝，移二时乃苏，语其母曰："适梦至海淀寓所，有大声如雷霆，因而惊醒。"余忆是夕，果壁上挂瓶绳断堕地，始悟其生魂果至矣。故题其遗照有曰："几分相似几分非，可是香魂月下归？春梦无痕时一瞥，最关情处在依稀。"又曰："到死春蚕尚可丝，离魂倩女不须疑。一声惊破梨花梦，恰记铜瓶坠地时。"即记此事也。

注释

①流寓：流落在异乡居住。

②朗彻：爽朗舒脱。

③殊：特别，很，表程度。

④忤：违逆。

⑤悼惜：哀悼惋惜。

译文

我有一位姓沈的侍妾，我给她取名为明玕。她的祖上是长洲人，后来流落到河间，她的父亲就把家安在了那里。生了两个女儿，她是小女儿，神思聪慧，不像是小户人家的女儿。她常常在私底下对她的姐姐说：“我不想嫁给农夫，而高门华族又一定不会娶我做夫人，看来我要做富贵人家的小妾了。”她的母亲也听到了些只言片语，竟然也满足了她的愿望。她性灵聪慧，一辈子没有得罪任何一个人。当初嫁给我时，拜见马夫人，马夫人说：“听说你自己愿意做人家的小妾，做小妾也非常不容易。”她收敛好衣裙说道：“只是因为不想作妾，所以妾才难做，如果愿意做小妾，又有什么困难呢？”所以马夫人一直都很疼爱她，把她看成是自己女儿一般对待。她曾经对我说道：“女子应当在四十岁之前死去，那个时候人们还会哀悼她，怜惜她。要是老了身穿青裙，满头白发，像孤独的鸡雏、腐败的老鼠一般，我可不愿意变成这样。”她的这个愿望竟然也实现了，她在辛亥年四月二十五日这天死去，年仅三十岁。她当初略微认识些字，帮助我检点图籍，时间久了粗粗知晓文义，也能够作一些浅陋的诗句。临死之前，将自己的一幅小像托给女儿，口中吟咏了一首诗歌，请我书写下来，诗歌是这样的：“三十年来梦一场，遗容手付女收藏。他时话我生平事，认取姑苏沈五娘。”随后安然死去。在她病重时候，我当时正在圆明园侍值，睡在海淀槐西老屋中。一天晚上，我恍恍惚惚两次梦见了她，以为是想念她的缘故，后来才知道她在这天晚上曾经晕厥过，两个时辰后才苏醒，醒了后对她的母亲说："刚才我做梦到了海淀的寓所，听见一个像雷声一样响亮的声音，所以才惊醒了。"我回忆这个晚上，墙上悬挂的瓶子确实因绳索断了而坠落在地上，才明白这是她的灵魂来到了海淀槐西老屋中。于是我在她的遗像上题词道："几分相似几分非，可是香魂月下归？春梦无痕时一瞥，最关情处在依稀。"又题道："到死春蚕尚可丝，离魂倩女不须疑。一声惊破梨花梦，恰记铜瓶坠地时。"这两首诗记叙的就是这件事。

千里追妻

余督学闽中时，院吏言：雍正中，学使有一姬堕楼死，不闻有他故，以为偶失足也。久而有泄其事者，曰姬本山东人，年十四五，嫁一窭人子[①]。数月矣，夫妇甚相得，形影不离。会岁饥，不能自活，其姑卖诸贩鬻妇女者。与其夫相抱，泣彻夜，啮臂为志而别。夫念之不置[②]，沿途乞食，兼程追及贩鬻者，潜随至京师。时于车中一觌面，幼年怯懦，惧遭诃詈，不敢近，相视挥涕而已。既入官媒家，时时候于门侧，偶得一睹，彼此约勿死，冀天上人间，终一相见也。后闻为学使所纳，因投身为其幕友仆，共至闽中。然内外隔绝，无由通问，其妇不知也。一日病死，妇闻婢媪道其姓名、籍贯、形状、年齿[3]，始知之。时方坐笔捧楼上，凝立良久，忽对众备言始末，长号数声，奋身投下死。学使讳言之[4]，故其事不传。然实无可讳也。大抵女子殉夫，其故有二：一则撑柱纲常，宁死不辱。此本乎礼教者也。一则忍耻偷生，苟延一息，冀乐昌破镜，再得重圆；至望绝势穷，然后一死以明志。此生于情感者也。此女不死于贩鬻之手，不死于媒氏之家，至玉玷花残，得故夫凶问而后死，诚为太晚。然其死志则久定矣，特私爱缠绵，不能自割。彼其意中，固不以当死不死为负夫之恩，直以可待不待为辜夫之望。哀其遇，悲其志，惜其用情之误，则可矣。必执《春秋》大义，责不读书之儿女，岂与人为善之道哉！

注释

①窭 jù 人：贫寒穷苦的人。

②不置：舍不得。

③形状：外貌。年齿：年纪。

④讳：避讳；避忌。

译文

我在福建做提督学政的时候，听院吏讲过这样一件事：雍正年间，这里的学使有一个姬妾从楼上掉下来摔死了，没有听说其他的原因，以为是她不小心失足摔死。时间长了，就有人泄露了事情的真相，说那个姬妾本来是山东人，年纪十四五岁，嫁给了一个贫困的人。结婚几个月后，夫妇两人相聚融洽，十分恩爱，形影不离。恰好这年遇到饥荒，农家人活不下去，她的婆婆就将她卖给了人贩子。离别的时候，他们夫妇紧紧抱在一起，整整哭了一夜，最后在臂膀上咬出血痕作为标记，两人就此离别。但她的丈夫非常怀念她，沿途乞讨，日夜兼程赶上了人贩子，悄悄跟着来到了京城。有时在车中偶然见到她一面。他年纪小性格怯懦，害怕遭到别人的叱骂，不敢上前去看，只好遥遥相望，挥泪而已。他的妻子卖到了官媒手中，他便时时徘徊在官媒家的门边，偶然才看见妻子一面，彼此约定不要死，希望天上人间，以后还能团聚。后来她的丈夫听说她被学使纳为姬妾，就投身在学使幕友手下做仆人，一同到了福建。但是女子闺阁与奴仆之间隔绝，两人没办法互通音讯，他的妻子更不知道他已经辗转来到了这里。一天，丈夫病死了，妇人听奴婢说到他的姓名、籍贯、身形、年纪，才知道死者就是她的丈夫。当时她正坐在笔捧楼上，凝视了很久，忽然对大家诉说了事情的经过，大哭几声，奋然跳楼摔死。学使忌讳别人说这件事，所以这件事没有传开，但是实在是没有必要忌讳。大体上女子殉夫而死，有两个原因：一是守着三纲五常的礼教，宁死不受屈辱。这种死是为严守礼教而死。一种是忍辱偷生，苟延残喘，希望像乐昌公主那样破镜重圆，等到绝望的时候，才以死明志。这种死是为了感情而死。这个女子没有死在人贩子手上，没有死在官媒的家中，等到做了人家的姬妾，得知前夫死去之后才死，实在是太迟了。但是她决心去死是很早就决定的，只是与丈夫情爱缠绵，始终不能割舍。在她心里面，本来就没把该死却没死看作是辜负丈夫的恩情，而是把可以等到但没等到丈夫视为辜负丈夫的期望。我们哀怜她的遭遇，悲叹她的志向，怜惜她用情的错误是可以的。如果一定要持着《春秋》大义的标准来责备没有读过书的青年男女，那就不是与人为善的思想传统了！

高川贺某

从孙树棂言：高川贺某，家贫甚。逼除夕，无以卒岁，诣亲串借贷无所得，仅沽酒款之[1]。贺抑郁无聊，姑浇块垒[②]，遂大醉而归。时已昏夜，遇老翁负一囊，蹩躠不进[③]，约贺为肩至高川，酬以雇值。贺诺之，其囊甚重。贺私念方无度岁资，若攘夺而逸[④]，龙钟疲叟，必不能追及。遂尽力疾趋，翁自后追呼，不应。狂奔七八里，甫得至家，掩门急入。呼灯视之，乃新斫杨木一段[⑤]，重三十馀斤，方知为鬼所弄。殆其贪狡之性，久为鬼恶，故乘其窘而侮之。不然，则来往者多，何独戏贺？是时未见可欲，尚未生盗心，何已中途相待欤？

注释

①沽酒：买酒。

②块垒：心中有所郁结、愁闷。

③蹩躠：行走缓慢的样子。

④攘夺：夺取；掠夺。逸：逃跑。

⑤斫：砍伐。

译文

侄孙树棂说：高川有个姓贺的人，家里十分贫寒。快到除夕，没什么东西可以过年，就到亲戚家中借钱，但都没有借到，亲戚只是备些酒菜来款待他。贺某心中郁闷无聊，姑且借酒消愁，于是喝得酩酊大醉回家。

当时已近黑夜，在路上遇见了一个老汉背着一个包裹，走路趔趄，累得走不动。老人与贺某约定，如果贺某帮他背到了高川，就酬谢他。贺某答应了。这个包裹特别重，贺某暗想正好没钱过年，若是把这个包裹抢了，那个老态龙钟的老头子，一定赶不上他，于是就扛着袋子飞快地跑掉了。老翁在后面追着喊，他也不答应。狂奔了七八里后，刚一到家，就急忙关上门。让家人拿灯一看，竟然是新砍的一段杨木，重达三十多斤，才知道自己被鬼戏弄了。大概他贪婪狡诈，时间一长连鬼也讨厌他，所以趁着他窘迫的时候来欺负他。不是这样的话，路上来来往往的人很多，为何独独戏弄他一个人呢？况且那个时候贺某还没看见想要的东西，也还没生出偷盗的念头，为何那个鬼要在半路上等着他呢？

侍郎夫人

某侍郎夫人卒，盖棺以后，方陈祭祀，忽一白鸽飞入帏，寻视无睹。俶扰间[①]，烟焰自棺中涌出，连甍累栋[②]，顷刻并焚。闻其生时，御下严[③]：凡买女奴，成券入门后，必引使长跪，先告戒数百语，谓之教导；教导后，即褫衣反接，挞百鞭，谓之试刑。或转侧[4]，或呼号，挞弥甚。挞至不言不动，格格然如击木石，始谓之知畏，然后驱使。安州陈宗伯夫人，先太夫人姨也，曾至其家。常曰其僮仆婢媪，行列进退，虽大将练兵，无如是之整齐也。又余常至一亲串家，丈人行也[5]，入其内室，见门左右悬二鞭，穗皆有血迹，柄皆光泽可鉴。闻其每将就寝，诸婢一一缚于凳，然后覆之以衾，防其私遁或自戕也。后死时，两股疽溃露骨，一若杖痕。

注释

①俶 chù 扰：吵闹忙乱。

②甍 méng ：屋脊。

③御下：管理下人。

④转侧：翻转身子。

⑤丈人：对老年人的尊称。

译文

某个侍郎夫人死了，盖上棺木之后，正准备放置祭祀，忽然一只白鸽飞入到帷幔中，人们遍地找就是没有找到它。正手忙脚乱的时候，烟火从棺材中涌出来，连着屋脊和梁栋，一会儿就全都烧掉了。听说她生前对待下人十分严厉：凡是买了女奴，签订契约进门后，一定要让她们长时间跪在地上，先告诫几百句话，说是“教导”，随后又脱去她们的衣服，反绑着手，打一百鞭子，说是“试刑”。如果挣扎、呼喊、哀号，就会打得更加厉害。一直打到女奴不说话也不动弹，打得咯咯作响就好像打木头石块一般，才叫作“知畏”，然后再驱使她们干活。安州陈宗伯的夫人，是我先太夫人的姨辈，曾经到过侍郎夫人的家，常常说那家的奴仆婢女，列队行进退让，即使是大将练兵也没有那样整齐。我常常到一个亲戚家里去，他是我的长辈，进入到他的内室，只见门的左右挂着两条鞭子，鞭穗上都有血迹，鞭柄光泽能照亮人。听说每当他入寝睡觉的时候，就会将众多婢女们一一捆绑在凳子上，然后盖上被子，以防止他们私自逃跑或者自杀。后来他死时，两条大腿上生疮溃烂，露出骨头，仿佛是杖打的痕迹。

木强人

石洲又言：一书生家有园亭，夜雨独坐。忽一女子搴帘入[1]，自云家在墙外，窥宋已久，今冒雨相就。书生曰：“雨猛如是，尔衣履不濡，何也？”

女词穷，自承为狐。问："此间少年多矣，何独就我？"曰："前缘。"问："此缘谁所记载？谁所管领？又谁以告尔？尔前生何人？我前生何人？其结缘以何事？在何代何年？请道其详。"狐仓卒不能对，嗫嚅久之，曰："子千百日不坐此，今适坐此；我见千百人不相悦，独见君相悦。其为前缘审矣，请勿拒。"书生曰："有前缘者必相悦。吾方坐此，尔适自来，而吾漠然心不动，则无缘审矣，请勿留。"女趑趄间[②]，闻窗外呼曰："婢子不解事，何必定觅此木强人！"女子举袖一挥，灭灯而去。或云是汤文正公少年事。余谓狐魅岂敢近汤公，当是曾有此事，附会于公耳。

注释

①搴 qiān 帘：拨开帘子。搴，撩起。

②趑趄 zījū：欲行又止，犹豫不决的样子。

译文

郭石洲又说：一个书生家花园里有个亭子，晚上下雨，他独自坐在亭中，忽然一个女子掀开帘子走了进来，自称家在墙的外面，窥看他已经很久了，今天冒着大雨进来相会。书生问道："雨下得这么大，你的衣服鞋子没有沾湿，为何？”女子词穷，自己承认说是狐仙。书生问道：“这里的年轻人有很多，为何独独来亲近我呢？”狐仙说是他们上辈子有缘分。书生又问道：“这个缘分是谁来记载的？谁来管领的？又是谁来告诉你的？你前生是什么人？我前生又是什么人？我们是因为什么事而结下缘分？是在哪个朝代哪一年？请你详细说来。”狐女（被这一连串的问题问得）仓促窘迫不能回答，嗫嚅了很久才说道：“你长年累月不到这个亭子里来，今天才坐到这里，咱们就碰到了。我见到了成百上千的人都不喜欢，独独见到你就喜欢上了。这不是上辈子缘分注定的吗？请你就不要拒绝我了。”书生说道：“如果上辈子有缘分注定，就会相互喜欢。我刚刚坐在这里，你也刚刚过来，但是我见到你心中漠然，并没有动情，那么我们就没有缘分。请你不要留在此地。”狐女正欲行又止、犹豫不决的时候，忽然听见窗外有声音叫道：“你这个女子真不懂事，何必要寻这个木头一样的男人？”女子举袖一挥，熄灭烛火离开了。有人说这是汤文正公少年时发生的事情。我认为狐魅哪里敢接近汤公，应当是曾经有这件事，附会到汤公身上了。

玉孩

琴工钱生（钱生尝客裘文达公家，日相狎习[①]，而忘问名字乡里）言：其乡有人，家酷贫，佣作所得，悉以与其寡嫂，嫂竟以节终。一日，在烛下拈纻线，见窗隙一人面，其小如钱，目炯炯内视。急探手攫得之[②]，乃一玉孩，长四寸许，制作工巧，土蚀斑然。乡僻无售者，仅于质库得钱四千。质库置椟中，越日失去，深惧其来赎。此人闻之，曰："此本怪物，吾偶攫得，岂可复胁取人财！"具述本末，还其质券。质库感之，常呼令佣作，倍酬其直[③]，且岁时周恤之[④]，竟以小康。裘文达公曰："此天以报其友爱也。不然，何在其家不化去，到质库始失哉？至慨还质券，尤人情所难，然此人之绪余耳。世未有锲薄奸黠而友于兄弟者[⑤]，亦未有友于兄弟而锲薄奸黠者也。"

注释

①狎习：亲近熟悉。

②攫：泛指以强力手段夺取。

③酬：酬谢，用钱财作为报答。

④周恤：接济；周济。

⑤锲薄：刻薄。

译文

琴师钱某（钱某曾经在裘文达先生家做客，每日里与他切磋琴艺，但我忘了问他的名字和籍贯）说：他的家乡有户人家十分贫困，做工得到的钱，全部都给了自己守寡的嫂子，嫂子最后守节去世。一天，他在烛光下碾搓麻线，看见窗户间隙里有一张人的脸孔，小得像铜钱一样，目光炯炯有神，向屋里面窥视。他急忙伸手把它抓了进来，竟然是个玉做的小孩子，长约四寸，制作精巧，被土壤侵蚀出斑驳的痕迹。穷乡僻壤中没法卖掉，他就拿到了当铺中，得到了四千钱。当铺将这个玉孩放在箱子里面，第二天就发现不见了，当铺的人特别害怕这个人来赎取。这个人听说之后，道："这个本来就是怪物，我偶然间得到了，怎么能够又用它来诈取人家的钱财呢？"他到当铺讲述了这个玉孩的来历，将当票归还给当铺。当铺的主人很感激他，就常常请他来当铺做事，加倍给他工钱，并且到了节日还会周济慰问他家，最后也过上了小康的日子。裘文达先生说："这是上天对他秉性友爱的回报呀。不是这样的话，为何玉孩在他家不失踪，到了当铺里才失踪呢？至于他慷慨归还当票，尤其是一般人难以做到的，但对于他来说，不过是本质使然。世界上还没有刻薄奸诈狡黠却能够与兄弟亲近友爱的人，也没有与兄弟友好亲近却刻薄奸诈狡黠的人。”

狐仙交友不慎

舅氏安公介然言：有柳某者，与一狐友，甚昵。柳故贫，狐恒周其衣食。又负巨室钱，欲质其女。狐为盗其券，事乃已。时来其家，妻子皆与相问答，但惟柳见其形耳。狐媚一富室女，符箓不能遣，募能劾治者予百金[①]。柳夫妇素知其事。妇利多金，怂恿柳伺隙杀狐。柳以负心为歉。妇谇曰[②]：“彼能媚某家女，不能媚汝女耶？昨以五金为汝女制冬衣，其意恐有在。此患不可不除也。”柳乃阴市砒霜，沽酒以待。狐已知之。会柳与乡邻数人坐，狐于檐际呼柳名，先叙相契之深[③]，次陈相周之久[④]，次乃一一发其阴谋曰：“吾非不能为尔祸，然周旋已久[⑤]，宁忍便作寇仇[⑥]？”又以布一匹、棉一束自檐掷下，曰：“昨尔幼儿号寒苦，许为作被，不可失信于孺子也[⑦]。”众意不平，咸诮让柳[⑧]。狐曰：“交不择人，亦吾之过。

世情如是，亦何足深尤⑨？吾姑使知之耳。”太息而去。柳自是不齿于乡党⑩，亦无肯资济升斗者。挈家夜遁，竟莫知所终。

注释

①募：征求。

②谇 suì：责骂。

③相契：交情深厚。

④相周：相互救济。

⑤周旋：打交道。

⑥寇仇：仇人。

⑦孺子：小孩子。

⑧咸：全，都。诮：责备。

⑨何足：哪里值得。尤：怨恨。

⑩不齿：鄙视，看不起。

译文

舅舅安介然说：有一个姓柳的人与狐仙结为朋友，十分亲近。柳某曾经贫寒，狐仙总是周济他衣服、食物。柳某欠了富人家一笔钱，正要卖了自己的女儿，狐仙偷走了富人家里的借据，事情才算打住。狐仙经常来到柳某的家中，柳某的妻子孩子都能和他说说话，但只有柳某能看见他的形体。狐仙媚惑了一个富贵人家的女儿，用符箓也赶不走，富贵人家招募能够劾治狐仙的人，用一百两银子作为酬谢。柳某夫妇向来都知道狐仙的情况。柳某的妻子贪图钱财，就怂恿柳某伺机杀了狐仙。柳某觉得这样做负心，不肯答应。妻子就骂道："那狐仙能媚惑别人家的女儿，就不能媚惑你的女儿吗？昨天他还花了五两银子给你女儿做了一身冬衣，恐怕已经有这个意图了吧。这种祸害不可不除啊。"柳某悄悄买回了砒霜，打好了酒等着狐仙来。狐仙已经知道了他们的阴谋。有一次，柳某正与几个乡邻坐在树下，狐仙在房檐上呼叫柳某的名字，先说他与柳某的交情很是深厚，接着说他对柳某的周济也不少，然后又揭发了柳某的阴谋，说道："我并不是不能给你带来祸患，只是我们交往已经很久了，怎能忍心与你为仇呢？"又从房檐上丢下来一匹布、一束棉花，说道："昨天你的小儿子哭着喊冷，我答应给他做条被子，不能失信于孩子啊。"大家听后愤愤不平，都责备柳某。狐仙说道："交朋友时看错了人，是我的过错。世情凉薄到这样，他又哪里值得我去怨恨呢？我姑且让他知道就是了。"说完叹息着离开。柳某自此之后被乡邻看不起，也没有人肯资助接济他一斗一升的粮食。他只好携家眷连夜逃跑，不知道去了哪里。

丑新娘吓死新郎

文安王丈紫府言：灞州一宦家娶妇[1]，甫却扇[2]，新婿失声狂奔出。众追问故。曰："新妇青面赤发，状如奇鬼，吾怖而走。"妇故中人姿，莫解其故。强使复入，所见如前。父母迫之归房，竟伺隙自缢。既未成礼，女势当归。时贺者尚满堂，其父引之遍拜诸客，曰："小女诚陋，然何至惊人致死哉！"《幽怪录》载卢生娶弘农令女事，亦同于此，但婿未死耳。此殆夙冤，不可以常理论也。自讲学家言之，则必曰："是有心疾，神虚目眩耳[3]。"

注释

①宦家：官宦世家。

②却扇：古代行婚礼时新娘用扇子遮脸，交拜之后去掉。后用来指完婚。

③神虚：精神虚弱。目眩：视觉模糊。

译文

文安人王紫府前辈说：灞州有一个官宦家娶媳妇，婚礼完毕，新人进洞房，突然新郎失声大叫狂奔了出来。

别人问他发生什么事情了。新郎说："新娘子青面红发，外貌像个奇形怪状的鬼，我害怕所以跑出来了。"那个女子本来是中等姿色，（但也不至于像新郎说的这么恐怖），大家不知道是什么原因。强迫将他推进了洞房，新郎见到的还是长得像鬼一样的新娘，又跑了出来。他的父母强迫他回到新房，没想到他瞅了个时机上吊死了。既然婚礼没有成，女子自然应当送回家。当时贺喜的宾客满堂，新娘的父亲带着女儿过来拜见所有的宾客，说道："我的女儿长得确实丑陋，但也不至于吓死人吧！"《幽怪录》记载卢生娶宏农令女儿的故事，也跟这个差不多，但是新郎并没有被吓死。这个大概是上辈子结了冤仇，不可用常理来论说。如果让那些讲学家说这件事，一定会说："这个新郎有心病，是他头昏眼花才这样。"

捕虎

族兄中涵知旌德县时，近城有虎暴，伤猎户数人，不能捕。邑人请曰："非聘徽州唐打猎，不能除此患也。"（休宁戴东原曰："明代有唐某，甫新婚而戕于虎。其妇后生一子，祝之曰：'尔不能杀虎，非我子也；后世子孙如不能杀虎，亦皆非我子孙也。'故唐氏世世能捕虎。"）乃遣吏持币往。归报唐氏选艺至精者二人，行且至。至则一老翁，须发皓然，时咯咯作嗽;一童子十六七耳。大失望，姑命具食。老翁察中涵意不满，半跪启曰："闻此虎距城不五里，先往捕之，赐食未晚也。"遂命役导往。役至谷口，不敢行。老翁哂曰："我在，尔尚畏耶？"入谷将半，老翁顾童子曰："此畜似尚睡，汝呼之醒。"童子作虎啸声。果自林中出，径搏老翁。老翁手一短柄斧，纵八九寸，横半之，奋臂屹立。虎扑至，侧首让之，虎自顶上跃过，已血流仆地。视之，自颔下至尾闾，皆触斧裂矣。乃厚赠遣之。老翁自言炼臂十年，炼目十年。其目以毛帚扫之不瞬，其臂使壮夫攀之，悬身下缒不能动。《庄子》曰："习伏众神，巧者不过习者之门。"信夫！尝见史舍人嗣彪，暗中捉笔书条幅，与秉烛无异。又闻静海励文恪公，剪方寸纸一百片，书一字其上，片片向日叠映，无一笔丝毫出入。均习而已矣，非别有谬巧也。

译文

我的族兄中涵在旌德县任知县时，县城附近有老虎为患，伤了好几个猎户，也没有捕捉到它。有一个县里的人请求道："不聘请徽州的唐某打猎，是不能除掉这虎患的。”(休宁人戴东原说:“明代有个姓唐的人,刚刚结婚不久就被老虎害死了。他的妻子后来生了个儿子,她嘱托儿子说道:‘你要是不能杀死老虎,就不是我的儿子。后世的子孙,要是不能杀死老虎,也就不是我的子孙。’所以唐氏家族世世代代都能捕捉老虎。”)于是中涵就派了个官吏带着钱财去徽州。回来的人报告说唐氏选了技艺最精的两个人,已经在路上了,马上就到。到了之后发现来者是一个老翁,须发皆白,还不时咯咯地咳嗽;另外一个是个十六七岁的少年。中涵大失所望,姑且叫人给他们准备饮食。老翁看出中涵对他们不满意,半跪在地上禀告道:“听说这只老虎距离县城不过五里远,我们先去捕捉它,再来吃饭也不晚。”于是中涵就命令县役带他们过去。县役到了山谷口,就再也不敢走了。老翁讥笑道:“有我在这里,你还怕吗?”进入山谷一半的路程之后,老翁回头对少年说道:“这畜生好像还在睡觉,你把它叫醒吧!”少年发出虎啸的声音。老虎果然从山林中走了出来,直接扑向老翁。老翁手拿一把短柄斧头,斧头身长八九寸,宽度是长度的一半,他振臂举着斧头,站着不动。老虎扑了过来,老翁偏头让过去,老虎从他的头顶上跃过去,已经是淌血扑倒在地上。一看,老虎从下巴一直到尾巴处,碰到斧头后都皮开肉绽。于是中涵赐以厚赏,让他们走了。老翁说自己曾经锻炼了十年的臂力，锻炼了十年的眼力。他的眼睛就算是用毛帚去扫一下也不会眨动，他的手臂让壮士们攀着，把身子吊在手臂下也不会动一动。《庄子》说道：“习伏众神，巧者不过习者之门。”这是可信的。我曾经见到史嗣彪舍人，他可以在黑暗中拿着笔书写条幅，跟在灯下写的一模一样。又听说静海的励文恪公，剪一寸见方的一百张纸片，每张纸片上写一个字，一张张叠起来，向着阳光透视，没有一笔有丝毫的差距。他们都是因为勤奋练习很久才这样，没有什么投机取巧的方法。

机深士人

朱定远言：一士人夜坐纳凉[①]，忽闻屋上有噪声。骇而起视，则两女自檐际格斗堕，厉声问曰：“先生是读书人，姊妹共一婿[②]，有是礼耶？”士人噤不敢语。女又促问。战栗嗫嚅曰：“仆是人，仅知人礼。鬼有鬼礼，狐有狐礼，非仆之所知也。”二女唾曰[③]：“此人模棱不了事，当别问能了事人耳。”仍纠结而去。苏味道模棱，诚自全之善计也。然以推诿偾事[④]，获谴者亦在在有之。盖世故太深[⑤]，自谋太巧，恒并其不必避者而亦避，遂于其必当为者而亦不为，往往坐失事机，留为祸本，决裂有不可收拾者。此士人见诮于狐，其小焉者耳。

注释

①纳凉：乘凉。

②婿：丈夫。

③唾：吐口水，表示鄙视。

④偾 fèn 事：使事情失败。

⑤盖：发语词，引起议论。

译文

朱定远说：有一个士人晚上坐着乘凉，忽然听见屋顶上传来吵闹声。他惊惧地站起来去看，只见两个女子在房檐上打斗，跳落到地上，厉声问士人说："先生是读书人，姐妹两个共嫁一个丈夫，有这种礼法吗？"士人沉默不敢说话。女子又催问，士人才战战兢兢嗫嚅着说道："我是人，只知道人的礼法。鬼有鬼的礼法，狐有狐的礼法，你们问的并不在我所知道的范畴。"两个女子向他吐口水，骂道："这个人说话模棱两可，应当去问一个明白人。"说完，两个人拉扯着离开。唐朝有个叫苏味道的人，他说话总是模棱两可，这诚然是他保全自己的上策，但是因为推诿事情而遭受惩处的人也有很多。因为太精于世故的人，谋略太巧妙的人，总是把不该回避的事情也给回避了，于是那些该做的事情也没有去做，往往错失良机，留下了祸根，等到事情爆发败露就不可收拾了。这个上人被狐女讥诮讽刺，只不过是小事一桩罢了。

乡塾有狐

宋子刚言：一老儒训蒙乡塾[1]，塾侧有积柴，狐所居也。乡人莫敢犯，而学徒顽劣，乃时秽污之。一日，老儒往会葬，约明日返。诸儿因累几为台，涂朱墨演剧[2]。老儒突返，各挞之流血，恨恨复去。众以为诸儿大者十一二，小者七八岁耳，皆怪师太严。次日，老儒返，云昨实未归。乃知狐报怨也。有欲讼诸土神者，有议除积柴者，有欲往诟詈者。中一人曰："诸儿实无礼，挞不为过，但太毒耳。吾闻胜妖当以德，以力相角[3]，终无胜理。冤冤相报，吾虑祸不止此也。"众乃已。此人可谓平心，亦可谓远虑矣。

注释

①训蒙：对儿童的启蒙教育。

②演剧：演戏。

③相角：争斗。

译文

宋子刚说：有一位老儒在村塾中教学，村塾旁边有堆积的柴禾，是狐仙居住的地方。乡里人没有谁敢去冒犯，而老儒的学生们非常淘气顽皮，常常在上面拉屎撒尿。有一天，老儒去参加葬礼，约定第二天回来。孩子们就趁机将书桌木凳拼成戏台子，在脸上涂涂抹抹演起戏来。老儒突然返回，见到这一幕，将捣蛋的孩子们每个人都打了板子，打到流血才恨恨地走了。大家认为，这些孩子们大的只有十一二岁，小的也只有七八岁，都责怪老儒对待学生太严格了。第二天，老儒回来，说昨天实际上并没有回来，大家才知道是狐仙来报仇了。有人主张到土地神那里去告状，有人商议除掉那个柴垛，有人想要去柴垛那里大骂一通。其中有一个人说道："这些小孩子们也实在是无礼，打他们也不为过，但是下手也太重了。我听说，要用德来制服妖魅，用暴力跟它们争斗，终究没有胜的道理。冤冤相报何时了？如果这样的话，祸端恐怕不止这些了。"众人听了之后便罢手。这个人可以说是心平气和，也可以说是谋事深远了。

狐仙效诳

刘友韩侍御言：向寓山东一友家，闻其邻女为狐媚。女父迹知其穴，百计捕得一小狐，与约曰："能舍我女，则舍尔子。"狐诺之。舍其子而狐仍至。詈其负约。则谢曰[①]："人之相诳者多矣。而责我辈乎！"女父恨甚，使女阳劝之饮，而阴置砒焉。狐中毒，变形踉跄去。越一夕，家中瓦砾交飞，窗扉震撼，群狐合噪来索命。女父厉声道始末，闻似一老狐语曰："悲哉！彼徒见人皆相诳，从而效尤。不知天道好还，善诳者终遇诳也。主人词直，犯之不祥，汝曹随我归矣[②]。"语讫寂然。此狐所见，过其子远矣。

注释

①谢：道歉。

②汝曹：你们。

译文

侍御刘友韩说：他过去住在山东的一个朋友家，听说他邻居家的女儿被狐仙给媚惑了。女儿的父亲追寻狐仙的踪迹找到了它的洞穴，千方百计捕获了一只小狐狸，于是与狐仙约定道："如果你能放了我的女儿，我就放了你儿子。"狐仙答应了他。邻居放了狐仙的儿子后，狐仙仍然来找他的女儿，邻居大骂狐仙违背约定。狐仙道歉道："人们之间相互诓骗的事情很多啊，为什么要独独责备我们狐狸呢？"女子的父亲非常恨狐仙，于是就让女儿假装劝狐仙饮酒，而悄悄地在酒里面放了砒霜，狐仙喝了后中毒变回原形，踉跄逃走。过了一个晚上，这户人家瓦块石头满天飞，门窗震得摇摇晃晃，一群狐狸一起呐喊，齐声说要索命。女子的父亲高声说明了事情的始末，说完后听见一只老狐狸说道："可悲啊！它只知道人们相互诳骗而去效仿，却不知道天道有报应，喜欢骗人的人终究会被骗。主人言辞直爽，冒犯这样的人不吉利，你们还是跟着我回去吧。"说完院子里安静了。这只狐狸的见识，比它的子孙深远多了。

奴子王敬

奴子王敬，王连升之子也。余旧有质库在崔庄，从官久，折阅都尽，群从鸠资复设之[①]，召敬司夜焉。一夕，自经于楼上[②]，虽其母其弟莫测何故也。客作胡兴文，居于楼侧，其妻病剧。敬魂忽附之语，数其母弟之失，曰："我自以博负死，奈何多索主人棺敛费，使我负心！此来明非我志也。"或问："尔怨索负者乎？"曰："不怨也。使彼负我，我能无索乎？"又问："然则怨诱博者乎？"曰："亦不怨也。手本我手，我不博，彼能握我手博乎？我安意候代而已。"初附语时，人以为病者瞀乱耳③；既而序述生平、寒温故旧，语音宛然敬也④。皆叹曰："此鬼不昧本心，必不终沦于鬼趣⑤。"

注释

①群从：堂兄弟及诸子侄。鸠资：聚资。

②自经：上吊自杀。

③瞀 mào 乱：神志不清，精神错乱。

④宛然：非常像。

⑤鬼趣：鬼道。

译文

奴仆王敬是王连升的儿子。过去我曾在崔庄开了一家当铺，在外做官时间长了，（没空管理），当铺都快亏光了。我的子侄亲友又集资将当铺重新办起来，晚上就让王敬看守。一天晚上，他突然悬在当铺楼上吊死了，即使是他的母亲和弟弟，也不知道他为何这样做。有个叫胡兴文的客商居住在当铺的隔壁，他的妻子病重，王敬的魂魄忽然附在他妻子身上说话，列举他母亲和弟弟的过失，说道：“我自己因为赌博输了钱而死，你们为何向主人索取那么多收殓尸身的棺材费？这使得我心中不安，所以来这里表明那不是我的本愿。”有人问：“你怨恨向你要债的人吗？”他回答说：“不怨恨。如果你欠我的钱，我能不要吗？”又问道：“这样的话你怨恨引诱你赌博的人吗？”鬼魂回答说道：“也不怨恨。手本来就长在我的身上，如果我不赌博，他还能握着我的手去赌博吗？我（心中想要赌博），只是等他们为我引导而已。”一开始他附身在这个妇人身上，人们都以为是病人在胡言乱语，后来讲述他的生平和亲朋故友，语气声音都好像是王敬在说话一样。人们都感叹说道：“这个鬼没有违背良心，一定不会沦入鬼道的。”

老儒过河

交河老儒刘君琢，居于闻家庙，而设帐于崔庄[①]。一日，夜深饮醉，忽自归家。时积雨之后，道途间两河皆暴涨，亦竟忘之。行至河干[②]，忽又欲浴，而稍惮波浪之深。忽旁有一人曰："此间原有可浴处，请导君往。"至则有盘石如渔矶[3]，因共洗濯。君琢酒少解，忽叹曰："此去家不十馀里，水阻迂折，当多行四五里矣。"其人曰："此间亦有可涉处，再请导君。"复摄衣径渡[4]。将至家，其人匆匆作别去。叩门入室，家人骇路阻何以归。君琢自忆，亦不知所以也。揣摩其人，似高川贺某，或留不住（村名，其取义则未详）赵某。后遣子往谢，两家皆言无此事。寻河中盘石，亦无踪迹。始知遇鬼。鬼多嬲醉人，此鬼独扶导醉人。或君琢一生循谨[5]，有古君子风，醉涉层波，势必危，殆神阴相而遣之欤！

注释

①设帐：设馆授徒。

②河干：河岸。

③渔矶：可以垂钓的水边岩石。

④摄衣：提着衣服。径渡：径直渡过。

⑤循谨：循善谨慎。

译文

交河县有个老儒叫刘君琢，住在闻家庙，但在崔庄设馆教学。一天深夜，他喝得酩酊大醉，忽然自己要回家。当时正是暴雨过后，路上的两条河都暴涨，他竟然把这给忘了。来到河边的时候，忽然又想洗澡，又有些害怕水太深。忽然旁边有一个人说道:“这附近原来有个洗澡的地方，请允许我带你去吧。”走到一块状如钓台的礁石处，于是两人一起洗起澡来。洗澡后，刘君琢稍微解了酒，有些清醒，忽然叹道:“这里距离我家不过十多里路，可是被水阻挡迂回曲折，要多走四五里路了。”身边的那个人说道:“这附近也有可以涉水的地方，请允许我再次为你带路。”于是刘君琢提着衣裤直接渡水。快要到家的时候，那个人匆匆告别离去。刘君琢叩门回到家中，家里人都感到十分惊奇，河水阻断了道路，他是怎么回来的。刘君琢自己回忆，也不知道是怎么回事。揣摩那个人好像是高川贺某，或者是留不住（村名，名字的含义未知）村的赵某。后来他派儿子去答谢这两家人，他们都说没有做过这件事。去寻找河中的盘石，也找不到踪迹。这才知道原来那个带路的人是鬼。鬼一般都会戏弄喝醉的人，这个鬼却独独扶持引导醉酒的人。也许是因为刘君琢一生循礼谨慎，有古时君子的风范，醉酒之后涉过千层波浪，一定非常危险，怕是神明暗暗保佑他而派鬼去帮他吧！

自戏

董秋原言：东昌一书生，夜行郊外。忽见甲第甚宏壮[①]，私念此某氏墓，安有是宅，殆狐魅所化欤？稔闻《聊斋志异》青凤[②]、水仙诸事，冀有所遇，踯躅不行。俄有车马从西来，服饰甚华，一中年妇揭帏指生曰："此郎即大佳，可延入。"生视车后一幼女，妙丽如神仙，大喜过望。既入门，即有二婢出邀。生既审为狐，不问氏族，随之入。亦不见主人出，但供张甚盛[③]，饮馔丰美而已[④]。生候合卺[⑤]，心摇摇如悬旌[⑥]。至夕，箫鼓喧阗[⑦]，一老翁搴帘揖曰："新婿入赘，已到门。先生文士，定习婚仪，敢屈为傧相[⑧]，三党有光[⑨]。"生大失望，然原未议婚，无可复语；又饫其酒食[⑩]，难以遽辞。草草为成礼，不别而归。家人以失生一昼夜，方四出觅访。生愤愤道所遇，闻者莫不拊掌曰[⑪]："非狐戏君，乃君自戏也。"余因言有李二混者，贫不自存，赴京师谋食。途遇一少妇骑驴，李趁与语，微相调谑。少妇不答亦不嗔[⑫]。次日，又相遇，少妇掷一帕与之，鞭驴径去，回顾曰："吾今日宿固安也。"李启其帕，乃银簪珥数事。适资斧竭，持诣质库⑬。正质库昨夜所失，大受拷掠⑭，竟自诬为盗⑮。是乃真为狐戏矣。秋原曰："不调少妇，何缘致此？仍谓之自戏可也。"

注释

①甲第：豪门贵族的宅第。

②稔：熟悉。

③供张：备办陈设各种器物。

④饮馔 zhuàn：饮食。

⑤合卺 jǐn：古时新人结婚时饮交杯酒的仪式，泛指成婚。

⑥旃：旗子。

⑦喧阗 tián：哄闹声。

⑧傧 bīn 相：古时婚礼赞礼和接引宾客的人。

⑨三党：指父族、母族、妻族。

⑩饫：饱食。

⑪拊掌：拍手。

⑫嗔：生气。

⑬诣：到，往。

⑭拷掠：拷打，刑讯。

⑮自诬：自己被迫承认加给自己的不实之罪。

译文

董秋原说：东昌有一位书生，半夜里在野外赶路，忽然看见一幢府宅十分宏伟壮阔，心中想到这里是某氏的坟墓，怎么会有府宅出现呢，大概是狐魅所幻化出来的景象吧？他熟悉《聊斋志异》中青凤、水仙等人的故事，希望自己也能遇到这样的事，于是就在此徘徊不肯向前行走。不久，有车马从西面过来，车马上的人穿的衣服都非常华贵，有一个中年妇人揭开车帏指着书生说道："这个郎君长得好，可以请他进去。"书生看见车的后面有一个妙龄女子，美丽得像仙女一般，大喜过望。（马车）进了大门之后，就有两个婢女出来邀请书生。书生心中既然已知道她们是狐女，也不问她们的姓氏府邸，跟着她们进去。不见主人出来，但是招待供应十分周到，美味佳肴很是丰盛。书生等着行合卺礼当新郎，心中忐忑好像迎风招展的旗子。到了晚上，箫鼓喧闹，一个老翁掀开门帘走进来，作揖道："新女婿入赘已经到了家门口。先生是文人雅士，一定熟知婚礼仪式，老朽冒昧委屈您做傧相，实在是给我们整个家族增添光彩。"书生大失所望，但是原本就没有议定婚事，也就没什么话可说，又享用了别人的酒食饭菜，难以马上推辞。草草地应付完婚礼，瞅准时机不辞而别，回到了家中。家里人还以为书生走失了，四处找了一天一夜。书生愤愤不平地讲述自己遇到的事，听的人没有不拍手的，都说道：“这不是狐妖戏弄你，是你自己戏弄你自己了。”因为这个故事，于是我又想起另一个故事来，有个叫李二混的人，贫困潦倒养活不了自己，就跑到京师谋生。在路上遇到了一个骑着毛驴的少妇，李二混趁机与她说话，有些调谑的意思在里面。那少妇既不回答他，也不恼怒生气。第二天，两人又在路上遇到了，少妇扔给李二混一个手帕，鞭打毛驴就走，回头说道：“我今天在固安住宿。”李二混打开手帕，只见里面有一些银簪子、耳环等首饰。正好他身上的盘缠也花光了，于是就拿着手帕里的东西去当铺典当。这正好是当铺里昨天晚上丢失的东西。李二混受了一顿拷打，不得已屈打成招，承认自己是强盗。这才是真的被狐仙戏弄了。秋原说道：“如果不调戏那个少妇，怎么会落到这个地步？这仍然是自己戏弄自己啊！”

淮上一妓

程鱼门言：朱某昵淮上一妓[①]，金尽，被斥出。一日，有西商过访妓，仆舆奢丽，挥金如土。妓兢兢恐其去[②]，尽谢他客，曲意效媚[③]。日赠金帛珠翠，不可缕数。居两月馀，云暂出赴扬州，遂不返，访问亦无知者。资货既饶，拟去北里为良家。检点箧笥[④]，所赠已一物不存，朱某所赠亦不存；惟留二百馀金，恰足两月馀酒食费，一家迷离惝恍[⑤]，如梦乍回。或曰，闻朱某有狐友，殆代为报复云。

注释

①昵：亲近。

②兢兢：小心谨慎的样子。

③曲意：委曲己意去奉承别人。效媚：献媚。

④笥 sì：装衣服或食物的竹器。

⑤迷离：神志不清。惝恍 chǎnghuǎng：迷惘，恍惚。

译文

程鱼门说：有个朱某人，与淮河上的一个妓女亲昵，金银花光之后，就被妓女赶了出来。一天，有个西商路过造访这个妓女，他的仆从车马装扮得奢侈华丽，挥金如土。妓女小心谨慎相陪，害怕他离开，因此谢绝了其他客人，只是曲意奉承、讨好西商一人。(西商出手也很阔绰)，每天给她的金帛珠翠，不能计数。这样住了两个多月，西商说暂时要去一趟扬州，于是就一去不复返了，妓女派人去寻访也没有得到他的音讯。妓女见自己的钱财已经储备得十分丰厚，就想离开妓院从良。检点她箱子匣子里西商所馈赠的钱财时，发现已经是空空如也，就连朱某人赠送的东西也都不见了，箱子里只留下了两百多两银子，恰好是西商这两个月吃吃喝喝的费用。妓女一家迷糊终日，好像做了一场梦。有人说，听说朱某有位狐友，大概是狐友化作西商，来替他朋友报复妓女的吧。

妾本狐女

鱼门又言：游士某，在广陵纳一妾，颇娴文墨[①]。意甚相得，时于闺中倡和。一日，夜饮归，僮婢已睡[②]，室内暗无灯火。入视阒然，惟案上一札曰："妾本狐女，僻处山林。以夙负应偿[③]，从君半载。今业缘已尽[④]，不敢淹留[⑤]。本拟暂住待君，以展永别之意，恐两相凄恋，弥难为怀。是以茹痛竟行，不敢再面。临风回首，百结柔肠。或以此一念，三生石上，再种后缘，亦未可知耳！诸惟自爱，勿以一女子之故，至损清神[⑥]，则妾虽去而心稍慰矣。"某得书悲感，以示朋旧，咸相慨叹。以典籍尝有此事，弗致疑也。后月馀，妾与所欢北上，舟行被盗，鸣官待捕[⑦]；稽留淮上者数月，其事乃露。盖其母重鬻于人，伪以狐女自脱也。周书昌曰："是真狐女，何伪之云？吾恐志异诸书所载，始遇仙姬，久而舍去者，其中或不无此类也乎！"

注释

①娴：熟练。

②僮 tóng：未成年的奴仆。

③夙：向来的，素有的。

④业缘：佛教语。苦乐皆为业力而起，称业缘。

⑤淹留：长期居住。

⑥清神：对人神思的敬称。

⑦鸣官：向官府控告。

译文

程鱼门又说：某个游士，在广陵纳了一个姬妾，她颇熟悉文墨，两人情投意合，时时在闺房中吟诗唱和。一天，游士晚上回家，童仆婢女都已经睡下了，房间里黑暗没有灯光。走进房间一看，寂静无声，只有桌子上留下了一封信，信中说道："我本是一个狐女，在偏僻的山林中居住，因为要报答从前的恩情，所以陪伴了你半年，现在我们的缘分已尽，我不敢久留在你家。本想留下等你回来与你告别，但又怕相见后两人都凄凄留恋对方，更加伤心。所以才忍痛先走，不敢再见到你。迎着风回首一看，愁肠百结。或许因我对你的爱恋，在三生石上再续良缘，也不知道会不会有这么一天。我只希望你多多珍重，不要因为我的缘故，而损耗了精神。这样我虽然离开了，心中也会稍稍安稳。”游士看到这封信后，非常悲痛，拿给朋友们看，大家都感叹不已。因为典故书籍上经常记载有这样的事，所以大家都不怀疑。后来过了一个多月，这个姬妾与她的相好北上，在船上被偷了钱财。他们报官请求捉拿小偷，为此羁留在江淮边几个月，被人发现后事情才得以败露。原来是她的母亲将她重金卖给了别人，于是假装成狐女来脱身。周书昌说道：“这是真的狐女，为何说是假的呢？我想众多古书里志异的记载，写人遇到了仙女，时间久了之后，仙女又离去，其中也有类似这样的女子吧！”

巧者造物之所忌

先师陈文勤公言：有一同乡，不欲著其名，平生亦无大过恶，惟事事欲利归于己，害归于人，是其本志耳。一岁，北上公车，与数友投逆旅。雨暴作，屋尽漏。初觉漏时，惟北壁数尺无渍痕。此人忽称感寒，就是榻蒙被取汗。众知其诈病，而无词以移之也。雨弥甚，众坐屋内如露宿，而此人独酣卧。俄北壁颓圮，众未睡皆急奔出；此人正压其下，额破血流，一足一臂并折伤，竟舁而归。此足为有机心者戒矣。因忆奴子于禄，性至狡。从余往乌鲁木齐，一日早发，阴云四合。度天欲雨，乃尽置其衣装于车箱，以余衣装覆其上。行十馀里，天竟放晴，而车陷于淖，水从下入，反尽濡焉。其事亦与此类，信巧者造物之所忌也。

译文

先师陈文勤先生说：他有一个同乡，平生不追求名声，也没有什么大的过错，就是每件事都要把利益好处归自己，把损害给别人，这已经是他为人处世的一个原则了。有一年，他北上京师去参加应试，与几个朋友一起投宿在旅店中。突然暴雨如注，屋子里到处都在漏雨。他刚刚发现漏水时，只有北边墙下几尺范围没有被雨水浸湿的痕迹。这个人忽然说感染了风寒，于是就跑到北边墙边蒙着被子发汗。众人都知道他是假装生病，但是也没有理由让他移开。雨下得更大了，众人坐在屋里面就好像是露天一样被雨淋，只有这个人独自酣睡着。不一会儿北边墙壁倒塌，众人都没有睡，急忙跑了出来，而这个人正好被墙压在下面，被砸得头破血流，一只脚和一条手臂都被压成骨折，只好让人抬着回去。这个故事足以让那些有机巧心思的人警诫。因为这个故事，我又想到了我的奴仆于禄，他的性情十分狡诈。他跟随我去乌鲁木齐的时候，一天清早出发，阴云连绵聚拢。揣度快要下雨了，于是将他所有的衣服装在车厢里，而将我的衣服覆盖在车厢上面。走了十多里路，天竟然放晴了，但车子陷在泥淖中，水从下面进入到车厢，他的衣服反而全被浸湿了。这两件事颇为类似，看来奸诈狡狯的人是上天所忌恨的。

沈淑孙

沈淑孙，吴县人。御史芝光先生孙女也。父兄早卒，鞠于祖母[①]。祖母，杨文叔先生妹也，讳芬，字瑶季，工诗文，画花卉尤精。故淑孙亦习词翰[②]，善渲染。幼许余侄汝备，未嫁而卒。病革时，先太夫人往视之。沈夫人泣呼曰："招孙（其小字也），尔祖姑来矣，可以相认也。"时已沈迷，犹张目视，泪承睫[③]，举手攀太夫人钏[④]。解而与之，亲为贯于臂，微笑而瞑。始悟其意欲以纪氏物敛也。初病时，自知不起，画一卷，缄封甚固[⑤]，恒置枕函边[⑥]，问之不答。至是亦悟其留与太夫人。发之，乃雨兰一幅，上题曰："独坐写幽兰，图成只自看。怜渠空谷里，风雨不胜寒。"盖其家庭之间，有难言者，阻滞嫁期，亦是故也。太夫人悲之，欲买地以葬。姚安公谓于礼不可，乃止。后其柩附漕舶归[⑦]，太夫人尚恍惚梦其泣拜云。

注释

①鞠：养育，抚养。

②词翰：诗词，文章。

③承睫：泪水溢满眼眶。

④钏 chuàn：用玉石、珠子等串联起来做成的手镯。

⑤缄封：封口。

⑥枕函：可以藏东西的枕头。

⑦柩：棺材。漕舶：运输粮食等货物的船只。

译文

沈淑孙是吴县人，御史芝光先生的孙女。她的父母兄弟过世得早，由祖母养育成人。她的祖母是杨文叔先生的妹妹，名芬，字瑶季，善于诗文，尤其精于画花卉。

所以淑孙也学写诗词文章，善于绘画。她自幼许配给我的侄子汝备，但还没出嫁就已经过世了。病重的时候，我的先母张太夫人曾经去看望她。沈夫人哭泣着喊道："招孙（她的小名）！你祖婆婆来看你了！你睁眼认认她吧！"当时她已经昏迷，这时却睁开眼睛，含着眼泪，抬起手抓住先母手腕上的手镯。先母将手镯取下，亲自给她戴上，她才微笑着闭了眼。此时人们这才明白，她是要用纪家的物品入殓。她刚刚生病时，就知道自己将一病不起，画了一幅画，包裹得很严实，总是放在枕头边，问她是什么，她也不回答。到现在大家才明白原来这画是留给先母的。打开一看，画的是一幅雨中的兰花，上面题字道："独坐写幽兰，图成只自看。怜渠空谷里，风雨不胜寒。"意思大概是说她家有难言之隐，耽搁了嫁期，也是这个原因吧。先母非常悲伤，想买块地埋葬她。先父姚安公说这样做不合礼法，先母也就作罢。后来，她的灵柩搭货船运回去，先母张太夫人在梦中还恍恍惚惚见她哭着拜别。

廖太学悼其宠姬

梁豁堂言：有廖太学，悼其宠姬，幽郁不适。

姑消夏于别墅[1]，窗俯清溪，时开对月。一夕，闻隔溪榜掠冤楚声[2]，望似缚一女子，伏地受杖。正怀疑凝眺，女子呼曰：“君乃在此，忍不相救耶？”谛视，正其宠姬，骇痛欲绝。而崖陡水深，无路可过，问：“尔葬某山，何缘在此？”姬泣曰：“生前恃宠，造业颇深。殁被谪配于此，犹人世之军流也。社公酷毒，动辄鞭捶。非大放焰口，不能解脱也。”语讫，为众鬼牵曳去。廖爱恋既深，不违所请，乃延僧施食，冀拔沈沦。月馀后，声又如前。趋视，则诸鬼益众，姬裸身反接，更摧辱可怜。见廖哀号曰：“前者法事未备，而牒神求释，被驳不行。社公以祈灵无验，毒虐更增，必七昼夜水陆道场，始能解此厄也。”廖猛省社公不在，谁此监刑？社公如在，鬼岂敢斥言其恶？且社公有庙，何为来此？毋乃黠鬼幻形，绐求经忏耶[3]？姬见廖凝思，又呼曰：“我实是某，君毋过疑。”廖曰：“此灼然伪矣。”因诘曰：“汝身有红痣，能举其生于何处，则信汝矣。”鬼不能答，斯须间，稍稍散去。自是遂绝。此可悟世情狡狯，虽鬼亦然；又可悟情有所牵，物必抵隙。廖自云有灶婢殁葬此山下[4]，必其知我眷念，教众鬼为之。又可悟外患突来，必有内间矣[5]。

注释

①消夏：避暑。

②榜 bàng 掠：用鞭子或板凳拷打。

③绐 dài ：欺骗；欺诈。

④灶婢：做饭的婢女。

⑤内间：间谍。

译文

梁豁堂说：有位廖太学悼念他死去的宠妾，郁郁不乐，感到身体不适，就到别墅中去避暑消夏，窗户下面正好有条清澈的小溪流，他就常常打开窗户望月。一天晚上，听见溪流对岸有人挨打的哭叫声，他抬头一望，好像一个女子被捆绑着伏在地上受杖打。廖太学正感到疑惑，凝神眺望的时候，那个女子喊道："你在这里，难道忍心不救我吗？"廖太学仔细一看，正是他的那个宠妾，顿时又惊又痛，悲痛欲绝。但是山崖陡峭，没有路可以过去，就问道："你已经被安葬在某个山上了，为何又来到这里了呢？"姬妾哭泣道："我生前恃着你的宠爱，造孽深重，死了后就被贬谪到这个地方来了，就好像人世间的充军发配一样。这里的土地公十分狠毒，动不动就鞭打我，如果不大放焰口做道场，我是不能解脱的。"说完后，女子被众鬼牵扯着拉走了。廖太学非常疼爱她，就照着她说的去做，于是延请僧侣来做道场，布施食物，希望她能得到解脱。一个多月后，又听到了宠妾被打的惨叫声。他急忙一看，发现鬼更多了，他的姬妾裸着身子被反绑着，被折磨摧残得更加可怜。她看到了廖太学，就哭喊着说道："上次的法事做得不完备，我去请求神明将我释放，被驳斥回来说是不能放行。土地公因为你的祈祷没有灵验，对我就更加狠毒虐待，你一定要做七天七夜的水陆道场，才能化解我的这个厄运。"廖太学猛然醒悟：如果土地公不在场，是谁来监督行刑的呢？如果土地公在的话，鬼魂怎么会当着他的面说他的坏话？况且土地公自然会有庙宇居住，为何来到此地？难道是狡黠的鬼幻化形体，欺骗我去请僧人们念经超度吗？宠妾见廖太学凝神思考，又呼喊道："我真的是她，你不要猜疑！"廖太学说："这就说明你是假的了。"随即反问道："你身上有颗红痣，你能说出它在哪里，我就相信你。"那个鬼答不出来，不一会儿就渐渐散去了。从此之后再也没有出现。由这件事可以体悟到不仅人世间人情狡狯，就连鬼也是这样，又能悟到情感有所牵挂时，一定会让别人趁机捣乱。廖太学自己说："有个做饭的婢女死后埋在这座山脚下，一定是她知道我想念什么人，才让众鬼这么做的。"由此又可以悟到，如果外患突然降临，一定是有内奸。

有婢恶猫窃食

舅祖陈公德音家，有婢恶猫窃食，见则挞之。猫闻其咳笑，即窜避。一日，舅祖母郭太安人使守屋。闭户暂寝，醒则盘中失数梨。旁无他人，猫犬又无食梨理，无以自明，竟大受捶楚。至晚，忽得于灶中，大以为怪。验之，一一有猫爪齿痕。乃悟猫故衔去，使亦以窃食受挞也。“蜂虿有毒”，信哉。婢愤恚[①]，欲再挞猫。郭太安人曰：“断无纵汝杀猫理，猫既被杀，恐冤冤相报，不知出何变怪矣。”此婢自此不挞猫，猫见此婢亦不复窜避[②]。

注释

①愤恚：怨恨。

②窜避：逃窜，逃亡。

译文

我的舅祖陈德音先生家中有个婢女，很讨厌猫偷吃食物，看到了猫就打。猫一听到她咳嗽说笑的声音就逃走。一天，舅祖母郭太夫人命令婢女看守屋子。婢女关上门就小睡一下，醒来的时候发现盘子中有几个梨子不见了，旁边又没有其他的人，猫狗又不会吃梨，这个婢女有口也无法替自己辩解，竟因此挨了一顿鞭打。到了晚上，有人在灶孔中忽然发现了那几个丢失的梨子，觉得非常奇怪。检查后，发现每个梨子上面都有猫的爪齿痕迹，才明白是猫故意将梨子衔走了，使婢女因偷吃而受到鞭打。“蜂虿有毒”，诚然是这样啊。婢女非常气愤，想要再打猫，郭太安人说道：“断断没有纵容你杀猫的道理。猫如果被打死了，恐怕会冤冤相报，不知道会出现什么怪事。”从此这个婢女再也不打猫，猫见到这个婢女也不再逃跑回避。

土地神喜贺鸳鸯佳偶

桐城耿守愚言：一士子游嵩山，搜剔古碑[①]，不觉日晚。时方盛夏，因藉草眠松下。半夜露零，寒侵衣袖，噤而醒[②]。偃卧看月[③]，遥见数人从小径来，敷席山冈[④]，酌酒环坐。知其非人，惧不敢起，姑侧听所言。一人曰：“二公谪限将满，当入转轮，不久重睹白日矣。受生何所，已得消息否？”上坐二人曰：“尚不知也。”既而皆起，曰：“社公来矣。”俄一老人扶杖至，对二人拱手曰：“顷得冥牒，来告喜音：

二公前世良朋，来生嘉耦[5]。”指右一人曰：“公官人。”指左一人曰：“公夫人也。”右者顾笑，左者默不语。社公曰：“公何悒悒[6]？阎罗王宁误注哉！此公性刚直，刚则凌物，直则不委曲体人情。平生多所树立，亦多所损伤。故沈沦几二百年，乃得解脱。然究君子之过，故仍得为达官。公本长者，不肯与人为祸福。然事事养痈不治[7]，亦贻患无穷。故堕鬼趣二百年，谪堕女身。以平生深而不险，柔而不佞[8]，故不失富贵。又以此公多忤，而公始终与相得，故生是因缘。神理分明，公何悒悒哉？”众哗笑曰：“渠非悒悒，直初作新妇，未免娇羞耳。有酒有肴，请社公相礼，先为合卺可乎！”酬酢喧杂[9]，不复可辨。晨鸡俄唱，各匆匆散去，不知为前代何许人也。

注释

①搜剔：搜寻。

②噤 jìn：因寒冷而牙齿打颤。

③偃卧：仰卧。

④敷席：铺开席子。

⑤嘉耦：美满姻缘。

⑥悒 yì 悒：忧愁不乐的样子。

⑦养痈：指姑息养奸。

⑧佞：善辩，巧言谄媚。

⑨酬酢 zuò：宾客之间互相敬酒。

译文

桐城人耿守愚说：有个士人游览嵩山，搜集抄录古碑上的文字，不知不觉天色已晚。当时正值盛夏，于是他就睡在草丛中、松树下。到了半夜露水下来，寒气侵袭他的衣襟，他打着冷颤醒过来，便躺着看月亮，远远地看见几个人从小路上走过来，在山冈上铺开席子，摆满酒食果品，围坐在一起喝酒。士子知道他们不是人类，害怕不敢起来，姑且侧耳倾听，听听他们都说了些什么。其中一个人说道："二位贬谪的期限就要满了，应当投生转世，不久就可以重见天日了，不知二位将要托生到哪里呢？已经得到消息了吗？"坐在上首的两个人说道："还不知道。"接着，大家都站起来，说道："土地公来了。"一会儿一个老人拄着拐杖过来，对这两人拱手说道："刚刚得到阴间的文书，特来告知二位喜讯。二位上辈子是好朋友，来生还会做佳偶。"土地公指着右边的一个人说道："你投生为官人。"指着左边的一个人说道："你就是官人的夫人。"右边的人听了，看着左边的人笑，左边的人却沉默不语。土地公问道："你为何郁郁不乐？难道是阎罗王弄错了？这个人性情刚直，刚毅就会盛气凌人，正直就会不知道委曲求全、体察人情，平生多有所建树，但是也多有损伤，所以沉沦了几乎两百年，才得到解脱。但是终究是君子的过错，所以转生后仍旧可以成为大官。你本是一个忠厚的长者，既不给别人带来祸患，也没给别人带来福分。由于你事事都姑息养奸，没有去纠正，也留下无穷祸患，所以沦为鬼魂两百年，贬谪你投生为女子。因为你平生虽然心机深但是不阴险，柔弱但不奸佞，所以没有失去富贵。又因为这位先生平生对你多有得罪，但是你始终与他友好相处，所以你们之间才结下这个姻缘。神仙的道理十分清楚，你为何还郁郁不乐呢？”众人大笑道：“他并不是闷闷不乐，只不过是刚刚做新娘，未免觉得娇羞罢了。这里有酒有菜，还请土地公主持婚礼，先给他们把婚礼办了，怎么样？”于是大家觥筹交错，吵吵嚷嚷，再也听不清楚了。等到晨鸡鸣唱，大家都各自散去。士人也不知道他们在前代都是些什么人。

邻居甲与乙

李应弦言：甲与乙邻居世好，幼同嬉戏，长同砚席[①]，相契如兄弟。两家男女时往来，虽隔墙，犹一宅也。或为甲妇造谤，谓私其表弟。甲侦无迹[②]，然疑不释，密以情告乙，祈代侦之。乙故谨密畏事，谢不能。甲私念未侦而谢不能，是知其事而不肯侦也，遂不再问，亦不明言；然由是不答其妇。妇无以自明，竟郁郁死。死而附魂于乙曰："莫亲于夫妇，夫妇之事，乃密祈汝侦，此其信汝何如也。使汝力白我冤[③]，甲疑必释；或阳许侦而徐告以无据，甲疑亦必释。汝乃虑脱侦得实，不告则负甲，告则汝将任怨也。遂置身事外，恝然自全[④]，致我赍恨于泉壤[⑤]，是杀人而不操兵也。今日诉汝于冥王，汝其往质。"竟颠痫数日死。甲亦曰："所以需朋友，为其缓急相资也。此事可欺我，岂能欺人？人疏者或可欺，岂能欺汝？我以心腹托汝，无则当言无，直词责我勿以浮言间夫妇；有则宜密告我，使善为计，勿以秽声累子孙。乃视若路人，以推诿启疑窦，何贵有此朋友哉！"遂亦与绝，死竟不吊焉。乙岂真欲杀人哉，世故太深，则趋避太巧耳。然畏小怨，致大怨；畏一人之怨，致两人之怨。卒杀人而以身偿，其巧安在乎？故曰，非极聪明人，不能作极懵懂事。

注释

①砚席：砚台和坐席，指学习。

②侦：侦查，探听。

③白：陈述。

④恝 jiá 然：冷漠不关心的样子。

⑤赍 jī 恨：抱恨。泉壤：泉下，指阴间。

译文

李应弦说：甲与乙是邻居，世代友好，小时候他们一起玩耍嬉戏，长大了又一起上学，默契友爱如同兄弟一般。两家的男男女女也时常往来，虽然隔了一堵墙，但好像是在一个宅院里。有人给甲造谣说他的妻子和表弟私通。甲去调查也没有根据，但是还是心存疑惑没有释怀，私下里将这件事情告诉了乙，请求乙来帮他调查。乙向来都谨慎怕事，就推辞说帮不了。甲心想乙还没有去调查就说办不了，便是乙心中知道这件事情，不肯相助去调查，于是就不再过问，也不再明说，不过从那以后甲就不再搭理他的妻子。他的妻子无法自己表明清白，竟然郁郁而终。死后附魂到乙的身上，说道："没有比夫妇之间更亲密的了，夫妻之间的事，却私下里让你帮忙侦查，这说明我夫君是多么信任你啊。如果你能极力陈述我是冤枉的，甲一定不再怀疑我；或者你假装答应帮他调查，慢慢告诉他没有证据，甲也一定不会怀疑我。你却害怕调查情况属实，不告诉他又恐怕辜负了甲，告诉他又恐怕我将怨恨你，于是你就置之度外，小心谨慎地保全你自己，致使我带着怨恨死去，你这是杀人不用刀啊。今天我要到阴间去告你，跟我对质去吧！”乙后来竟然发了几天疯就死去了。甲也说：“人之所以需要好朋友，是因为在困难的时候会彼此给予帮助，这件事可以欺骗我，怎能欺骗到别人？关系疏远的人或许可以欺骗，又怎能够骗你？我把心腹之事托付给你，没有的话就应当说没有，直言责备我不要因为谣言而伤害夫妻之间的感情；有的话就悄悄告诉我，使我有个处理的好方法，不会让丑闻累及到子孙。而你竟然把我看成路人，用推诿的方式来让我心生疑惑，我还看重这种朋友做什么呢？于是也与他绝交。乙死后也不去吊唁。乙难道真的是想杀人吗？是他太精于世故人情，趋避退让过于机巧。但是害怕小的怨恨的话，总会招致大的怨恨。害怕一个人的怨恨，却招致两个人的怨恨。最后害死了别人还要赔上自己的性命，他的机巧又在哪里呢？所以说，不是聪明绝顶的人，不会做最糊涂的事情。

是梦是真

《列子》谓蕉鹿之梦[1]，非黄帝、孔子不能知。谅哉斯言[2]！余在西域，从办事大臣巴公履视军台。巴公先归，余以未了事暂留，与前副将梁君同宿。二鼓有急递，台兵皆差出，余从睡中呼梁起，令其驰送，约至中途遇台兵则使接递。梁去十馀里，相遇即还，仍复酣寝[3]。次日，告余曰："昨梦公遣我赍廷寄[4]，恐误时刻，鞭马狂奔。今日髀肉尚作楚[5]。真大奇事！"以真为梦，仆隶皆粲然[6]。余乌鲁木齐杂诗曰："一笑挥鞭马似飞，梦中驰去梦中归。人生事事无痕过（东坡诗："事如春梦了无痕。"），蕉鹿何须问是非？"即纪此事也。又有以梦为真者。族兄次辰言：静海一人，就寝后，其妇在别屋夜绩[7]。此人忽梦妇为数人劫去，噩而醒，不自知其梦也，遽携梃出门追之。奔十馀里，果见旷野数人携一妇，欲肆强暴，妇号呼震耳。怒焰炽腾，奋力死斗，数人皆被创逸去。近前慰问，乃近村别一人妇，为盗所劫者也。素亦相识，姑送还其家。惘惘自返，妇绩未竟，一灯尚荧然也。此则鬼神或使之，又不以梦论矣。

注释

①蕉鹿：指梦幻。

②谅：信实。

③酣寝：酣睡，熟睡。

④赍：寄，送。廷寄：清朝时，皇帝下给地方高级官员的谕旨。

⑤髀 bì 肉：大腿上的肉。作楚：作痛。

⑥粲然：笑的样子。

⑦绩：把麻搓捻成线或绳索。

译文

《列子》说的“蕉鹿之梦”，除了黄帝、孔子那样的人，是没有人能明白的，这话确实有道理。我在西域的时候，跟随办事大臣巴公巡视军台。巴公先回家了，我因为还有事情没有处理完就暂时留在了那里，与前任副将梁君睡在一间屋里。二更天的时候，有一份紧急公文，军台上的士兵都出去当差了，我将梁君从睡梦中叫醒，让他骑马去送，并说好半路上只要遇到台兵就可以让他们去送公文。梁君策马奔驰了十多里路，遇到台兵就回来了，回来后仍然酣睡。第二天，告诉我说：“昨天梦到你派我去寄公文，我怕耽误时辰，就策马狂奔，累得我现在大腿都还在痛，真是个大怪事！”他以为是真的在做梦，仆从都大笑起来。我曾经在《乌鲁木齐杂诗》中写道：“一笑挥鞭马似飞，梦中驰去梦中归。人生事事无痕过（东坡诗句：“事如春梦了无痕。”），蕉鹿何须问是非。”记载的就是这件事。还有把梦当真的。我的族兄次辰说：静海县有个人，睡了之后，他的妻子在别的房间纺线。他忽然梦见妻子被几个人给劫走了，从噩梦中惊醒，不知道自己是做了一个梦，就迅速拿着一根木棍出门去追。狂奔十多里路后，果然看见旷野上几个人，挟持着一个妇女想要强暴她。妇女的哀号声震耳。这个人怒火冲天，上前奋力搏斗，几个人都被打伤逃跑了。这个人上前去询问妇女，才发现竟然是近村别人的妻子，被强盗劫持到了这里。平常他俩也互相认识，这人就送她回家。他痴痴惘惘地回到家里，见自己的妻子仍然还在搓绳，屋里还亮着一盏灯。这或许是鬼神使他这样做，那就不能算是梦了。

屠者买一牛

临清李名儒言：其乡屠者买一牛，牛知为屠也，缒不肯前，鞭之则横逸。气力殆竭，始强曳以行。牛过一钱肆[①]，忽向门屈两膝跪，泪涔涔下[②]。钱肆悯之，问知价八千，如数乞赎。屠者恨其狞[3]，坚不肯卖，加以子钱亦不许，曰："此牛可恶，必剚刃而甘心[4]，虽万贯不易也。"牛闻是言，蹶然自起，随之去。屠者煮其肉于釜，然后就寝。五更，自起开釜。妻子怪不回，疑而趋视，则已自投釜中，腰以上与牛俱糜矣。夫凡属含生，无不畏死。不以其畏而悯恻，反以其畏而恚愤，牛之怨毒，加寻常数等矣。厉气所凭，报不旋踵[5]，宜哉。先叔仪南公，尝见屠者许学牵一牛。牛见先叔，跪不起。先叔赎之，以与佃户张存。存豢之数年[6]，其驾耒服辕[7]，力作较他牛为倍。然则恩怨之间，物犹如此矣，可不深长思哉！

注释

①钱肆：钱庄。

②涔 cén 涔：泪流不断的样子。

③狞 níng：凶恶，凶猛。

④剚 zì 刃：用刀剑刺杀。

⑤旋踵 zhǒng：掉转脚跟，形容时间很短。

⑥豢：喂养，并特指喂养牲畜。

⑦驾耒 lěi 服辕：指耕地驾车。

译文

临清人李名儒说：他乡里有个屠夫买了一头牛，牛知道自己要被宰杀了，拉它也不肯往前走，屠夫鞭打它，它就向侧面躲开。屠夫力气都用光了，牛才勉强前行。经过一个钱庄，牛忽然对着钱庄的大门双膝跪下，泪水涔涔地流下来。钱庄的人怜悯它，一问知道价钱是八千，就想按着这个价钱去把它买下。屠夫憎恶牛的犟脾气，就坚持不肯卖，钱庄的人给他再高的价钱也不卖，说道："这头牛太可恶了，我一定要杀了它才甘心，就是你给我一万贯钱我也不卖。"牛听了这话，就猛然间自己站起来，跟着他走了。屠夫把牛杀了后放在大锅里煮，然后就去睡觉了。五更天的时候，屠夫起床去打开锅盖看一看，去了很久都没有回来，他妻子觉得很奇怪，就起身去看看是怎么回事，一看才发现屠夫已经自己掉到了锅里面，腰以上的身体已经跟牛一起煮烂了。凡是有生之物，没有不怕死的，不因为它们害怕而怜悯它们，反而还要因为它们的害怕而愤恨它们，这样的话，牛的怨毒就远远超出寻常。凭着一股报复的邪恶之气，报复在眨眼之间就来到，也是恰当的。我的先叔父仪南先生，曾见到一个叫许学的屠夫牵着一头牛走。牛见到了先叔父之后，就跪在地上不起来。先叔父就把这头牛买了回来，交给佃户张存。张存养这头牛好几年，牛拉犁耕田、驾车奔走，比别的牛加倍卖力。恩怨之间，动物尚且如此，人不可不深思啊！

天女

林教谕清标言：曩馆崇安[①]，传有士人居武夷山麓，闻采茶者言，某岩月夜有歌吹声，遥望皆天女也。士人故佻达[②]，乃借宿山家，月出辄往，数夕无所遇。山家亦言有是事，但恒在月望[③]，岁或一两闻，不常出也。士人托言习静[④]，留待旬馀。一夕，隐隐似有声，乃潜踪急往，伏匿丛薄间[⑤]。果见数女皆殊绝，一女方拈笛欲吹，瞥见人影，以笛指之。遽僵如束缚，然耳目犹能视听。俄清响透云，曼声动魄，不觉自赞曰："虽遭禁制，然妙音媚态，已具赏矣。"语未竟，突一帕飞蒙其首，遂如梦魇，无闻无见，似睡似醒。迷惘约数刻，渐似苏息。诸女叱群婢曳出，谯呵曰[⑥]："痴儿无状[⑦]，乃窥伺天上花耶？"趣折修篁[⑧]，欲行棰楚。士人苦自申理，言性耽音律[⑨]，冀窃听幔亭法曲，如李谟之傍宫墙，实不敢别有他肠，希彩鸾甲帐。一女微哂曰[⑩]："悯汝至诚，有小婢亦解横吹[⑪]，姑以赐汝。”士人匍匐叩谢，举头已杳。回顾其婢，广颡巨目[12]，短发鬈鬙，腰腹彭亨，气咻咻如喘。惊骇懊恼，避欲却走。婢固引与狎，捉搦不释[13]。愤击仆地，化一豕嗥叫去。岩下乐声，自此遂绝。观于是婢，殆是妖，非仙矣。或曰：“仙借豕化婢戏之也。”倘或然欤？

注释

①曩：曾经，从前。

②佻 tiāo 达：放荡轻浮。

③月望：满月，农历每月十五日时。

④托言：借口。

⑤丛薄：茂密的草丛。

⑥谯 qiào 呵：呵斥。

⑦无状：指行为没有礼貌。

⑧修篁 huáng：修长的竹子。

⑨耽：沉溺，入迷。音律：泛指音乐。

⑩哂 shěn：讥笑。

⑪横吹：横笛；短箫。

⑫颡 sǎng：额头，脑门。

⑬捉搦 nuò：捉弄。

译文

教谕林清标说：他曾经在崇安县教书，相传有个士人住在武夷山麓，士人听采摘茶叶的人说，某个岩石处晚上有歌声和奏乐声，远远看去，都是一群仙女。这个士人向来轻佻，于是就借住在山村人家里，月亮出来时就前往岩石处，几个晚上过去都没有遇到仙女。山里人家也说有这件事，但仙女们奏乐总是在十五才出现，一年也就能听到一两次，不会经常出来。士人假托说自己喜欢安静，留在山里人家中十多天。一天晚上，他隐隐听见好像有乐声，便悄悄地急忙跑去，躲在草丛间，果真看见了几个非常漂亮的女子，一个女子正要拿起笛子吹响，瞥见了人影，用笛子一指，那个他顿时就浑身僵硬，好像被捆住了一般，但是他的耳朵能听见，眼睛也能看见。一会儿美妙的歌声响起，响彻云霄，歌声曼妙，牵动人的魂魄，这个士人不觉赞叹道："虽然我遭了禁锢，但是仙女美妙的歌声、曼妙的姿态都已经欣赏过了。"话还没说完，忽然一块手帕蒙住了他的脑袋，于是他就像是在梦魇中，看不见也听不见，好像睡了又好像醒着，就这样迷惘了一段时间，才渐渐苏醒过来。众仙女叫婢女们把他拉出，呵斥道："你这个庸夫俗子，行为太不检点了，为何要窥视天上的仙女？"说完叫婢女们折来长竹条，准备鞭打他，士人苦苦申辩，说他爱好音律，希望偷偷听闻和领教仙曲。就好像是李謩倚靠着宫墙听曲子一样，实在是不敢有其他的心思，不敢奢望有所艳遇。一个仙女微微讥笑道："我怜悯你这番至诚之心。我这有个小婢女，也很会吹横笛，就把她赏赐给你。"士人匍匐着叩首谢过，抬头一看，仙女们都失踪了，回头一看那个婢女，额头宽阔，眼睛巨大，头发短而蓬松，腰腹粗壮，气息咻咻地好像在喘气。士人惊骇懊恼不已，回避她想要走，那个婢女却强拉着他要与他亲昵欢好，捉弄他不松手，士人气愤之下将她一拳打倒在地上，只见她化作一头猪长嗥一声离去。岩石下的音乐声从此之后就再也听不到了。就那个婢女来看，大概那些人是妖而不是仙。有人说："是仙女借用猪将它幻化成婢女来戏弄士人罢了。"也许是这样吧。

恕斋公微服私访记

明公恕斋，尝为献县令，良吏也。官太平府时，有疑狱[①]，易服自察访之。偶憩小庵，僧年八十馀矣，见公合掌肃立，呼其徒具茶。徒遥应曰："太守且至，可引客权坐别室[②]。"僧应曰："太守已至，可速来献。"公大骇曰："尔何以知我来？"曰："公一郡之主也，一举一动，通国皆知之，宁独老僧！”又问：“尔何以识我？”曰：“太守不能识一郡之人，一郡之人则孰不识太守。”问：“尔知我何事出？”曰：“某案之事，两造皆遣其党，布散道路间久矣，彼皆阳不识公耳。”公怃然自失[3]，因问：“尔何独不阳不识？”僧投地膜拜曰：“死罪死罪！欲得公此问也。公为郡不减龚、黄，然微不慊于众心者，曰好访。此不特神奸巨蠹[4]，能预为蛊惑计也；即乡里小民，孰无亲党，孰无恩怨乎哉？访甲之党，则甲直而乙曲[5]；访乙之党，则甲曲而乙直。访其有仇者，则有仇者必曲；访其有恩者，则有恩者必直。至于妇人孺子，闻见不真，病媪衰翁，语言昏愦，又可据为信谳乎[6]？公亲访犹如此，再寄耳目于他人，庸有幸乎？且夫访之为害，非仅听讼为然也。闾阎利病[7]，访亦为害，而河渠堤堰为尤甚。小民各私其身家，水有利则遏以自肥[8]，水有患则邻国为壑，是其胜算矣。孰肯揆地形之大局，为永远安澜之计哉[9]？老僧方外人也，本不应预世间事，况官家事耶？第佛法慈悲[10]，舍身济众，苟利于物，固应冒死言之耳。惟公俯察焉。”公沉思其语，竟不访而归。次日，遣役送钱米。归报曰：“公返之后，僧谓其徒曰：‘吾心事已毕。’竟泊然逝矣[11]。”此事杨丈汶川尝言之，姚安公曰：“凡狱情虚心研察，情伪乃明，信人信己皆非也。信人之弊，僧言是也；信己之弊，亦有不可胜言者。安得再一老僧，亦为说法乎！”

注释

①疑狱：疑难不明的案件。

②权：权且，姑且。

③怃然：怅然失意的样子。

④神奸巨蠹 ：指奸猾狡诈的人。

⑤直：公正合理。曲：不公正。

⑥信谳 ：证据确凿的判决。

⑦闾阎：泛指平民百姓。闾，泛指门户；人家。阎，指里巷的门。

⑧遏：阻止，拦截。

⑨安澜：安定；太平。

⑩第：但是。

⑪泊然：恬淡安然。

译文

明恕斋先生，曾经担任献县令，是一个好官。他在太平府做官的时候，有一个疑案，便换了便装亲自去查访。偶然在一个小庵中休憩，庙中一个和尚八十多岁了，见到了恕斋后合掌肃立，招呼他的徒弟备茶相待。徒儿远远地回答道：“太守将要来了，可否带领客人暂且坐在别的屋里？”老和尚说道：“太守已经来了，你还不快快端上茶来？”恕斋大为惊讶，问道：“你怎么知道我已经来了。”老和尚对答道：“您是一郡之主，您的一举一动全郡都知道，何止我一个老僧呢？”恕斋又问：“你为何会认识我？”老和尚说道：“太守不能认识一郡里的人，但是郡中的人，哪个不认识太守呢？”恕斋又问道：“你可知道我是为何事来到这里吗？”老和尚说道：“您是为了某个案子。当事的双方早就派出了他们的同党，散布在道路上充当耳目已经很久了，只是他们都装作不认识你罢了。”恕斋怅惘若有所失，又问道：“那你怎么不装作不认识我呢？”老和尚跪在地上磕头道：“死罪死罪！我就等着您问这一句话。您作为太守，政绩卓越，不逊于当年的龚遂、黄霸。只是有一处稍不能让百姓感到满意，就是您喜欢微服私访，这样容易让那些奸猾狡诈的人利用，趁此预先谋划好他们的计划。乡里人家，谁没有亲朋党友？谁没有恩恩怨怨？您如果访问到甲的朋党，就会得出甲是对的。乙没有道理的结论；如果访问到了乙那里，那么就是甲没理而乙是对的。访问到了与当事人是仇家的，那么当事人就一定会没理；访问到与当事人有恩的，那么当事人就一定有理。至于妇女小孩，所见所闻也不真实，病中老妇衰弱老翁，说话糊涂，又怎么可以作为证据呢？您亲自访问尚且如此，更何况要别人做耳目，能有作用吗？而且私访的害处不仅仅在判案断狱上，也对民风不利，这其中以修筑河渠堤坝最为严重。小民各自只顾及自身的利益，当兴建水利于自己有利的时候，就会拦截自己使用，当水满为患就将灾难推给别人，这就是他们的胜算。有谁肯出来勘察地形，根据大局制定长久安乐的计划呢？老僧本是世外之人，本来不应该干预世间的事情，更何况是官家的事务？只是我念佛法慈悲，舍身济众，如果有利于事，就该冒着死罪相告，还望您体察。”恕斋沉思着老僧所说的话，竟也没有再去查访，回家去了。第二天，他派人送钱米到小庵中，小吏回去报告恕斋说道：“您回来之后，那个老僧就对他的徒儿们说道：‘我的心事已经了结。’之后竟然安然圆寂了。”这件事情是杨汶川老先生曾告诉我的。先父姚安公说：“但凡案子必须要虚心研究，仔细考察，事情真伪才能明了，一味相信别人或者自己都是错误的做法。相信别人的弊端，老僧已经说得很清楚了；相信自己的弊端，也有多不胜举的例子。什么时候再有一位老僧人，也为我们说法呀！”

小人之计万变

小人之计万变，每乘机而肆其巧。小时，闻村民夜中闻履声，以为盗，秉炬搜捕[①]，了无形迹。知为魅也，不复问。既而胠箧者知其事[②]，乘夜而往。家人仍以为魅，偃息弗省[③]。遂饱所欲去。此犹因而用之也。邑有令，颇讲学，恶僧如仇。一日，僧以被盗告。庭斥之曰："尔佛无灵，何以庙食？尔佛有灵，岂不能示报于盗，而转渎官长耶？"挥之使去，语人曰："使天下守令用此法，僧不沙汰而自散也[④]。"僧固黠甚，乃阳与其徒修忏祝佛，而阴赂丐者，使捧衣物跪门外，状若痴者。皆曰佛有灵，檀施转盛。此更反而用之，使厄我者助我也。人情如是，而区区执一理与之角，乌有幸哉！

注释

①炬：火把。

②胠 qū 箧者：指小偷。

③偃息：休息。

④沙汰：淘汰。

译文

人的计谋诡变多端，每每会趁机施行奸巧计谋。我小时候听说，村里人晚上听到了脚步声，以为是强盗，就拿着火把到处搜捕，但不见任何踪迹，大家知道是鬼魅，也就不再过问。不久，小偷知道了这件事，就在晚上去偷东西。被偷的这户人家仍然以为是鬼魅，就都休息去了没有理睬。小偷也得以肆意偷盗。这是件趁人们疏忽而做的事。这个县的县令，信奉道学，憎恶僧人就好像仇人一般。一天僧人因为被偷就上衙门告状，没想到县令当堂斥责他道：“你的佛不灵验，为何能得到供养？你的佛显灵的话，难道不会让强盗得到报应吗？来到我这里告状烦扰我们干吗？”挥挥手让他下去了。县令对别人说道：“假使天下的守令用我的这个法子，僧人不用淘汰就自己解散了。”这个僧人本来就很聪慧狡黠，于是假装与他的徒弟在佛像前忏悔祝祷，而私底下却贿赂乞丐，使他捧着衣服跪在寺庙门外，像一个痴呆的傻子一样。大家都说这里的佛法灵验。众人的布施反而更多了。这件事更是反用计谋，使害我的人变成帮助我的人。人情都是这样，仅仅倚仗一种道理而跟别人争斗，哪有什么好结果啊！

解铃还须系铃人

一恶少感寒疾，昏愦中魂已出舍，怅怅无所适。见有人来往，随之同行。不觉至冥司，遇一吏，其故人也。为检籍良久，蹙额曰[①]：“君多忤父母，于法当付镬汤狱[②]。今寿尚未终，可且反，寿终再来受报可也。”恶少惶怖，叩首求解脱。吏摇首曰：“此罪至重，微我难解脱，即释迦牟尼亦无能为力也。”恶少泣涕求不已。吏沈思曰：“有一故事，君知乎？一禅师登座，问：‘虎颔下铃，何人能解？’众未及对，一沙弥曰：‘何不令系铃人解。’得罪父母，还向父母忏悔，或希冀可免乎！”少年虑罪业深重，非一时所可忏悔。吏笑曰：“又有一故事，君不闻杀猪王屠，放下屠刀，立地成佛乎？”遣一鬼送之归，霍然遂愈。自是洗心涤虑，转为父母所爱怜，后年七十馀乃终。虽不知其果免地狱否，然观其得寿如是，似已许忏悔矣。

注释

①蹙额：皱着眉头。

②镬汤：地狱中用滚烫的开水烹煮的酷刑。

译文

一个恶少患了寒症，昏迷中灵魂已经走出了自己的家，怅惘徘徊不知道要去哪里。他看见有人往前走，也跟着他们一起走。不知不觉中来到了阴间，遇到一个小吏，是他以前认识的人。小吏为他在生死簿上查阅了很久，皱着眉说道："你经常忤逆父母，不孝顺，按照冥法，你应当下汤锅。现在你的寿命还没有完，你可以暂且回去，寿命完了再来地狱接受报应。"恶少惶恐，向他磕头求得解脱的办法。小吏摇摇头说道："这个罪过非常深重，不仅是我难以使你解脱，就算是释迦牟尼也无能为力。"恶少哭着还在求饶。小吏沉思了一会儿说道："有这样一个故事，你知道吗？一个禅师登上法座，问道：'老虎脖子上系了个铃铛，有谁能解开？'众人都没有回答。一个沙弥说道：'为何不让系铃的人来解开呢！'你得罪了父母，回去向父母忏悔，或许有希望可以免罪吧！"恶少担心罪业太重，不是一时忏悔就能了事。小吏笑着说道："又有一个故事。你有没有听说过杀猪的王屠夫，放下屠刀后立地成佛的故事呢？"于是派遣一个鬼卒将恶少送走。恶少霍然惊醒，他的病一下子就好了，从此之后洗心革面彻底悔改，反而被父母怜爱。一直活到了七十多岁才去世。虽然不知道他在阴间是不是果真免去了地狱之苦，但从他的寿命来看，好像冥司已经接受他的忏悔了。

耿某捉鬼

毛其人言：有耿某者，勇而悍。山行遇虎，奋一梃与斗，虎竟避去，自以为中黄、佽飞之流也。偶闻某寺后多鬼，时嬲醉人，愤往驱逐。有好事数人随之往。至则日薄暮，乃纵饮至夜，坐后垣上待其来。二鼓后，隐隐闻啸声，乃大呼曰："耿某在此。"倏人影无数，涌而至，皆吃吃笑曰："是尔耶，易与耳。"耿怒跃下，则鸟兽散去，遥呼其名而詈之。东逐则在西，西逐则在东，此没彼出，倏忽千变。耿旋转如风轮，终不见一鬼，疲极欲返，则嘲笑以激之。渐引渐远，突一奇鬼当路立，锯牙电目，张爪欲搏。急奋拳一击，忽嗷然自仆，指已折，掌已裂矣，乃误击墓碑上也。群鬼合声曰："勇哉！"瞥然俱杳，诸壁上观者闻耿呼痛，共持炬舁归。卧数日，乃能起，右手遂废。从此猛气都尽，竟唾面自干焉[①]。夫能与虓虎敌[②]，而不能不为鬼所困，虎斗力，鬼斗智也。以有限之力，欲胜无穷之变幻，非天下之痴人乎？然一惩即戒，毅然自返，虽谓之大智慧人，亦可也。

注释

①唾面自干：别人朝自己脸上吐口水，也不擦掉，让口水自己干。比喻受到侮辱，也能忍受。

②虓 xiāo 虎：咆哮怒吼的老虎。

译文

毛其人说：有个姓耿的人，勇敢、剽悍。在山上赶路的时候，遇到了老虎，就奋然上前，用一根木棍与它搏斗，老虎竟然怕他躲开了，从此之后，耿某人就自认为自己是中黄、佽飞一样的人物。他偶然听说某个寺庙中多鬼神，经常戏弄喝醉的人，就愤然前往去赶鬼。有几个好事的人跟着一起前往。到了日暮黄昏，几人开怀畅饮一直到晚上，坐在寺庙后面的墙上等着鬼来。二更天后，隐隐约约听见了呼啸声，于是耿某人就大声喊道："耿某在此！"倏然间，无数条人影一拥而来，都吃吃地笑道："是你呀！好对付！"耿某愤怒地跳下墙，鬼魂便鸟兽一般散开，远远地喊着耿某的名字骂他。耿某向东追逐他们，他们就出现在西方，往西去捉拿他们，他们又出现在东方，在这儿消失又在那边出现，倏忽间变化万端。耿某转来转去像个风轮，始终没有看见一个鬼，疲惫至极想要回去，群鬼就都嘲笑他以激怒他，惹得耿某又去追他们，将耿某渐渐引得越来越远，突然间一个奇怪的鬼挡在路上，牙齿像锯子，眼睛像闪电，张开爪子就要抓耿某。耿某急忙奋力一拳击过去，忽然惨叫一声，自己扑倒在地，手指已经折断，手掌也已经裂开了，耿某这才知道是不小心打在了一块墓碑上。群鬼一起说道："真勇敢呀！"一下子全都消失不见了。那些观看的人听到耿某痛苦的叫喊声，都赶过来，拿着火把将他抬了回去。在床上躺了几天后耿某才能起床，但是右手已经残废了。从此之后耿某勇猛的气势再也没有了，受到屈辱竟然也能自己忍受。他可以与猛虎争斗，但是被群鬼围困，跟老虎相斗，斗的是力气，跟鬼相斗，斗的是智慧。以有限的力量，想要胜过无穷的变幻，这难道不是天下的傻子吗？但是一次惩戒就让他明白过来，毅然回头，说他是有大智慧的人，也是可以的。

狼子野心

沧州一带海滨煮盐之地，谓之灶泡。袤延数百里[①]，并斥卤不可耕种[②]，荒草粘天，略如塞外，故狼多窟穴于其中[3]。捕之者掘地为阱，深数尺，广三四尺，以板覆其上，中凿圆孔如盂大[4]，略如枷状。人蹲阱中，携犬子或豚子[5]，击使嗥叫。狼闻声而至，必以足探孔中攫之[6]。人即握其足立起，肩以归。狼隔一板，爪牙无所施其利也。然或遇其群行，则亦能搏噬[7]。故见人则以喙据地嗥[8]，众狼毕集，若号令然，亦颇为行客道途患。有富室偶得二小狼，与家犬杂畜，亦与犬相安。稍长，亦颇驯[9]，竟忘其为狼。一日，主人昼寝厅事，闻群犬呜呜作怒声，惊起周视，无一人。再就枕将寐，犬又如前。乃伪睡以俟，则二狼伺其未觉，将啮其喉，犬阻之不使前也。乃杀而取其革。此事从侄虞惇言。狼子野心，信不诬哉！然野心不过遁逸耳，阳为亲昵，而阴怀不测，更不止于野心矣。兽不足道，此人何取而自贻患耶！

注释

①袤：南北距离的长度。

②斥卤：盐碱；盐碱地。

③窟穴：穴居；居住。

④盂：盛饭的器皿。

⑤豚子：猪仔。

⑥攫：抓取。

⑦搏噬：搏击吞噬。

⑧喙：嘴巴。

⑨驯：顺从，驯良。

译文

沧州一带的海边，盛产海盐，将设灶煮盐称为“灶泡”。盐地广袤，绵延几百里，土地充斥着盐碱，不能耕种。于是这里荒草连天，有些像塞外，所以狼多在这一带居住。捕狼的人在地上挖洞设成陷阱，深几尺，宽三四尺，用木板盖在上面，中间凿一个像碗口那样大小的圆孔，形状有点像枷锁。人就蹲在陷阱中，带着一只小狗或小猪，敲打它们，使它们嚎叫。狼听见声音就跑过来，一定会用爪子伸进小孔中去抓小狗或小猪，人就抓住狼的爪子迅速站起来，用肩膀扛着它回家。狼与人隔着一块木板，就算爪牙再锋利也没有用。但是如果遇到了狼群，狼就会与人搏斗撕咬。所以狼一见到人就会把嘴对着地上长嗥，一群狼都会围过来，就好像那只狼发号施令一般。这也是旅客在路途上的祸患。有一个富人偶然间得到了两只小狼，与家中的狗一起养，狼与狗也相处得很好，等到稍稍长大，也非常温驯，主人竟然也忘记它们本来是狼。一天，主人在厅堂里午睡，听见几条狗呜呜地发出愤怒的声音，他一下惊醒，起来向四周查看，没有什么人。于是就靠着枕头又要睡觉。狗群又像刚才一样发出呜呜的声音。他就假装睡去，静静等待。只见那两只狼趁着主人睡觉的时候，扑上前要咬断他的咽喉，幸好狗群扑上前去阻止，狼才没有得逞。于是主人将狼杀了，剥下它们的皮。这个故事是我的堂侄虞惇说的。“狼子野心”，实在不假！这两只狼的野心一开始只不过是隐匿而已，假装亲近，而实际上心怀不轨，就更不止是野心了。野兽微不足道，为何这个人要养狼自取祸患呢？

韩解元

同年邹道峰言：有韩生者，丁卯夏读书山中。窗外为悬崖，崖下为涧[①]。涧绝陡，两岸虽近，然可望而不可至也。月明之夕，每见对岸有人影，虽知为鬼，度其不能越，亦不甚怖。久而见惯，试呼与语。亦响应，自言是堕涧鬼，在此待替。戏以余酒凭窗洒涧内，鬼下就饮，亦极感谢。自此遂为谈友，诵肄之暇[②]，颇消岑寂[③]。一日试问：“人言鬼前知。吾今岁应举[④]，汝知我得失否？”鬼曰：“神不检籍，亦不能前知，何况于鬼。鬼但能以阳气之盛衰，知人年运；以神光之明晦，知人邪正耳。若夫禄命，则冥官执役之鬼，或旁窥窃听而知之；城市之鬼，或辗转相传而闻之；山野之鬼弗能也。城市之中，亦必捷巧之鬼乃闻之，钝鬼亦弗能也。譬君静坐此山，即官府之事不得知，况朝廷之机密乎！”一夕，闻隔涧呼曰：“与君送喜。顷城隍巡山，与社公相语，似言今科解元是君也⑤。”生亦窃自贺。及榜发，解元乃韩作霖，鬼但闻其姓同耳。生太息曰：“乡中人传官里事，果若斯乎！”

注释

①涧：山间的水流。

②诵肄：读书修业。

③岑寂：孤独寂寞。

④应举：参加科举考试。明清指乡试。

⑤解元：科举考试中，乡试中的第一名。

译文

与我同年考上举人的邹道峰说：有一个姓韩的书生，于丁卯年的夏天在山中读书。窗外就是万丈悬崖，悬崖下是深涧。涧壁十分陡峭，两岸虽然很近，但是只能望见而不能到达。每当月光明亮的晚上，书生总能见到对岸有人影晃动，虽然知道是鬼，但书生心想他不能越过来，也就不害怕。久而久之，就习惯了，试着呼喊他，跟他说话，对岸的人也会响应，自称是坠入深涧而死的鬼，在这里等候替身。书生凭靠在窗台边，开玩笑地将喝剩的酒洒在深涧中，鬼下去饮用后，非常感谢他。从此之后，彼此就成为朋友。书生在读书之余，和他说说话儿也就没有那么寂寞。一天书生试着问道："别人都说鬼能预知。我今年赶考参加乡试，你可知道我考中了没有？"鬼回答说道："神仙要是不查阅册籍的话，也不能提前知道，更何况鬼呢？鬼只能根据人阳气的盛衰，预知人的寿命和命运；能根据神光的明朗与阴晦，知道人的邪恶与正义。至于官场前程、富贵贫贱之事，对在阴间当差役的鬼来说，或许能从旁偷看偷听才能得知，城市里的鬼，也是辗转道听途说而已，山野里的鬼魂，就更不能得知了。在城市里的鬼魂，一定得是迅捷灵巧的鬼才能听得到，而反应迟钝的鬼也不能得知。譬如你静坐在这山中，官府中的事情尚且不知道，更何况是朝中机密的事情呢？"一天晚上，书生听见山涧那边传来呼喊声："我给你送喜讯来了。刚才城隍爷巡山，与这里的土地公说话时，好像说今年的解元是你。"书生于是也心中窃喜。等到发榜的那天，发现解元竟然是韩作霖，鬼仅仅听到了一个同姓的人罢了。书生叹息道：“乡下人传播官府事务，果真如此啊！”

花妖妻妾

王史亭编修言：有崔生者，以罪戍广东。恐携孥有意外[①]，乃留其妻妾，只身行。到戍后，穷愁抑郁，殊不自聊，且回思“少妇登楼”，弥增忉怛[②]。偶遇一叟，自云姓董，字无念。言颇契，愍其流落[③]，延为子师，亦甚相得。一夕，宾主夜酌，楼高月满，忽动离怀，把酒倚栏，都忘酬酢。叟笑曰：“君其有‘云鬟玉臂’之感乎？托在契末[④]，已早为经纪[⑤]，但至否未可知，故先不奉告；旬月后当有耗耳。”又半载，叟忽戒僮婢扫治别室，意甚匆遽。顷之，则三小肩舆至[⑥]，妻妾及一婢揭帘出矣。惊喜怪问。皆曰：“得君信相迓[⑦]，嘱随某官眷属至。急不能久待，故草草来；家事托几房几兄代治，约岁得租米，岁岁鬻金寄至矣。”问：“婢何来？”曰：“即某官之媵，嫡不能容，以贱价就舟中鬻得也。”生感激拜叟，至于涕零。从此完聚成家，无复故园之梦。越数月，叟谓生曰：“此婢中途邂逅，患难相从，当亦是有缘。似当共侍巾栉，无独使向隅也。”又数载，遇赦得归。生喜跃不能寐，而妻妾及婢俱惨惨有离别之色。生慰之曰：“尔辈恋主人恩耶？倘不死，会有日相报耳。”皆不答，惟趣为生治装。濒行，翁治酒作饯，并呼三女出曰：“今日事须明言矣。”因拱手对生曰：“老夫地仙也。过去生中，与君为同官。殁后，君百计营求，归吾妻子，恒耿耿不忘。今君别鹤离鸾，自合为君料理；但山川绵邈[8]，二孱弱女子，何以能来？因摄召花妖，俾先至君家中半年，窥尊室容貌语言，摹拟俱似；并刺知家中旧事，使君有证不疑。渠本三姊妹，故多增一婢耳。渠皆幻相，君勿复思，到家相对旧人，仍与此间无异矣。”生请与三女俱归。叟曰：“鬼神各有地界，可暂出不可久越也。”三女握手作别，洒泪沾衣，俯仰间已俱不见。登舟时，遥见立岸上，招之不至矣。归后，妻子具言家日落，赖君岁岁寄金来，得活至今。盖亦此叟所为也。使世间离别人皆逢此叟，则无复牛女银河之恨矣。史亭曰：“信然。然粤东有地仙，他处亦必有地仙；董叟有此术，他仙亦必有此术。所以无人再逢者，当由过去生中原未受恩，故不肯竭尽心力缩地补天耳[9]。”

注释

①孥：妻子儿女。

②忉怛 dāodá ：悲伤，忧愁。

③愍 mǐn ：哀怜。

④契末：朋友之间对自己的谦称。

⑤经纪：料理；安排。

⑥肩舆：轿子。

⑦迓 yà ：迎接。

⑧绵邈：广远。

⑨缩地补天：改造天地，比喻做非凡的事情。

译文

翰林编修史王史亭说：有个姓崔的人，因为犯罪被罚到广东戍边。他担心携带家眷会出现意外，就留下妻妾在家中，孤身前往。到了戍边的地方后，他愁苦抑郁，情感无所寄托，又想到“少妇登楼”的场景，更增添一些忧愁。偶然间遇到了一个老翁，老翁自称姓董，字无念，他们言谈默契。老翁怜悯崔某离家流落他乡，便邀请他担任儿子的老师，师徒之间也相处融洽。一天晚上，宾主喝着酒，见那高楼满月，崔某忽然就触动了忧思离别之愁，把酒凭栏，竟忘了和老翁相酬之礼。老翁笑道：“你又有了‘云鬟玉臂’的感慨了吧？这些都包在我身上，我早已经为你安排过，但是不知道她们会不会来，所以先不告诉你，过了十天半月应当有音讯了。”又过了半年，老翁忽然命令僮仆婢女打扫一间屋子，看起来十分匆忙。过了一会儿，三辆轿子抬了过来，崔某的妻妾和一个婢女揭开了帘子出现在崔某面前。崔某又惊又喜，又奇怪，连忙询问。妻妾都说道：“我们收到了你的书信，说要我们前来，并嘱托我们跟着某一个官员的眷属一起来。因为那官员急着要走，不能久等，所以我们也就仓促收拾行李过来了。家中的事情托给了几房几兄代为管理，约定每年收取租米，每年卖了换成银两寄到我们这来。”崔某又问：“这个婢女从哪里来的？”妻妾回答道：“这女子是某个官员的小妾，因为不能被夫人容纳，我们就用低价在船中将她买了。”崔某万分感激老翁，直感动得泪流满脸。从此之后家人团聚，崔某不再想念故乡了。过了几个月，老翁对书生说道：“这个婢女是途中遇到的，一路患难跟随她们到了这里，跟你也是有缘分，你也应当让她给你侍寝，别让她一个人太孤单。”这样又过了几年，遇到赦免，崔某能得以回家。走之前，崔某高兴得睡不着觉，而妻妾和婢女都面色凄凄好像要离别的样子。崔某安慰她们道：“你们是感念主人的恩情吗？假若我们没有死，一定会有一天来报答的。”众人都没有回答，只是给他整理行装。临别之前，董老翁设一桌酒席给崔某饯行，并将三个女子叫出，拱手对崔某说道：“老夫实际上是地仙。在上辈子，我与你一同做官。我死后，你千方百计奔走，将我的妻儿送回了家乡。这让我总是耿耿不能忘记。现在你背井离乡，远离妻妾，所以才为你料理打算，但是山川绵延，两个羸弱的女子，如何能来呢？于是我就招来花妖，先让她们到你家住上半年，私底下偷偷观察你妻妾的容貌语言，模仿学习，并探知家中的旧事，以防止你怀疑。她们本来是姊妹三个人，所以才多出了一个婢女。她们都是幻化出来的，你不要再思念她们，等到你回家见到了妻妾，和这里见到的一样。”崔某请求和这三个女子一同回去。老翁说道：“鬼神各自有地界，可以暂时离开，但是不能长久逾越。”三个女子与他握手告别，恋恋不舍，泪水都沾湿了衣襟。转眼间，三个女子都已经消失不见。崔某登船的时候，远远看见她们都站立在岸边上，招呼她们，她们也不过来。崔某回到家后，妻子说家境日渐衰落，幸好他年年都寄钱过来，才得以活到现在。崔某这才知道这件事也是董老翁做的。假使世间离别飘荡的人都遇到了这个老翁，就不会有牛郎织女隔着银河不能相见的遗憾了。史亭说道：“确实是这样啊。但是广东有地仙，别的地方一定也有地仙；董老翁会这个法术，别的地仙也一定会这个法术。之所以没有人再遇到这样的人，应该是在前生中没有施予恩惠，所以地仙也不愿意竭尽心力、缩地补天地去相助。”

黠鬼

康师，杜林镇僧也。北俗呼僧多以姓，故名号不传焉，工疡医[①]，余小时曾及见之。言其乡人家一婢，怀春死，魂不散，时出祟人。然不现形，不作声，亦不附人语，不使人病。惟时与少年梦中接，稍尪瘦，则别媚他少年，亦不至杀人。故为祟而不以为祟。即尝为所祟者，亦梦境恍惚，莫能确执[②]。如是数十年，不为人所畏，亦不为人所劾治。真黠鬼哉！可谓善藏其用，善遁于虚，善留其不尽，善得老氏之旨矣。然终有人知之，有人传之，则黠巧终无不败也。

注释

①疡 yáng 医：指治疮伤。

②确执：明确认定。

译文

康法师，是杜林镇的和尚。北方风俗对僧人多以姓氏称呼，所以他的名号就没有传下来。康法师善于医治疮伤，我小时候，还见到过他。他说他的家乡有个婢女因为怀春，郁郁而死。死后，阴魂不散，时常出来作祟，但是既不现形也不出声，更不会附在别人的身上说话，也不会使人生病，唯独经常在梦中与少年欢好。少年因此稍微瘦下来后，她就去媚惑别的少年，也不至于杀死人。所以她作祟但是人们不认为她在作祟，即使曾经被她作祟的人，也因是在梦中恍恍惚惚，不能确定。像这样过了几十年后，人们也不怕她，她也不被人们劾治，真是个狡黠的鬼！这个女鬼可以说是善于隐藏她的目的，善于隐藏她的弱处，善于留有余地，适可而止，善于使用老子的守虚之旨。但是终会有人知道她，有人传说她，那么她的狡黠最终没有不败露的。

离魂倩女

门人徐通判敬儒言：其乡有富室，昵一婢，宠眷甚至。婢亦倾意向其主，誓不更适[1]。嫡心妒之而无如何。会富室以事他出，嫡密召女侩鬻诸人。待富室归，则以窃逃报。家人知主归事必有变也，伪向女侩买出，而匿诸尼庵。婢自到女侩家，即直视不语，提之立则立，扶之行则行，捺之卧则卧[②]，否则如木偶，终日不动。与之食则食，与之饮则饮，不与亦不索也。到尼庵亦然。医以为愤恚痰迷，然药之不效，至尼庵仍不苏。如是不死不生者月馀。富室归，果与嫡操刃斗，屠一羊沥血告神[③]，誓不与俱生。家人度不可隐，乃以实告。急往尼庵迎归，痴如故。富室附耳呼其名，乃霍然如梦觉。自言初到女侩家，念此特主母意，主人当必不见弃，因自奔归；虑为主母见，恒藏匿隐处，以待主人之来。今闻主人呼，喜而出也。因言家中某日见某人，某人某日作某事，历历不爽[④]。乃知其形去而魂归也。因是推之，知所谓离魂倩女，其事当不过如斯，特小说家点缀成文，以作佳话。至云魂归后衣皆重著，尤为诞谩[⑤]。著衣者乃其本形，顷刻之间，襟带不解，岂能层层搀入？何不云衣如委蜕，尚稍近事理乎。

注释

①更适：改嫁。

②捺 nà：用手按住。

③沥血：滴血祭祀。

④爽：差失；差错。

⑤诞谩 màn ：荒诞无稽。

译文

我的学生通判徐敬儒说：他的家乡有个富户，主人宠爱他家的一个婢女，钟爱眷恋她到了极点。婢女也对主人倾心，发誓不再嫁给别人。主人的正妻见此非常妒恨，但也无可奈何。正好这个富户因为有事出门，正妻便秘密招来人贩子将这个婢女贩卖出去。等到富户回来，就说这个婢女私下逃跑了。家人明白主人回来之后，事情一定会有变化，就又冒名从人贩子那里把婢女买了回来，私藏在尼姑庵中。婢女到了人贩子家里后，就眼睛发直，也不说话。把她扶起来她就站着，扶着她行走她就走着，把她按在床上她就躺下来，否则就像个木偶一样，一天到晚动都不动。给她吃的她就吃，给她喝的她就喝，不给她的话她也不索要。到了尼姑庵还是这样。医生以为她是由于愤怒导致神志不清，给她吃药也不见效果。到尼姑庵也没有苏醒过来。就这样不死不活地过了一个多月。富户回来后，（没看见婢女），果真与妻子操着刀子纠缠吵架，宰杀了一头羊，滴血祭告神灵，发誓与妻子斗个你死我活。家人揣度纸里包不住火了，就只好告诉主人实情。主人听了后急忙到尼姑庵去把婢女迎接回来，婢女还是那副痴痴傻傻的样子。富户就附在她耳朵边叫她的名字，她这才霍然惊醒，好像大梦一场。婢女自己说，她刚到人贩子家的时候，就想到把我卖出去应该是夫人的主意，主人是不会抛弃我的，于是就自己跑回家里来。害怕被夫人看见，就总是躲在隐蔽的地方，等着主人回来。现在听到了你呼喊我的名字，我一高兴就跑出来了。于是她说起在家里哪一天见到某人，某人哪一天做了某事，一件都没有差错。大家才知道她的形体虽然离开了家，但是灵魂却回来了。由这个故事推论，可知这就是所谓的“离魂倩女”，故事也不过如此，只是被小说家们点缀修饰成为佳话。至于说到灵魂归附形体之后，会穿两层一样的衣服，尤其荒诞。穿衣的是人的本形，在顷刻之间，她的襟带也解不开，怎么能一层层穿上衣服呢？何不说衣服像蜕皮一样蜕下来，尚且稍微接近事情的实际。

田不满

客作田不满（初以其取不自满假之义，称其命名有古意。既乃知以饕餮得此名[①]，取田填同音也），夜行失道[②]，误经墟墓间[③]，足踏一髑髅。髑髅作声曰：“毋败我面！且祸尔。”不满戆且悍[④]，叱曰：“谁遣尔当路！”髑髅曰：“人移我于此，非我当路也。”不满又叱曰：“尔何不祸移尔者？”髑髅曰：“彼运方盛，无如何也。”不满笑且怒曰：“岂我衰耶？畏盛而凌衰，是何理耶？”髑髅作泣声曰：“君气亦盛，故我不敢祟，徒以虚词恫喝也[⑤]。畏盛凌衰，人情皆尔，君乃责鬼乎！哀而拨入土窟中，公之惠也。”不满冲之竟过，惟闻背后呜呜声，卒无他异。余谓不满无仁心。然遇莽卤之人而以大言激其怒[⑥]，鬼亦有过焉。

注释

①饕餮 tāotiè：贪吃或贪婪的人。

②失道：迷路。

③墟墓：墓地。

④戆 zhuàng：鲁莽。

⑤恫 dòng 喝：恐吓。

⑥莽卤：即卤莽，同“鲁莽”，粗鲁冒失。

译文

有个叫田不满的雇工（一开始我以为他的名字是取“不自满”的意思，称赞这个名字有古意。后来才知道这个人因为贪婪而得名，取的是“填”的同音字）晚上赶路迷路了，不小心走到了坟冢里，一脚踩到了一个骷髅。骷髅说话了，道：“你不要踩坏我的脸，给你自己惹祸端！”田不满憨直又蛮横，骂了回去：“谁让你挡路的！”骷髅说道：“是别人把我放在这里的，不是我挡路。”田不满又骂道：“你怎么不让搬你到这里的人遭祸？”骷髅说：“那个人阳气正盛，拿他无可奈何。”田不满又笑又怒骂道：“难道我就衰弱了吗？你欺软怕硬，这是什么道理？”骷髅哭道：“你的气也很盛，所以我也不敢对你作祟，只不过是吓吓你。欺软怕硬，人情世故都是这样，你为何责怪我们鬼呢？你要是可怜我，就把我埋到土洞中，我就太感谢你了。”田不满竟然不理他，径自气冲冲地走过去了，只听见背后呜呜伤心的哭声，最终也没有什么怪异的事发生。我认为田不满没有仁爱之心，但是遇到了鲁莽的人，还用大话激发他的怒气，这个鬼也有过错。

程老村夫子

舅氏实斋安公言：程老，村夫子也。女颇韶秀，偶门前买脂粉，为里中少年所挑，泣告父母。惮其暴横[①]，弗敢较，然恚愤不可释，居恒郁郁。故与一狐友，每至辄对饮。一日，狐怪其惨沮[②]。以实告，狐默然去。后此少年复过其门，见女倚门笑，渐相软语，遂野合丁小圃空屋中。临别，女涕泣不舍，相约私奔。少年因夜至门外，引以归。防程老追索，以刃拟妇曰："敢泄者死！"越数日，无所闻；知程老讳其事，意甚得，益狎昵无度。后此女渐露妖迹，乃知为魅；然相悦甚，弗能遣也。岁馀病瘵，惟一息仅存，此女乃去。百计医药，幸得不死，资产已荡然。夫妇露栖，又尪弱不任力作，竟食妇夜合之资，非复从前之悍气矣。程老不知其由，向狐述说。狐曰："是吾遣黠婢戏之耳。必假君女形，非是不足饵之也；必使知为我辈，防败君女之名也；濒危而舍之，其罪不至死也。报之已足，君无更怏怏矣[③]。"此狐中之朱家、郭解欤？其不为已甚，则又非朱家、郭解所能也。

注释

①惮 dàn：害怕，畏惧。

②惨沮：忧伤沮丧的样子。

③怏怏：闷闷不乐的样子。

译文

我的舅舅安实斋先生说：程老先生是村里的夫子。他有一个女儿长得颇为秀丽，偶然一次她在门前买脂粉，被乡里的一个少年调戏了，哭着回家告诉父母这件事。父母害怕少年横暴，也不敢与他计较。但是心中愤懑不平难以释怀，总是郁郁不乐。程老先生向来与一个狐仙交为好友，狐仙一到两人就相对饮酒。一天，狐友很奇怪程老先生一副愁苦的样子，（就问他是怎么回事）。程老先生就将女儿被调戏的事情告诉了他。狐友听后默默地离开了。后来这个少年又经过程老先生的家门，看见程女依靠着门对他笑，说话也渐渐温柔了，于是两人就勾搭上，在小菜园中的空屋子里野合。临别的时候，程女哭泣着舍不得，与少年约定一起私奔。于是那个少年就在深夜来到程老先生的门外，将程女带回家去，为防止程老先生追过来，就用刀威胁自己的妻子说道："你要是敢泄露一点风声的话，我就让你死！"过了几天，什么风声也没有，少年以为是程老先生忌讳女儿私奔的事，不敢声张，就更加得意，与程女更加狎昵欢爱无节制。不久，程女渐渐显露了妖的迹象，少年才知道眼前的程女是狐魅，但仍然相好欢愉，舍不得赶她走。一年多后，少年就病重了，仅仅一息尚存，这个狐女也就此离去。少年千方百计用药医治，侥幸没有死去，但是资产钱财都已经耗尽。夫妇两人露宿街头。少年羸弱不能劳动，竟然用他妻子卖淫的钱度日，再也不像以前那样凶悍了。程老先生不知道其中的缘由，便向狐友讲述这件事，狐友说："是我派了一个狡黠的婢女去戏弄他，如果不借用你女儿的身形，是不会引诱他上钩的。又必须让他知道是我们狐辈干的，以防止他败坏你女儿的名声。等他快要死时就离开，因为他的罪过还不至于让他去死。报复他就已经足够了，你也不用再怏怏不乐了。"这是狐辈中的朱家、郭解吗？但它不做过分的事，又是朱家、郭解不能做到的。

姑妄听之

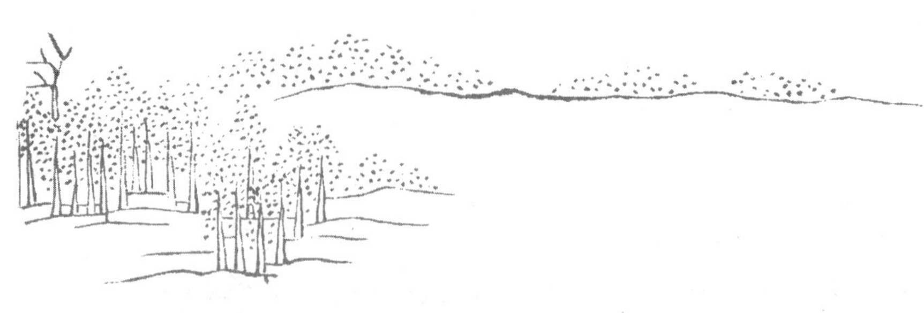

三宝四宝

董家庄佃户丁锦，生一子曰二牛。又一女赘曹宁为婿[①]，相助工作，甚相得也。二牛生一子曰三宝。女亦生一女，因住母家，遂联名曰四宝。其生也同年同月，差数日耳。姑嫂互相抱携，互相乳哺，襁褓中已结婚姻。三宝四宝又甚相爱，稍长，即跬步不离[②]。小家不知别嫌疑，于二儿嬉戏时，每指曰："此汝夫，此汝妇也。"二儿虽不知为何语，然闻之则已稔矣。七八岁外，稍稍解事，然俱随二牛之母同卧起，不相避忌。会康熙辛丑至雍正癸卯岁屡歉[③]，锦夫妇并殁。曹宁先流转至京师，贫不自存，质四宝于陈郎中家（不知其名，惟知为江南人）。二牛继至，会郎中求馆僮[④]，亦质三宝于其家，而诫勿言与四宝为夫妇。郎中家法严，每笞四宝，三宝必暗泣；笞三宝，四宝亦然。郎中疑之，转质四宝于郑氏（或云，即貂皮郑也），而逐三宝。三宝仍投旧媒媪，又引与一家为馆僮。久而微闻四宝所在，乃夤缘入郑氏家。数日后，得见四宝，相持痛哭，时已十三四矣。郑氏怪之，则诡以兄妹相逢对。郑氏以其名行第相连，遂不疑。然内外隔绝，仅出入时相与目成而已。后岁稔，二牛、曹宁并赴京赎子女，辗转寻访至郑氏。郑氏始知其本夫妇，意甚悯恻，欲助之合卺，而仍留服役。其馆师严某，讲学家也，不知古今事异，昌言排斥曰："中表为婚礼所禁，亦律所禁，违之且有天诛。主人意虽善，然我辈读书人，当以风化为己任[5]，见悖理乱伦而不沮，是成人之恶，非君子也。"以去就力争。郑氏故良懦[6]，二牛、曹宁亦乡愚，闻违法罪重，皆慑而止。后四宝鬻为选人妾，不数月病卒。三宝发狂走出，莫知所终。或曰："四宝虽被迫胁去，然毁容哭泣，实未与选人共房帏。惜不知其详耳。"果其如是，则是二人者，天上人间，会当相见，定非一瞑不视者矣。惟严某作此恶业，不知何心，亦不知其究竟。然神理昭昭，当无善报。或又曰："是非泥古，亦非好名，殆觊觎四宝，欲以自侍耳。"若然，则地狱之设，正为斯人矣。

注释

①赘：招女婿。

②跬步：半步。

③歉：歉收，收成不好。

④馆僮：书童。

⑤风化：社会风气。

⑥良懦：善良懦弱。

译文

董家庄有个叫丁锦的佃户，生了一个儿子叫作二牛，还有一个女儿招了一个女婿叫曹宁，儿子和女婿两人互相帮助劳作，相处得十分融洽。二牛生了一个儿子叫三宝，丁佃户的女儿也生了一个女儿，因为住在娘家，就按着排名叫四宝。他们是同年同月生，只差几天就是同一天生了。姑姑嫂子互相抱带，互相哺乳，尚在襁褓中就已经给他们定下了娃娃亲。三宝和四宝彼此间很友爱，等到他们渐渐长大后，更是形影不离，小户人家不知道避嫌，看见这两个小孩玩耍嬉戏，时常指着他们说："这是你的丈夫，这是你的妻子。"两个小孩虽然不知道他们说的是什么意思，但已经听得很熟悉了。七八岁之后，他们稍微懂事了，都跟着二牛的母亲一起居住，相互也不避讳。在康熙辛丑年到雍正癸卯年的时候，年年收成都不好，丁锦夫妇双双过世。曹宁先辗转流徙到了京师，生活贫困养不活自己，只好将四宝典卖给陈郎中家（不知道这位郎中的名字，只知道他是江南人）。二牛接着也到了京师，正好郎中需要书童，也把三宝典卖给了郎中，并告诫三宝不要在郎中家里说已经和四宝订婚的事。郎中家法很严厉，每次鞭打四宝的时候，三宝一定偷偷哭泣，鞭打三宝的时候，四宝也一样哭泣。郎中对他们心存怀疑，就将四宝转卖给了郑氏（有人说，就是“貂皮郑”），而三宝呢，则被赶了出去。三宝仍旧投靠原来介绍他进陈郎中家的那个介绍人，又将他引荐到另一家当书童。时间一久，就渐渐打听到了四宝所在的地方，于是就通过各种关系，也进入到郑家。几天后，见到了四宝，两人便抱头痛哭，当时他们已经有十三四岁了。郑氏觉得奇怪，两人就伪称是兄妹得以重逢。郑氏看他们的名字排行相连，也就不怀疑了。但是内外隔绝，仅仅是在出入时候两人才能眉目传情。后来，年成好了，二牛、曹宁一起来到京师赎买子女，辗转寻访来到了郑氏家中。郑氏这才知道他们本是夫妇，很怜悯他们，想要帮他们完婚，并仍留下他们在郑家服役。他家中有一个姓严的坐馆教书先生，是一个道学家，他不知道古今世情不同，对这件事大加排斥，说道：“姑表结婚，是被婚姻礼法所禁止的，也是法律所禁止的，违背礼法，会遭到上天的惩罚。主人出于一片善意，但是我们读书人应当以净化风气为己任，见到悖理乱伦的事不阻止，就是成全别人的罪恶，这就不是君子所为。”并以离开郑家相要挟。郑氏向来善良懦弱，二牛、曹宁也是乡村愚夫，听说违背法律罪罚很重，就都害怕了，没有让子女们成婚。后来四宝卖给一个候补官员做妾，不过几个月就病死了。三宝知道后精神失常，跑了出去，没有人知道他去了哪里。有人说道："四宝虽然被迫嫁给了那位候补官员，但是毁坏自己的容貌，一直哭泣，实际上还没有同房。可惜不知道详情。"如果真是这样的话，这两个人在天上人间，一定会再相见，一定不会一闭眼就看不见。那个道学家严某造下这桩罪业，不知道是何居心，也不知道他究竟想要做什么。然而天理昭昭，他不会得到善报。有人又说道："这个严某并非泥古不化，也不是沽名钓誉，大概是他看上了四宝想要自己占有。"如果是这样的话，那么阴间设置地狱，正是为这种人而准备的。

拾麦妇女

"遗秉""滞穗"，寡妇之利，其事远见于周雅。乡村麦熟时，妇孺数十为群，随刈者之后，收所残剩，谓之拾麦。农家习以为俗，亦不复回顾，犹古风也。人情渐薄，趋利若鹜，所残剩者不足给，遂颇有盗窃攘夺，又浸淫而失其初意者矣。故四五月间，妇女露宿者遍野。有数人在静海之东，日暮后趁凉夜行，遥见一处有灯火，往就乞饮。至则门庭华焕，僮仆皆鲜衣；堂上张灯设乐，似乎燕宾。遥望三贵人据榻坐，方进酒行炙。众陈投止意，阍者为白主人，颔之[①]。俄又呼回，似附耳有所嘱。阍者出，引一媪悄语曰："此去城市稍远，仓卒不能致妓女。主人欲于同来女伴中，择端正者三人侑酒荐寝[②]，每人赠百金；其余亦各有犒赏。媪为通词，犒赏当加倍。"媪密告众。众利得资,怂恿幼妇应其请。遂引三人入，沐浴妆饰，更衣裙侍客；诸妇女皆置别室,亦大有酒食。至夜分,三贵人各拥一妇入别院,阖家皆灭烛就眠[③]。诸妇女行路疲困,亦酣卧不知晓。比日高睡醒，则第宅人物，一无所睹，惟野草芃芃，一望无际而已。寻觅三妇，皆裸露在草间，所更衣裙已不见，惟旧衣抛十馀步外，幸尚存。视所与金，皆纸铤[④]。疑为鬼。而饮食皆真物，又疑为狐。或地近海滨，蛟螭水怪所为欤[⑤]？贪利失身，乃只博一饱。想其惘然相对，忆此一宵，亦大似邯郸枕上矣。先兄晴湖则曰："舞衫歌扇，仪态万方，弹指繁华，总随逝水。鸳鸯社散之日，茫茫回首，旧事皆空，亦与三女子裸露草间，同一梦醒耳。岂但海市蜃楼，为顷刻幻景哉！”

注释

①颔：点头。

②侑 yòu 酒：劝酒助兴。荐寝：荐枕，侍寝。

③阖家：全家。

④铤 dìng：同“锭”，铸造成各种形状的金、银块。

⑤蛟螭：蛟龙，泛指水族。

译文

割麦时遗下一把稻穗，用以救济贫困的寡妇，这种事情远在《诗经·周雅》中就记载过。乡村里麦子黄熟的时候，妇女儿童几十个人为一群，跟在割麦子人的身后，捡起他们遗落下来的麦子，叫作“拾麦”。拾麦在农家已经成为习俗，而割麦的人也不回头看，这算是一种古老风俗。但是人情渐渐淡薄，对于利益的追求，就好像是野鸭一般涌上前，割麦所遗落的麦子已经不能满足他们。于是就发生了偷盗抢夺的事情，渐渐失去这种事情当初本来的意义。所以到了四五月间，露宿在野外的妇女遍地都是。有几个妇女在静海的东边，黄昏后趁着凉爽赶夜路，远远地看见一个地方有灯火，于是就前往讨一杯水喝。到了之后见门庭华丽，童仆身上穿的也都是鲜亮的衣服，厅堂上张灯奏乐，好像在大宴宾客。远远看见三个贵人在榻上，正在喝酒吃肉。这几个妇女说明了来意，门房去通告，主人点头答应。一会儿，主人又将他叫了回去，附在他耳边低语好像在嘱咐什么。门房出来后，拉着一个年纪稍大的妇人悄悄说道："这里距离城市比较远，仓促间不能叫妓女过来，主人想在你们同行的妇女中间，挑选三个相貌端正的人，给客人陪酒侍寝，结束后，每人赠送百两银子，其他人也有犒赏。你要是帮我们办成这件事，给你的犒赏就会加倍。"老妇人就悄悄地将这话转告了大家，众人贪图钱财，就怂恿年轻妇女答应主人的请求。于是就有三位妇女被领了进去，洗澡打扮，更换衣裙侍奉客人。其他的妇女都被安置在别的房间，也备有酒食。到了半夜时分，三个贵人各自拥抱着一个妇人进入其他的住处就寝。全院都熄灭烛火睡觉。这些妇女们赶路疲惫，也都酣睡得不知道天已经大亮。等到日头高悬睡醒，发现豪宅人物，全都不见，只有野草萋萋，一望无际。寻找那三个陪客的妇女，她们都光着身子躺在草地上，所更换的衣裙都已经不见，只有旧衣服抛在十几步之外的地方，幸好还在。她们发现主人给的银钱全都是纸钱，就疑心她们昨晚碰到了鬼。但是晚上所吃的东西都是真实的，又怀疑他们是狐仙。又想到这里接近海边，难道是蛟螭水怪干的吗？她们贪利失身，却只换来一顿饱饭。怅惘相对，想着昨晚发生的事情，好像是黄粱一梦啊。先兄晴湖却说：“歌女舞衫歌扇，仪态万方，不过是瞬间的繁华，总会像流水一般逝去。等到鸳鸯离散的时日，茫茫回首，旧事皆空，这和三个女子裸露在草丛间醒来的感受一样。岂止海市蜃楼是顷刻间幻化出来的景象啊！”

张掖令断案

乌鲁木齐参将德群楞额言：向在甘州，见互控于张掖令者，甲云造言污蔑，乙云事有实证。讯其事，则二人本中表。甲携妻出塞，乙亦同行。至甘州东数十里，夜失道。遇一人似贵家仆，言此僻径少人，我主人去此不远，不如投止一宿，明日指路上官道。随行三四里，果有小堡。其人入，良久出，招手曰：“官唤汝等入。”进门数重，见一人坐堂上，问姓名籍贯，指挥曰：“夜深无宿饭，只可留宿。门侧小屋，可容二人；女子令与媪婢睡可也。”二人就寝后，似隐隐闻妇唤声。暗中出视，摸索不得门。唤声亦寂，误以为耳偶鸣也。比睡醒，则在旷野中。急觅妇，则在半里外树下，裸体反接，鬓乱钗横，衣裳挂在高枝上。言一婢持灯导至此，有华屋数楹，婢媪数人。俄主人随至，逼同坐。拒不肯，则婢媪合手抱持，解衣缚臂置榻上。大呼无应者，遂受其污。天欲明，主人以二物置颈旁，屋宇顿失，身已卧沙石上矣。视颈旁物，乃银二铤，各镌重五十两[①]，其年号则崇祯，其县名则榆次。土蚀黑黯，真百年以外铸也。甲戒乙勿言，约均分。后违约，乙怒诟争，其事乃泄。甲夫妇虽坚不承，然诘银所自，则云拾得；又诘妇缚伤，则云搔破。其词闪烁，疑乙语未必诳也[②]。令笑谴甲曰："于律得遗失物当入官。姑念尔贫，可将去。"又瞋视乙曰："尔所告如虚，则同拾得，当同送官，于尔无分；所告如实，则此为鬼以酬甲妇，于尔更无分。再多言，且笞尔。"并驱之出。以不理理之，可谓善矣。此与拾麦妇女事相类：一以巧诱而以财移其心，一以强胁而以财消其怒。其揣度人情，投其所好，伎俩亦略相等也。

注释

①镌 juān：雕刻。

②诳 kuáng：欺骗。

译文

乌鲁木齐参将德群楞额说：从前他在甘州时，见到两人在张掖县令前互相控告，甲说乙造谣污蔑，乙说的确有事实根据。县令讯问这件事，原来这两个人本来是表兄弟。甲带着妻子来到塞外，乙也跟着一起来，到了甘州东数十里的地方，晚上就迷了路。在路上遇到一个像是贵族家仆的人，他说："这里偏僻少人，我主人家距离这里不远，不如你们前去投宿一晚，明天我给你们指路，你们好走上官道。"他们三人便跟着这个家仆走了三四里路，果然看见一个小堡。家仆进去很久之后才出来，向他们招手道："我家官人请你们进去。"进了好几道门，才看见一个人坐在堂上，这个官人询问了他们的姓名籍贯，吩咐道："夜深也没办法准备饭菜了，就留你们住下。门旁的小屋里，可容两个人。妇人就让她跟着老婆子婢女一起睡吧。"两个男人睡觉后，隐隐约约听见妇人的呼喊声，黑暗中出来察看，摸索半天找不到门。妇人的叫喊声没了，两人以为是耳鸣听错了。等到他们睡醒后，发现自己是在旷野中，急忙寻找妇人，发现她在半里以外的一棵树下，光着身子，反绑着手，头发蓬乱，衣裳挂在高枝上。她说："一个婢女拿着灯带我到这里，这里有几间华丽的屋子和好几个婢女老婆子。不一会儿，主人就来了，逼着我跟他坐在一起。我拒绝不肯，几个婢女老婆子一起抱住我，解我衣服，将我绑住手臂放在床上。我大声喊叫也没有人回答，便被他玷污了。天快亮的时候，主人将两样东西放在我的脖子旁边，房屋顿时消失了，而我已经躺卧在沙石上。”察看她脖子边的东西，是两锭银子，各刻写重量“五十两”，上面的年号是崇祯，县名是榆次。银子已经被土壤侵蚀，暗淡无光，肯定是一百年以前铸造的。甲告诫乙不要对外说，两人均分银子。但是甲后来违背约定，乙生气与他争执，才将这件事情泄露出去。甲夫妇坚决不承认，县令诘问他们银子是从哪里来的，两人都说是捡到的，又诘问妇女身上被捆绑的伤痕，妇女则说是抓破的，言辞闪烁，县令就怀疑乙说的话未必是假的。于是就笑着打发甲说道：“按照法律，捡到的东西一律须交给官府，姑且考虑到你贫困，就让你带回去吧。”然后又瞪着乙说道：“你所说的话如果是假的，那么捡到的银子就应该归官，你一分钱也得不到。如果你所说的是真的，那么这银子是鬼给甲妇的酬劳，对你来说就更没有一分钱可拿。你不要再争辩了，再啰嗦就打你。”说完将他们三人一并赶了出去。县令用不处理的方法来处理这个案子，也是处理得当啊。这件事与拾麦妇女的事类似：一个是巧言诱惑，用以打动妇女的心；一个是强迫威胁，最后又用银两来消除他们的怒气。鬼魂揣度人情，投其所好，伎俩也都差不多。

木偶

先祖光禄公，康熙中于崔庄设质库，司事者沈玉伯也。尝有提傀儡者，质木偶二箱，高皆尺馀，制作颇精巧。逾期未赎，又无可转售，遂为弃物，久置废屋中。一夕月明，玉伯见木偶跳舞院中，作演剧之状①。听之，亦咿嘤似度曲②。玉伯故有胆，厉声叱之。一时迸散③。次日，举火焚之，了无他异。盖物久为妖，焚之则精气烁散，不复能聚。或有所凭亦为妖，焚之则失所依附，亦不能灵，固物理之自然耳。

注释

①演剧：演戏。

②度曲：按曲谱唱歌。

③迸散：逃散。

译文

我的先祖父光禄公，康熙年间在崔庄开设了一家当铺，掌事的人是沈玉伯。曾经有个演木偶的艺人提着两箱木偶到当铺典当。这些木偶高达一尺多，制作非常精巧。过了期限那艺人并没有来赎买，当铺便将木偶转卖给别人，又没有人要，于是就成了无用之物，长时间放置在废弃的房间中。一天晚上月光清朗明亮，玉伯看见木偶们在院子中跳舞演戏，听上去也是“咿咿呀呀”的戏曲，玉伯向来有胆量，在院中厉声叱责。一时间，所有的木偶都烟消云散。第二天玉伯将这些木偶全都烧了，再没有其他怪异的事发生。大概物体年月久了就会变成妖怪，烧了它们之后，妖的精气就会消散，再也不能聚到一起。或者，妖怪依附在木偶的身上，烧掉木偶之后妖怪也就失去所依附的物体，不能显灵了。这原本也是万物自然的道理。

献县一令

献县一令，待吏役至有恩。殁后，眷属尚在署[①]，吏役无一存问者。强呼数人至[②]，皆狰狞相向，非复曩时。夫人愤恚，恸哭柩前[③]，倦而假寐。恍惚见令语曰：“此辈无良，是其本分。吾望其感德已大误，汝责其负德，不又误乎？”霍然忽醒，遂无复怨尤。

注释

①眷属：亲人，家属。

②强：勉强。

③柩：棺材。

译文

献县有个县令，生前对小吏差役非常厚待。县令过世之后，家人还在官署，小吏差役等下属们没有一个去哀悼吊唁。县令的家人勉强请了几个人来到县令的灵堂前，他们也都是凶神恶煞的样子，极不情愿，不再是县令在世时那副谄媚殷勤的样子。县令夫人愤怒无比，在县令的灵柩前失声痛哭，哭累了就打了个盹，恍惚中听见县令说道："这些人不会有良心的，这也是他们的本性，我希望他们能感恩戴德，已经犯了大错，你还责备他们忘恩负德，岂不是错上加错？"夫人霍然惊醒，于是再也不埋怨了。

刘横

康熙末，张歌桥（河间县地）有刘横者（横读去声，以其强悍得此称，非其本名也），居河侧。会河水暴满，小舟重载者往往漂没。偶见中流一妇，抱断橹浮沈波浪间，号呼求救。众莫敢援，横独奋然曰："汝曹非丈夫哉，乌有见死不救者！"自棹舴艋追三四里[①]，几覆没者数，竟拯出之。越日，生一子，月馀，横忽病，即命妻子治后事。时尚能行立，众皆怪之。横太息曰："吾不起也。吾援溺之夕，恍惚梦至一官府。吏卒导入，官持簿示吾曰：'汝平生积恶种种，当以今岁某日死，堕豕身，五世受屠割之刑。幸汝一日活二命，作大阴功，于冥律当延二纪。今销除寿籍，用抵业报，仍以原注死日死。缘期限已迫，恐世人昧昧[②]，疑有是善事，反促其生。故召尔证明，使知其故。今生因果并完矣，来生努力可也。'醒而心恶之，未以告人。今届期果病，尚望活乎？"既而竟如其言。此见神理分明，毫厘不爽。乘除进退，恒合数世而计之。勿以偶然不验，遂谓天道无知也。

注释

①舴艋 zéměng：小船。

②昧昧：糊涂无知。

译文

康熙末年的时候，张歌桥（河间县的一个地方）有个叫刘横的人（“横”读去声。因为他性格专横剽悍，所以别人这样称呼他，并不是他本来的名字），他居住在河边。恰逢下雨后河水暴涨，载重的小船过河，常常会翻船。刘横偶然看到河中一个随波漂流的妇女，抱着一截断橹在河流中沉浮，大声求救。众人只是观望却没有人敢下去相助，唯独刘横愤然道：“你们这些人还是不是男人？哪有见死不救的道理？”于是自己划着一条小船追了三四里，几次都要被河水吞没，但终于还是将这个妇女救了上来。第二天，这个妇女生了一个孩子。过了个把月，刘横忽然生病了，就吩咐妻子办理后事。当时，他还能自己行走站立，别人都很奇怪他为什么知道自己快要死去。刘横叹气说道：“我这病好不了了。我救那个落水者的晚上，恍惚梦见自己到了一处官府，吏卒引导我进去后，有个官员拿着生死簿告诉我说：‘你平生积下种种罪恶，应当是在今年某日死去，死后转生为猪，五世都要受到被屠宰的刑罚。幸好你一天中救活了两条命，积下了大的阴功，按照阴间法律，应当给你延长二十四年的寿命，现在销除你应延长的寿命，用以抵消堕身为猪的业报，仍旧按照原来的死期死去。因为死期已近，我怕世人不知真相，怀疑你做了好事为何反而早死，所以将你招来讲明事由，使得你明白其中缘故。你这辈子的因果已经完结，下辈子再努力行善！’我醒了后，很讨厌这个梦，就没有告诉别人，现在死期果然到了，还能希望活着吗？”后来竟然和他说的一样。由此可见鬼神道理分明，毫厘不差。寿命的加减，贫富的变化总是以几辈子的因果来计算，不要以为偶尔没有灵验，就说天道无知啊！

有僧立志精进

吴僧慧贞言：有浙僧立志精进[①]，誓愿坚苦，胁未尝至席。一夜，有艳女窥户。心知魔至，如不见闻。女蛊惑万状，终不能近禅榻。后夜夜必至，亦终不能使起一念。女技穷，遥语曰：“师定力如斯，我固宜断绝妄想。虽然，师忉利天中人也，知近我则必败道，故畏我如虎狼。即努力得到非非想天，亦不过柔肌著体，如抱冰雪；媚姿到眼，如见尘墙，不能离乎色相也。如心到四禅天，则花自照镜，镜不知花；月自映水，水不知月，乃离色相矣。再到诸菩萨天，则花亦无花，镜亦无镜，月亦无月，水亦无水，乃无色无相，无离不离，为自在神通，不可思议。师如敢容我一近，而真空不染，则摩登伽一意皈依，不复再扰阿难矣。”僧自揣道力足以胜魔，坦然许之。

偎倚抚摩，竟毁戒体。懊丧失志，侘傺以终[2]。夫“磨而不磷，涅而不缁”，惟圣人能之，大贤下弗能也。此僧中于一激，遂开门揖盗。天下自恃可为，遂为人所不敢为，卒至溃败决裂者，皆此僧也哉！

注释

①精进：佛教用语。坚持不懈地修行善法，断恶法。

②侘傺 chàchì：精神恍惚、失意的样子。

译文

吴地的慧贞和尚说：在浙江有个和尚立志修行成佛，发誓艰苦修习，从来都没有两胁靠着席子睡过觉。一天夜里，有个艳丽的女子在门前窥探。和尚知道是妖魔来了，就好像没看见一般，(仍然打坐修行)。女子万般蛊惑和尚，始终不能接近和尚的禅榻。以后，这个女子每天晚上来，也不能使和尚心动。女子伎俩都用尽了，只好远远地说道：“大师的定力到了这种地步，我本应断绝痴心妄想，但是你只是想达到‘忉利天’的境界，知道如果接近我的话就会前功尽弃，所以害怕我就像怕虎狼一般。即使努力到达‘非非想天’的境界，也不过只能做到接近女人柔软肌肤，好像在抱着冰雪一般，见到女人的妩媚姿态，也不过是像见到了尘土，还是不能摆脱色相。如果你的心境已经到了‘四禅天’，就像花在镜子里，镜子不知道有花的存在，月亮倒映在水中，水不知道有月亮的存在，才是真正远离了色相。再到‘诸菩萨天’境界，那么花也无所谓花，镜也无所谓镜，月也无所谓月，水也无所谓水，才会没有什么颜色和物象，没有所谓的离和不离，这是神的自在神通、不可思议的境界。大师让我靠近的话，如果你本心不受影响，那么我将一心一意敬服你，就像妖女摩登伽敬服佛祖大弟子阿难一般，不再侵扰你了。”和尚揣摩了一下自己的道力，觉得足以战胜妖魔，就坦然答应了。女子近身后，依偎在和尚怀里，一阵抚摸挑逗后，和尚竟然控制不住与她发生了媾和之事，破了戒身。他为此懊恼不已，失去志气，郁郁而终。所谓“被研磨也不变成粉末，被浸染也不变成黑色”，唯独圣人才能做到，大贤以下的人是做不到的。这个和尚中了妖女的激将法，于是开门请强盗进来。天下凡以为自己能做到，于是就去做别人不敢做的事，最终惨败，都同这个和尚是一类人啊！

狐怕狐

季沧洲言：有狐居某氏书楼中数十年矣，为整理卷轴，驱除虫鼠，善藏弆者不及也。能与人语，而终不见其形。宾客宴集，或虚置一席，亦出相酬酢，词气恬雅，而谈言微中，往往倾其座人。一日，酒纠宣觞政[①]，约各言所畏，无理者罚，非所独畏者亦罚。有云畏讲学者，有云畏名士者，有云畏富人者，有云畏贵官者，有云畏善谀者，有云畏过谦者，有云畏礼法周密者，有云畏缄默慎重、欲言不言者。最后问狐，则曰："吾畏狐。"众哗笑曰："人畏狐可也，君为同类，何所畏？请浮大白。"狐哂曰："天下惟同类可畏也。夫瓯、越之人，与奚、霫不争地；江海之人，与车马不争路。类不同也。凡争产者，必同父之子；凡争宠者，必同夫之妻；凡争权者，必同官之士；凡争利者，必同市之贾。势近则相碍，相碍则相轧耳。且射雉者媒以雉，不媒以鸡鹜，捕鹿者由以鹿，不由以羊豕。凡反间内应，亦必以同类；非其同类，不能投其好而入，伺其隙而抵也。由是以思，狐安得不畏狐乎？"座有经历险阻者，多称其中理。独一客酌酒狐前曰："君言诚确。然此天下所同畏，非君所独畏。仍宜浮大白。"乃一笑而散。余谓狐之罚觞，应减其半。盖相碍相轧，天下皆知之。至伏肘腋之间[②]，而为心腹之大患，托水乳之契，而藏钩距之深谋，则不知者或多矣。

注释

①酒纠：宴饮时候，劝酒监酒令的人。觞 shāng 政：酒令。

②肘腋：比喻非常贴近的地方。

译文

季沧洲说：有个狐仙居住在某氏书楼中，已经有几十年了，为主人整理书籍卷轴，驱逐虫子老鼠，即使是善于珍藏图书的人也赶不上它。它常常跟人说话，但始终看不见它的形体。主人宴请宾客的时候，有时为它设置一个座位，它也会出来应酬，说话温文尔雅，语出精彩，往往倾倒在座的人。一天，大家喝酒，要行酒令，约好各位说出自己所怕的东西，说不出怕的理由就罚酒，不是单独一个人所怕的也要罚酒。有人说怕虚伪的讲道学的人，有人说怕沽名钓誉的名士，有人说怕巧取豪夺的有钱人，有人说怕达官贵人，有人说怕善于奉承的小人，有人说怕过于谦虚的人，有人说怕礼法周全的人，有人说怕沉默谨慎、想要说话又不说的人。最后问到了狐仙，狐仙说："我怕狐狸。"众人哄堂大笑道："人怕狐狸还说得过去，你跟狐狸是同类，为何还怕呢？（说得没道理），该罚酒一杯。"狐仙讥笑道："天下之大唯独同类可怕。南方的瓯、越人，不会跟北方的奚、霫人抢夺土地。以江海为生的人，不会与车马争夺道路。是因为他们类属不同。凡是争夺家产的必定是兄弟，凡是争夺宠爱的必定是同夫的妻子，争夺权势的必定是同朝的官僚，争夺利益的人必定是同一市场的商人，势力相近就会相互阻碍，相互阻碍就会相互倾轧。况且射杀野鸡时要用野鸡做引诱，不用野鸭做诱饵；捕杀鹿的话要用鹿做诱饵，不用羊或猪做诱饵。但凡使用反间计做内奸的，也一定是同类，不是同类的话不能投其所好，乘虚而入。由此可见，狐狸怎么会不怕狐狸呢？”在座有经历人生艰难的人，多称道狐仙讲得有道理，唯独有一个客人给狐仙斟满酒，敬酒道：“你所说的话的确是有道理，但是这是天下人都害怕的，而不是唯独你害怕的，你还是要自罚一杯。”众人都一笑而散。我认为，狐仙的罚酒，应该减半，因为人们相互阻碍相互倾轧的现象，天下的人都知道。至于那些睡在身边的人，实际上是心腹大患；情谊深厚水乳交融，但是心藏阴谋的人，并不是人人都能发觉的。

夫人复活

虞倚帆待诏言：有选人张某[①]，携一妻一婢至京师，僦居海丰寺街[②]。岁馀，妻病殁。又岁馀，婢亦暴卒。方治榇，忽似有呼吸，既而目睛转动，已复苏，呼选人执手泣曰："一别年馀，不意又相见。"选人骇愕。则曰："君勿疑谵语[3]，我是君妇，借婢尸再生也。此婢虽侍君巾栉，恒郁郁不欲居我下。商于妖尼，以术魇我。我遂发病死，魂为术者收瓶中，镇以符咒，埋尼庵墙下。局促昏暗，苦状难言。会尼庵墙圮，掘地重筑，圬者劚土破瓶，我乃得出。茫茫昧昧，莫知所往，伽蓝神指我诉城隍。而行魇法者皆有邪神为城社，辗转撑拄，狱不能成。达于东岳，乃捕逮术者，鞫治得状[4]，拘婢付泥犁[5]。我寿未尽，尸已久朽，故判借婢尸再生也。"阖家悲喜，仍以主母事之。而所指作魇之尼，则谓选人欲以婢为妻，故诈死片时，造作斯语。不顾陷人于重辟，汹汹欲讦讼[6]。事无实证，惧干妖妄罪，遂讳不敢言。然倚帆尝私叩其僮仆，具道妇再生后，述旧事无纤毫差，其语音行步，亦与妇无纤毫异。又婢拙女红，而妇善刺绣，有旧所制履未竟，补成其半，宛然一手[7]，则似非伪托矣。此雍正末年事也。

注释

①选人：候补、候选的官员。

②僦居：租住。

③谵 zhān 语：胡言乱语。

④鞫 jú 治：审讯处置。

⑤泥犁：佛教语，地狱。

⑥汹汹：声势盛大而凶猛的样子。讦 jié 讼：控告诉讼。

⑦宛然：非常像。

译文

虞倚帆待诏说：有一个姓张的候补官员，带着一妻一婢来到京师，租住在海丰寺街。一年后妻子得病死了，又过了一年多，婢女也突然死了。张某正在整治棺材埋葬的时候，那个婢女好像有了呼吸，接着眼睛也开始动了，醒过来后，叫着张某的名字，拉着他的手哭泣道："跟你分别已经有一年多了，没想到又得以再相见。"张某大骇。她又接着说道："你不要怀疑我在胡言乱语，我是你的妻子，借着婢女的尸身复活了。这个婢女虽然侍奉你起居，但是非常不乐意处在我之下。(在我生前)，她与一个妖尼姑商量用法术治我。我就生病死了，我的魂魄被施展法术的老尼姑收在瓶子中，用符咒镇住，埋在尼姑庵的墙角下。瓶中局促狭小，昏暗无比，我所受的苦痛一言难尽。遇上尼姑庵的墙壁倒塌，重新挖地施工的时候，泥瓦匠打碎了瓶子，我的魂魄才得以出来，迷迷茫茫中，不知道该去哪里。伽蓝神指示我该到城隍爷那里去告状，但是会魔法的人也都有邪神保护着，邪神阻碍我前去告状，因此这个案子也没办法去告知城隍爷。后来我就告到东岳庙那里，才将施展法术的人逮捕了，治罪于她，拘捕婢女让她下地狱。我的阳寿还没有尽，但尸身早已腐烂，所以判我借婢女的尸身再生。”全家人知道后又悲又喜，仍然以主夫人对待她。而她指认的那个尼姑，则说张某想让婢女升为正妻，所以才让婢女假装死了片刻，造出这番鬼话，不惜栽赃，并气势汹汹地要到官府去告他。事情没有实际的根据，候补官员又害怕因为妖言妄语之事自己也会被加罪，于是也就避讳这事不再提及。但是倚帆曾经私底下里问过他的童仆，都说夫人重生之后，讲起以前的事没有一丝差错，说话的声音、走路的步态，都跟夫人没有一点差别。又说婢女不善女红，但是夫人善于刺绣，夫人死前有一双鞋子没有做完，复活后做好了剩下的部分，简直是出自同一个人之手，这样看来夫人托生复活这件事好像不是假的。这是雍正末年的事。

高斗不意获妻

霍养仲言：雍正初，东光有农家，粗具中人产。

一夕，有劫盗，不甚搜财物，惟就衾中曳其女，掖入后圃，仰缚曲项老树上，盖其意本不在劫也。女哭詈。客作高斗，睡圃中，闻之跃起，挺刃出与斗。盗尽披靡[1]，女以免。女恚愤泣涕，不语不食。父母宽譬终不解，穷诘再三，始出一语曰："我身裸露，可令高斗见乎？"父母喻意，竟以妻斗，此与楚钟建事适相类。然斗始愿不及此，徒以其父病，主为医药；及死为棺敛，葬以隙地，而招其母司炊煮，故感激出死力耳。罗大经《鹤林玉露》载咏朱亥诗曰："高论唐虞儒者事，负君卖友岂胜言。凭君莫笑金椎陋，却是屠沽解报恩。"至哉言乎！

注释

①披靡：溃败逃散。

译文

霍养仲说：雍正初年，东光有户农家，生活勉强算得上是中等水平。一个晚上，有强盗进来，没有怎么搜取钱财，只是从被子里将他们的女儿拽出来，挟持到后面的菜园子里，将她仰面绑在一棵弯曲的老树上，看样子强盗的意图不在抢钱。女子又哭又骂，正好有一个睡在菜园子中的长工叫高斗，听到声音后跳起来，拿出刀冲出来与强盗决斗，强盗们全都被打败，一个个狼狈逃窜。女子得以免受灾祸。但是她十分悲愤，总是在哭，不说话也不吃饭，父母宽慰她，也不能解开她的心结。再三追问，女子才说道："我的身子裸露着，怎能让高斗看见呢？"父母明白了她的意思，竟把她许配给高斗。这和楚钟建的事相类似。但是高斗一开始救她的本意不在于此，只是因为他的父亲病重，主人为他父亲出钱医治，父亲死后，主人又买棺材帮他将父亲安葬在空地里。又叫他的母亲在主人家里管做饭的事。所以高斗始终对主人心怀感激之情，才冒着丧命的危险拼死去救。罗大经所写的《鹤林玉露》中记载了咏朱亥的诗，诗歌写道："高论唐虞儒者事，负君卖友岂胜言。凭君莫笑金椎陋，却是屠沽解报恩。"说得很对啊！

李生记

太白诗曰："徘徊映歌扇，似月云中见。相见不相亲，不如不相见。"此为冶游言也。人家夫妇有睽离阻隔[1]，而日日相见者，则不知是何因果矣。郭石洲言：中州有李生者，娶妇旬馀而母病，夫妇更番守侍，衣不解结者七八月。母殁后，谨守礼法，三载不内宿。后贫甚，同依外家。外家亦仅仅温饱，屋宇无多，扫一室留居。未匝月，外姑之弟远就馆，送母来依姊。无室可容，乃以母与女共一室，而李生别榻书斋，仅早晚同案食耳。阅两载，李生入京规进取，外舅亦携家就幕江西。后得信，云妇已卒。李生意气懊丧，益落拓不自存[2]，仍附舟南下觅外舅。外舅已别易主人，随往他所。无所栖托[3]，姑卖字糊口。一日，市中遇雄伟丈夫，取视其字曰："君书大好。能一岁三四十金，为人书记乎？"李生喜出望外，即同登舟。烟水渺茫，不知何处。至家，供张亦甚盛。及观所属笔札[4]，则绿林豪客也[5]。无可如何，姑且依止。虑有后患，因诡易里籍姓名。主人性豪侈，声伎满前，不甚避客。每张乐，必召李生。偶见一姬，酷肖其妇[6]，疑为鬼。姬亦时时目李生，似曾相识。然彼此不敢通一语。盖其外舅江行，适为此盗所劫，见妇有姿首，并掠以去。外舅以为大辱，急市薄槥，诡言女中伤死，伪为哭敛，载以归。妇惮死失身，已充盗后房，故于是相遇。然李生信妇已死，妇又不知李生改姓名，疑为貌似，故两相失。大抵三五日必一见，见惯亦不复相目矣。如是六七年，一日，主人呼李生曰："吾事且败，君文士不必与此难。此黄金五十两，君可怀之，藏某处丛荻间。候兵退，速觅渔舟返。此地人皆识君，不虑其不相送也。"语讫，挥手使急去伏匿。未几，闻哄然格斗声。既而闻传呼曰："盗已全队扬帆去，且籍其金帛妇女。"时已曛黑[⑦]，火光中窥见诸乐伎皆披发肉袒，反接系颈，以鞭杖驱之行，此姬亦在内，惊怖战栗，使人心恻。明日，岛上无一人，痴立水次[⑧]。良久，忽一人棹小舟呼曰："某先生耶？大王故无恙，且送先生返。"行一日夜，至岸。惧遭物色，乃怀金北归。至则外舅已先返，仍往其家，货所携，渐丰裕。念夫妇至相爱，而结褵十载，始终无一月共枕席。今物力稍充，不忍终以薄棺葬。拟易佳木，且欲一睹其遗骨，亦夙昔之情。外舅力沮不能止，词穷吐实。急兼程至豫章，冀合乐昌之镜。则所俘乐伎，分赏已久，不知流落何所矣。每回忆六七年中，咫尺千里，辄惘然如失。又回忆被俘时，缧绁鞭箠之状[⑨]，不知以后摧折，更复若何，又辄肠断也。从此不娶，闻后竟为僧。戈芥舟前辈曰："此事竟可作传奇，惜末无结束，与《桃花扇》相等。虽曲终不见，江上峰青，绵邈含情，正在烟波不尽，究未免增人怊怅耳。"

注释

①暌 kuí 离：分离；分散。

②落拓：贫困潦倒。

③栖托：停留；栖身。

④笔札：文章、书信等。

⑤绿林豪客：对强盗的雅称。

⑥酷肖：很像，非常像。

⑦曛 xūn 黑：傍晚，天快黑的时候。

⑧水次：水边。

⑨缧绁 léixiè：用绳子捆绑。

译文

李白有一首诗写道："徘徊映歌扇，似月云中见。相见不相亲，不如不相见。"写的便是那些放荡的人。夫妻之间分离阻隔，但是又能天天相见，不知道这是什么因果造成的。郭石洲说：河南有个姓李的书生，娶妻刚刚十多天左右，他的母亲就病倒了，夫妇两人轮番守候，足足有七八个月，两人都没有脱衣在床上好好休息过。母亲死后，夫妻二人谨遵礼法，三年内没有同房。后来他们非常贫穷，只好住在妻子的娘家。娘家也仅仅能维持温饱，房子也不多，打扫一间房让他们居住。还不到一个月，岳母的弟弟要去远处坐馆教书，就把母亲送到了姐姐家里，没有地方安置，只好让她跟自己的女儿住在一个房间。而李生在书房里搭铺住下，仅仅是早晨和晚上跟妻子同桌吃饭。过了两年，李生进京考试，他的岳父也带着全家人到江西给别人做幕僚去了。后李生接到岳父的来信，说妻子已经死了。李生非常懊恼悲伤，加之考场失意，更加穷困潦倒，几乎都养不活自己，只好又搭着船南下投靠他的岳父。到了江西后才得知岳父已经更换了主人，跟着新主人去了别的地方。李生无处安身，姑且靠卖字画糊口度日。一天，他在市场上遇见了一个身材魁梧的男人，那个男人拿起李生的字画说道:“你写的字妙极了!一年给你三四十两银子，去给别人掌管文字书信之类，你愿意干吗？”李生喜出望外，便跟着他登上船，看那烟水渺茫，不知道自己会去往何处。到了主人家后，招待供给十分丰盛，等到李生看到他们的笔墨信件，才知道这是为绿林豪客当文秘，但也没有办法，只好姑且安身。李生怕有后患，就更改了自己的姓名籍贯。主人性情豪爽奢侈，歌妓也有很多，也不怎么避讳客人。他们每每设宴席召歌妓表演的时候，一定会叫上李生。有一次，李生偶然见到一个歌妓长得非常像自己的亡妻，疑心她是鬼魂。那个歌妓也总是朝李生看，好像以前认识一样。但是彼此之间不敢说一句话。原来李生的岳父带着家人在江上行路时，正好被这个强盗抢劫，见到李妻姿色艳丽，便将她抢去。岳父将此看作是奇耻大辱，急忙买了一副薄棺材，声称自己的女儿已经受伤死了，假装哭泣为她收殓，载着棺材回去。李妻怕死，因而失身，已经充当了强盗的后房侍妾，因此他们才在这里相遇。但是李生一直以为妻子已经死了，李妻也不知道李生已经更改了姓名，彼此都怀疑对方只是相貌相似，不是本人，所以两人都不敢相认。大概是每隔三五天便要见到一次，见惯了也就不再对看了。像这样过了六七年。一天，主人把李生叫到跟前说道："我们的事情已经败露了，你是一介文人，不必跟着我们一起受难。这里有五十两黄金，你且带着，藏在某处的草丛之中，等官兵退了，你再寻只船逃走。这里的人都认识你，你也不用担心他们不会送你走。"说完，挥手让李生快快躲起来，过了一会儿，李生果真听到闹哄哄的格斗喊杀声。一会儿又听官兵说："强盗已经全队扬帆远去，把强盗的钱财、金帛、女人都没收了！"当时天色已暗，火光之中，李生偷偷看见众多歌妓都是披散头发，裸着身子，反绑着手，脖子上系着绳子，被连成一串受着鞭打驱赶，而长得像自己妻子的那个女人也在其中，惊恐战栗的样子让人看了心酸。到了第二天，岛上空无一人，李生呆呆站在水边。过了很久，忽然一个人摇着船来到岸边，叫道："你就是某某先生吧？大王安然无事，我现在送你回家吧。"经过一天一夜后，到了岸边，李生害怕招人耳目，就带着黄金北行回家。回到家后，岳父已经返回家中，李生就仍然住在他家里，卖了带回来的黄金，日子过得渐渐富裕起来。想到夫妻二人十年相爱一场，始终没有一个月能够同床共枕，现在稍稍有钱了，不忍心妻子用薄薄的棺材埋着，就想要换好木材做棺椁，而且也想看一看她的遗骨，算是尽一尽夫妻的情意。岳父坚决阻止也拦不住李生，没办法，只好告诉他实情。李生知道后日夜兼程回到豫章，希望还能破镜重圆。但是官兵所俘获的歌妓已经分赏很久了，不知道妻子流落到什么地方。李生每每想起六七年中，咫尺千里，就怅惘若失。又想起妻子被官兵俘获时，遭受鞭打欺压的样子，不知道以后她还要受到什么折磨，（想到这里），又让他肝肠欲断，痛苦不已。从此之后李生没有再娶，听别人说他后来出家当了和尚。戈芥舟前辈说："这个故事可以写成一个传奇，可惜没有结果，可以与《桃花扇》相媲美。虽然曲终人不见，但韵味就像江上青峰，绵延不断，情怀渺渺，正在那浩渺无穷的烟波中，终究不免让人无限惆怅。"

李荣偷酒

先曾祖母王太夫人八旬时，宾客满堂，奴子李荣司茶酒，窃沧酒半罂，匿房内。夜归将寝，闻罂中有鼾声，怪而撼之。罂中忽语曰："我醉欲眠，尔勿扰。"知为狐魅，怒而极撼之。鼾益甚。探手引之，则一人首出罂口，渐巨如斗，渐巨如栲栳。荣批其颊，则掉首一摇，连罂旋转，砰然有声，触瓮而碎，已涓滴不遗矣。荣顿足极骂[①]，闻梁上语曰："长孙无礼（长孙，荣之小名也），许尔盗不许我盗耶？尔既惜酒，我亦不胜酒。今还尔。"据其项而呕[②]。自顶至踵，淋漓殆遍。此与余所记西城狐事相似而更恶作剧。然小人贪冒[③]，无一事不作奸，稍料理之，未为过也。

注释

①顿足：跺着脚。

②项：脖子。

③贪冒：贪财利。

译文

我的先曾祖母王太夫人八十岁大寿的时候，宾客满堂，奴仆李荣负责掌管茶酒事宜。他偷了半缸酒藏在房间里。晚上回来要睡觉的时候，听见了酒坛中有鼾声，李荣觉得很奇怪就去摇酒坛。忽然从酒坛中传出声音说道："我喝醉了想要睡觉，请你不要打扰。"李荣便知道坛中是个狐仙，十分生气，使劲摇动酒坛，但是只传来更为响亮的鼾声。李荣伸手进去拉扯，一个人的脑袋就露了出来，渐渐这个脑袋变得像斗那么大，又渐渐变得像笆斗那么大。李荣打了这个怪物一个耳光，怪物的脑袋一偏，连着酒坛子一起旋转起来，只听见"砰"的一声，酒坛撞碎了，他这才发现酒坛中一滴酒也没有剩下。李荣跺着脚一顿臭骂，只听见房梁上有人说道："长孙你太无礼了（长孙是李荣的小名），只允许你偷别人的酒，就不允许我偷你的酒了吗？既然你这么爱惜酒，我也不胜酒力，现在都还给你。"说完就骑在他的脖子上吐起来，吐得李荣从头到脚全都淋了个遍。这与我所记载的西城狐狸的事情相似，而且更为恶作剧。但是小人贪婪，没有一件事不耍阴谋诡计的，稍稍惩罚一下他们，也不算过分。

摄尸还魂

将心馀言：有客赴人游湖约，至则画船箫鼓，红裙而侑酒者，谛视乃其妇也。去家二千里，不知何流落到此，惧为辱，噤不敢言。妇乃若不相识，无恐怖意，亦无惭愧意，调丝度曲，引袖飞觞，恬如也。惟声音不相似。又妇笑好掩口，此妓不然，亦不相似。而右腕红痣如粟颗，乃复宛然。大惑不解，草草终筵，将治装为归计。俄得家书，妇半载前死矣。疑为见鬼，亦不复深求。所亲见其意态殊常，密诘再三，始知其故，咸以为貌偶同也。后闻一游士来往吴越间，不事干谒[1]，不通交游[2]，亦无所经营贸易，惟携姬媵数辈闭门居；或时出一二人，属媒媪卖之而已。以为贩鬻妇女者，无与人事，莫或过问也。一日，意甚匆遽，急买舟欲赴天目山，求高行僧作道场。僧以其疏语掩抑支离，不知何事；又有“本是佛传，当求佛佑，仰藉慈云之庇，庶宽雷部之刑”语，疑有别故，还其衬施，谢遣之。至中途，果殒于雷，后从者微泄其事，曰：“此人从一红衣番僧受异术，能持咒摄取新敛女子尸，又摄取妖狐淫鬼，附其尸以生，即以自侍。再有新者，即以旧者转售人，获利无算。因梦神责以恶贯将满，当伏天诛，故忏悔以求免，竟不能也。”疑此客之妇，即为此人所摄矣。理藩院尚书留公亦言红教喇嘛有摄召妇女术③，故黄教斥以为魔云。

注释

①干谒：为了某种目的，有所求而请见。

②交游：交际，结交。

③摄召：用法术、幻术摄取。

译文

蒋心馀说：有位客人应邀去游湖赏玩，到了那里，只见华丽的船上有歌舞表演，有个穿红裙斟酒的女子，仔细一看竟然是自己的妻子。(他心生狐疑)，这里距离自己的家有两千里，她为何会流落到这个地方呢？他非常害怕被人知道，因此不做声，那女子竟然也好像不认识他，既不害怕，也不惭愧，调琴弹曲，扬袖饮酒，应酬从容。唯独她的声音跟他的妻子不像，而且他的妻子笑的时候喜欢掩住嘴巴，这个歌妓则不是这样。但歌妓的右手腕上有一颗像粟米粒大小的红痣，和妻子的一模一样。这位客人大惑不解，草草应酬之后，便回住处整理行李，准备回家了。正在这时，他收到一封家书，信上说他的妻子半年前已经死了。客人就疑心自己在船上见到的那个歌妓是妻子的鬼魂，但也没有深究。他的朋友见他的神情不对劲，再三追问，他才将实情相告，朋友这才得知其中的缘故，但大家都认为她们只是相貌相同而已。后来听说一个游士往来于吴越之间，不去拜访有钱有势的人以求赏赐，也不与别人交往，更不是来做生意的，只是带着几个姬妾，整天闭门不出，有时会出来挑选一两个女子，交给媒婆去卖。大家就以为他是一个贩卖妇女的人，也不妨碍他们的事，所以就不理睬过问。一天，这个游士急急忙忙买了条船，想要到天目山去，并请高僧给他做道场，和尚见这人说话支离破碎，吞吞吐吐，不知道他是为了什么事做道场，又听他说“本是佛传，当求佛佑，仰藉慈云之庇，庶宽雷部之刑语”这样的话，怀疑他做了什么恶事，就退还了他的布施，谢绝为他做道场。游士在逃走的路上，果真被雷劈死了，后来跟随他的人稍微泄露了这件事，说道：“这个人从一个红衣番僧那里学到了奇异的法术，能够通过念咒语摄取刚死不久的女子尸体，又摄取妖狐淫鬼的灵魂，附身在尸体上以重生，用来侍奉自己。再得到新人，就将旧人转卖给别人，用这种方式获得了无数钱财。因为梦见神灵责骂他，说他作恶多端，阳寿已尽，当遭受上天的惩罚。所以才向高僧忏悔，想通过做道场来免死罪，没想到竟然不可能了。”人们怀疑这位客人的妻子就是被这个游士摄走了尸身。理藩院尚书留公也说：“红教喇嘛的确有摄取妇女的法术，所以黄教将它斥为魔鬼。”

见梦

魂与魄交而成梦，究不能明其所以然。先兄晴湖，尝咏高唐神女事曰：“他人梦见我，我固不得知。我梦见他人，人又乌知之？孱王自幻想，神女宁幽期？如何巫山上，云雨今犹疑。”足为瑶姬雪谤[①]。然实有见人之梦者。奴子李星，尝月夜村外纳凉，遥见邻家少妇掩映枣林间，以为守圃防盗，恐其翁姑及夫或同在，不敢呼与语。俄见其循塍西行半里许，入秫丛中。疑其有所期会，益不敢近，仅远望之。俄见穿秫丛出行数步，阻水而返，痴立良久，又循水北行百馀步，阻泥泞又返，折而东北入豆田。诘屈行，颠蹶者再[②]。知其迷路，乃遥呼曰：“几嫂深夜往何处？迤北更无路[③]，且陷淖中矣。”妇回顾应曰："我不能出，几郎可领我还。"急赴之，已无睹矣。知为遇鬼，心惊骨栗，狂奔归家。乃见妇与其母坐门外墙下，言适纺倦睡去，梦至林野中，迷不能出，闻几郎在后唤我，乃霍然醒。与星所见，一一相符。盖疲苶之极，神不守舍，真阳飞越[4]，遂至离魂。魄与形离，是即鬼类，与神识起灭自生幻象者不同[5]，故人或得而见之。独孤生之梦游，正此类耳。

注释

①雪谤：洗清冤情。

②颠蹶：摔跤，摔倒。

③迤：斜向行走。

④真阳：中医学用语，肾阳，元阳，人体热能的源泉。

⑤神识：精神意识。

译文

魂与魄交接就会形成梦，但终究不能明白其中之理。先兄晴湖曾经作诗吟咏高唐神女之事，说道："他人梦见我，我固不得知。我梦见他人，人又乌知之？孱王自幻想，神女宁幽期？如何巫山上，云雨今犹疑。"这也足以为巫山女神澄清诽谤了。但是真的有人见到过别人的梦。我的奴仆李星，曾在一个有月亮的晚上，在村外乘凉，远远看见邻居家的少妇遮掩躲藏在枣林之中。他以为她是看守果园，怕果子被偷。李星顾及她的公婆和丈夫可能跟她一起，就不敢叫她，不敢跟她说话。不一会儿，就看见她沿着田垄向西走了半里，钻进高粱地中。李星怀疑她跟别人约会，更加不敢靠近，只是远远地看着。过了一会儿，又见她穿过了高粱地，继续往前走，遇到了河水阻隔就返身，呆呆地站了半天。又沿着河水向北走了一百多步，遇到了泥泞的地方又返回来，向东拐进一片豆苗地中。绕来绕去，摔倒了好几次。李星知道她是迷路了，就远远地喊着：“嫂子半夜要到哪里去？往北走就更没有路了，会陷进泥潭中！”那女子回头答道：“我走不出去，某郎可以帮我带路回家！”李星急忙跑过去，但是那个女子已经不见。李星知道是遇到了鬼，心中惊悸，害怕得浑身发抖，就一路狂奔回到家里。到家后，看见那个女子正跟她的母亲坐在门外的墙根下，说刚才纺纱打了个盹，梦见自己到了山林郊野中，迷路走不出来，听见某郎在身后叫，才突然惊醒了。她所说的跟李星所见到的一模一样。大概是这个妇女疲惫时神不守舍，真阳飞出，以致离了魂。魂魄跟形体相离，就是鬼一类了。这与人的意识生出幻象不同，所以人有时才能看见。相传独孤生梦游见到妻子，正是属于这一类。

千里卖药送遗骨

余十一二岁时，闻从叔灿若公言：里有齐某者，以罪戍黑龙江，殁数年矣。其子稍长，欲归其骨，而贫不能往，恒蹙然如抱深忧。一日，偶得豆数升，乃屑以为末，水抟成丸[①]；衣以赭土[②]，诈为卖药者以往，姑以给取数文钱供口食耳。乃沿途买其药者，虽危证亦立愈。转相告语，颇得善价，竟藉是达戍所，得父骨，以箧负归。归途于窝集遇三盗[③]，急弃其资斧，负箧奔。盗追及，开箧见骨，怪问其故。涕泣陈述。共悯而释之，转赠以金。方拜谢间，一盗忽擗踊大恸曰："此人孱弱如是，尚数千里外求父骨。我堂堂丈夫，自命豪杰，顾乃不能耶？诸君好住，吾今往肃州矣。"语讫，挥手西行。其徒呼使别妻子，终不反顾，盖所感者深矣。惜人往风微，无传于世。余作《滦阳消夏录》诸书，亦竟忘之。癸丑三月三日，宿海淀直庐，偶然忆及，因录以补志乘之遗。傥亦潜德未彰，幽灵不泯，有以默启余衷乎！

注释

①抟 tuán：把东西揉成圆球形。

②赭 zhě 土：红褐色的土。

③穹集：指东北一带的原始森林。

译文

我十一二岁的时候，听我的堂叔灿若先生说：乡里有个姓齐的人，因为犯了罪被发配到黑龙江戍守，已经死了好几年。他的儿子渐渐长大后，想要将父亲的遗骨带回老家，但是家中贫困不能前往，为此紧锁眉头，闷闷不乐。一天，他偶然间得到了几升豆子，就将它们研成细末，和水做成丸子，再在外面包裹一层红土，假称自己是卖药的人上路了，想暂且在路上骗几文钱来糊口。一路上买他药丸子的人，即使患了重病吃了他的药竟然也马上好了。大家互相转告，于是他的药也就抬高了价钱，他靠这个赚钱，一路来到父亲戍边的地方。他找到了父亲的遗骨，用箱子装好带回家。在回家的途中，经过一片深山老林，不巧遇到了三个强盗，他急忙丢下身上的钱财，背着箱子狂奔。强盗赶上了他，打开箱子看见了骨头，觉得奇怪，就问他原因。齐某哭着叙述了经过。强盗怜悯他，不仅放他走，还送给他一些银子。齐某正要拜谢的时候，一个强盗忽然捶胸顿足大声哭道："这个人如此孱弱，还能奔走到几千里之外去寻找父亲的遗骨。我一个堂堂的大丈夫，自以为是豪杰，难道还做不到吗？两位兄弟好自为之，我现在要动身去甘肃了。"说完就朝兄弟们挥手告别，向西走去。他的同伙叫他与妻子告别后再走。但那个人始终没有回头，大概是被这个孝子的事情感动了。可惜故事不久就被人遗忘，没有流传下来。我写《滦阳消夏录》等书时，竟也把这事给忘了。癸丑年三月三日，我住在海淀直庐，偶然间想起了这件事，就将它记录下来以补充方志记载的遗漏。这或许是孝子遭到埋没的德行没有昭明，他的灵魂没有泯灭，来暗中启示我吧？

飞天少妇

文水李秀升言：其乡有少年山行，遇少妇独骑一驴，红裙蓝帔，貌颇娴雅，屡以目侧睨。少年故谨厚，虑或招嫌，恒在其后数十步，俯首未尝一视。至林谷深处，妇忽按辔不行，待其追及，语之曰："君秉心端正，大不易得。我不欲害君，此非往某处路，君误随行。可于某树下绕向某方，斜行三四里即得路矣。”语讫，自驴背上跃，直上木杪，其身渐渐长丈馀，俄风起叶飞，瞥然已逝。再视其驴，乃一狐也，少年悸几失魂。殆飞天夜叉之类欤？使稍与狎昵，不知作何变怪矣。

译文

文水县李秀升说：在他的家乡有个少年在山中赶路，路上遇见了一个少妇，她独自骑着毛驴，穿着红裙子，披着蓝披肩，相貌很是娴雅，还多次斜眼看少年。少年向来谨慎笃厚，怕招惹麻烦，就一直距离少妇几十步远，在其身后低着头走路，看也不看她一眼。走到了山林深谷之中，少妇忽然按住辔头不再前行，等到少年赶上后，才对他说道：“你心地端正，真是难得，我不想害你，这条路并不是你要走的那条路。你跟着我走错了。你可以在那棵大树边绕到那个方向，斜走三四里，就到了你应该要走的那条路上。”说完，少妇从毛驴身上一跃，直飞上了树枝，她的身形渐渐幻化成一丈多长。不一会儿大风卷起，树叶飘飞，她眨眼间就飞走了。再看她的毛驴，竟然是一只狐狸。少年惊吓得快丢了魂儿。大概她是飞天夜叉之类的妖怪吧？假使少年稍稍与她亲昵，不知道会闹出什么怪事。

悭商娶妻

侍鹭川（侍氏未详所出，疑本侍其氏，明洪武中，凡复姓皆令去一字，因为侍氏也）言：有贾于淮上者，偶行曲巷，见一女姿色明艳，殆类天人[①]。私访其近邻。曰：“新来未匝月[②]，只老母携婢数人同居，未知为何许人也。”贾因赂媒媪觇之[③]。其母言：“杭州金姓，同一子一女往依其婿。不幸子遘疾，卒于舟；二仆又乘隙窃资逃。茕茕孤嫠，惧遭强暴，不得已税屋权住此，待亲属来迎。尚未知其肯来否？”语讫，泣下。媒舔以既无所归，又无地主，将来作何究竟，有女如是，何不于此地求佳婿，暮年亦有所依。母言：“甚善，我亦不求多聘币。但弱女娇养久，亦不欲草草。有能制衣饰奁具约值千金者[④]，我即许之。所办仍是渠家物，我惟至彼一阅视，不取纤芥归也[⑤]。”媒以告贾，贾私计良得。旬日内，趣办金珠锦绣[⑥]，殚极华美；一切器用，亦事事精好。先亲迎一日，邀母来观，意甚惬足。次日，箫鼓至门，乃坚闭不启。候至数刻，呼亦不应。询问邻舍，又未见其移居。不得已逾墙入视，则阒无一人[⑦]。偏索诸室，惟破床堆髑髅数具[8]，乃知其非人。回视家中，一物不失，然无所用之，重鬻仅能得半价。懊丧不出者数月，竟莫测此魅何所取。或曰："魅本无意惑贾。贾妄生窥伺，反往觇魅，魅故因而戏弄之。"是于理当然。或又曰："贾富而悭，心计可以析秋毫。犯鬼神之忌，故魅以美色颠倒之。"是亦理所宜有也。

注释

①天人：仙女。

②匝：满。

③觇 chān：侦察，打听。

④奁 lián 具：嫁妆。

⑤纤芥：细小，细微。

⑥趣 cù：同"促"，急促，急切。

⑦阒 qù 无一人：寂静没有一个人。

⑧髑髅 dúlóu：死人的头骨。

译文

侍鹭川（"侍"这个姓不知道出处，我怀疑它本来是复姓"侍其"，明洪武年间，凡是复姓都要去掉一个字，所以就成了"侍"姓）说：有一个商人在淮河一带经商，偶然路过小巷的时候，看见一个女子姿色靓丽，貌似天仙，就悄悄向她的近邻打听，邻居说：“他们一家刚到这里还不到一个月，只有一个老母亲带着几个婢女一起居住，还不知道是什么人。”商人就趁机贿赂媒婆去探听消息。那个母亲说：“我们是杭州人，姓金，和一子一女来到这里投奔女婿。不幸儿子生病死在了船上，两个仆人又趁机偷了钱财逃走。母女两人茕茕孑立，孤苦无依，害怕遇到强暴，不得已，才租了个房子暂时住下，在这里等待亲戚来迎接，还不知道他们是否愿意来。”说完，就伤心地哭了。媒婆安慰她道：“既然没有地方待，家中也没有主事的人，将来做什么打算呢？你有一个这么漂亮的女儿，为何不就在这里寻找一个好女婿，老了也有个依靠？”母亲说道：“你说得对啊。我也不想要很多的聘礼，但是家中的弱女长久娇生惯养，不想草草将她许个人家，如果有人能出一千两银子，去给她置办衣服嫁妆，我就将女儿许配给他。所置办的嫁妆也都是他家的，我只不过是看一看，不会拿走一分一毫。”媒婆将这番话告诉商人，商人十天内就急匆匆地办好了所有的东西，金珠锦绣，极其精美华贵，挑选的物品也都很精致。迎娶的前一天，商人请岳母来查看，岳母表示很满意。第二天，吹箫打鼓，热热闹闹的迎亲队伍来到女子家门前。门却一直紧紧关着，等了几个时辰，也没有动静。叫她们也不应答。于是商人就问邻居怎么回事，邻居说没有看到她们搬走。不得已，商人就跳墙进去看，才发现人走光了，搜遍各个房间，只有一张破床，上面堆了几个骷髅，这才明白她们不是人类。商人回到家中一看，一件物品也没有丢失，但是也没有什么用处，只得重新卖给别人，但只能收回一半本钱。商人懊恼不已，几个月都待在家里没有出来。不知道这个鬼魅到底想要得到什么。有人说："这妖怪本来没有想要蛊惑商人，商人妄自偷窥，反要去偷偷打听妖怪，鬼魅因此戏弄他一把。"按情理这是可能的。又有人说道："商人富有但是悭吝小气，心中盘算，计较秋毫，触犯了鬼神的禁忌，所以鬼魅才用美色来引诱他上当。"这话说得也是很有道理的。

沉河石兽

沧州南一寺临河干，山门圮于河，二石兽并沈焉。阅十馀岁，僧募金重修，求二石兽于水中，竟不可得，以为顺流下矣。棹数小舟，曳铁钯，寻十馀里无迹。一讲学家设帐寺中，闻之笑曰："尔辈不能究物理。是非木柿[①]，岂能为暴涨携之去？乃石性坚重，沙性松浮，湮于沙上，渐沈渐深耳。沿河求之，不亦颠乎？”众服为确论。一老河兵闻之，又笑曰：“凡河中失石，当求之于上流。盖石性坚重，沙性松浮，水不能冲石，其反激之力，必于石下迎水处啮沙为坎穴。渐激渐深，至石之半，石必倒掷坎穴中。如是再啮，石又再转。转转不已，遂反溯流逆上矣。求之下流，固颠；求之地中，不更颠乎？”如其言，果得于数里外。然则天下之事，但知其一，不知其二者多矣，可据理臆断欤！

注释

①木杮：木屑，木片。

译文

沧州南面有一个寺庙临近河岸，山门已经倒塌到河里面，两个石头狮子也一起沉了下去。过了十多年，和尚们筹集经费重新修理，想要在水里找到那两个石兽，竟然找不到。大家以为石兽已经顺流被冲到下游，就摇着几条小船，拖着铁钯寻找了十多里路，还是没有发现踪迹。一个道学家在寺庙里设帐教书，听了后就笑道：“你们这些人不懂得事物的道理。石头又不是木屑，怎么可能因为河水暴涨而被冲走呢？石头坚硬又沉重，沙子松散，石头掉在沙子上，就渐渐沉了下去，越沉越深。

你们沿着河流去找石头，不是傻吗？”众人都佩服他的这番高见。一个护河的老兵听了之后，又笑着说道：“凡是落在河里的石头，都应该到河流的上游去找。因为石头坚硬沉重，沙子松散，水冲不走石头，反而会激发它的反作用力，在石头下面迎接水的那一方，压住的沙子久而久之就成了一个坎穴。水越冲，这个穴也就越深，到了石头一半深的时候，石头一定会倒下掉进这个坑里。像这样再冲出一个坑，石头又翻转，几经翻转，反而会逆流而上。向河流下游去找它固然不可，在原来的地方去找它们不是更傻吗？”大家照着老兵说的去找，果真在河流上游的几里之外找到了石兽。可见天下的事情，只知其一，不知其二的情况太多了，怎可凭主观臆断呢？

狐妻以恩报恩

周密庵言：其族有孀妇，抚一子，十五六矣。偶见老父携幼女，饥寒困惫，踣不能行，言愿与人为养媳。女故端丽，孀妇以千钱聘之。手书婚贴，留一宿而去。女虽孱弱，而善操作，井臼皆能任[①]；又工针黹[②]，家藉以小康。事姑先意承志，无所不至，饮食起居，皆经营周至[3]，一夜往往三四起。遇疾病，日侍榻旁，经旬月目不交睫[4]。姑爱之乃过于子。姑病卒，出数十金与其夫使治棺衾[5]。夫诘所自来，女低回良久曰：“实告君，我狐之避雷劫者也。凡狐遇雷劫，惟德重禄重者庇之可免。然猝不易逢，逢之又皆为鬼神所呵护，猝不能近。此外惟早修善业，亦可以免。然善业不易修，修小善业亦不足度大劫。因化身为君妇，黾勉事姑[6]。今藉姑之庇，得免天刑，故厚营葬礼以申报[7]，君何疑焉！”子故孱弱，闻之惊怖，竟不敢同居。女乃泣涕别去。后遇祭扫之期，其姑墓上必先有焚楮酹酒迹[8]，疑亦女所为也。是特巧于逭死[9]，非真有爱于其姑。然有为为之，犹邀神福，信孝为德之至矣。

注释

①井臼 jiù：打水舂米，指各种家务。

②针黹 zhǐ：做针线活。

③周至：周到；完备。

④目不交睫：没有合上眼，指没有好好睡过觉。

⑤棺衾：棺材、衾被，指收殓尸身的用具等。

⑥黾 mǐn 勉：勤勉，努力。

⑦申报：报答。

⑧焚楮 chǔ 酹 lèi 酒：烧纸钱，洒酒。

⑨逭 huàn 死：逃命；逃避。

译文

周密庵说：他的同族里有个寡妇，独自抚养着一个儿子，已经有十五六岁了。寡妇偶然看见一个老父亲带着一个小女儿，饥寒交迫，困顿疲乏，跌倒走不动路。老父亲说愿意将自己的女儿给别人做童养媳。他的女儿长得端庄秀丽，寡妇就用一千钱作为聘礼。写好婚帖，老父亲在她家住了一晚就走了。这个小女孩虽然羸弱，但是贤能淑惠，善于操持家务，打水舂米样样能干，又善于女红，家中靠她渐渐过上了小康的日子。她侍奉婆婆十分尽心，总是在婆婆想到之前就打理好一切，照顾婆婆的饮食起居，无微不至，每个晚上都要起来三四次。遇上婆婆生病，就日日陪伴在病床前，十天半月不合眼。婆婆疼爱她胜过了自己的儿子，等到婆婆病死后，媳妇拿出了几十两银子交给她的丈夫去置办棺椁丧事。丈夫追问她这些钱是从哪里得来的，她低着头沉默良久才说道："实话告诉你吧，我实际上是一个躲避雷劫的狐狸，但凡狐狸遇到雷劫，必须被品德高尚、福禄深厚的人庇护才能得以避免。但是仓促间很难遇到这样的人，就是遇到了这样的人，他们也被鬼神保护，不能靠近他们。除此之外，只有早早修善德，也可以赦免。但是善德不容易修行，积小善又不足以避过大劫。所以我才化身为你的妻子，勤勤恳恳侍奉婆婆。现在借着婆婆的庇护，我得以免受天刑，所以想要厚葬婆婆，报答她的恩情，你还怀疑什么呢？”她的丈夫本来就弱不禁风，听了这番话后又惊又怕，竟然不敢跟狐女一同居住。狐女只好挥泪离开他了。后来每到祭祀扫墓的时候，婆婆的坟墓上一定会有烧纸钱洒酒的痕迹，人们怀疑也是狐女做的。然而这个狐女做善事是为了避免死去，并非是真心敬爱她的婆婆。然而即使她是特意行善，仍能得到神灵赐予的福分，由此可见孝顺是最为重要的品德。

放谣言的奴仆

御史佛公伦，姚安公老友也。言贵家一佣奴，以游荡为主人所逐。衔恨次骨，乃造作蜚语，诬主人帷薄不修[①]，缕述其下烝上报状[②]，言之凿凿[③]，一时传布。主人亦稍闻之，然无以箝其口[④]，又无从而与辩；妇女辈惟爇香吁神而已。一日，奴与其党坐茶肆，方抵掌纵谈[⑤]，四座耸听，忽嗷然一声，已仆于几上死。无由检验，以痰厥具报[6]。官为敛埋，棺薄土浅，竟为群犬捐食，残骸狼藉。始知为负心之报矣。佛公天性和易，不喜闻人过，凡僮仆婢媪，有言旧主之失者，必善遣使去，鉴此奴也。尝语昀曰："宋党进闻平话说韩信（优人演说故实，谓之平话。《永乐大典》所载，尚数十部），即行斥逐。或请其故。曰：'对我说韩信，必对韩信亦说我，是乌可听？'千古笑其愦愦，不知实绝大聪明。彼但喜对我说韩信，不思对韩信说我者，乃真愦愦耳。"真通人之论也。

注释

①帷薄不修：指家庭生活淫乱。帷薄，帷幕和帘子，用以分割内外室。修，整治，整饬。

②缕述：详说，详细陈述。

③凿凿：说话有根据，确实。

④箝 qián：同"钳"。限制，约束。

⑤抵 dǐ 掌纵谈：指谈得高兴的样子。

⑥痰厥：因痰盛气闭而引起四肢厥冷，乃至昏厥。

译文

御史佛伦先生，是先父姚安公的老朋友。他说有一个富贵人家的奴仆，因为整天游手好闲，不务正业，被主人驱除了。这个奴仆对主人恨之入骨，就到处造谣，诬陷主人家淫乱不堪，他详细述说主人家上上下下乱伦的事情，说得绘声绘色，好像是真的一样。一时间谣言就传开了。主人也稍稍听到了一些，但是没办法堵住他的嘴巴，也没办法跟他辩白，家里的女人们也只好烧香请求神灵保佑。一天，这个奴仆跟同党坐在茶肆里，眉飞色舞地造谣，在座的人都听得很出神，突然间"嗷"的一声惨叫，他扑倒在茶桌上死了。大家都不知道他死亡的原因，只好以痰堵而死报告给官府。官府埋葬了他，棺材很薄，埋得也很浅，他的尸体竟然被一群饿狗给拖出来撕咬，残剩的骨头狼藉一片。人们才知道这个人负心遭到报应了。佛伦先生天生性情温和平易，不喜欢听别人的坏话。凡是家中奴仆、婢女、婆子说旧主人坏话的，一定会赶走，他也是吸取了这个奴仆的教训。他曾经对我说："宋代的党进听到有人讲说有关韩信的平话（演员讲述历史旧事，称为'平话'。《永乐大典》有所记载，收录了几十部平话），马上就把那个人赶走。有人问他为什么。党进就说道：'他当着我的面说韩信，那么当着韩信的面也一定会说我的坏话。怎么能听他所说的话呢？'长久以来，人们都笑话党进糊涂，其实大家都不知道党进非常聪明。那些只喜欢别人当着自己的面说韩信，而不想别人当着韩信的面说自己的人，才是真正的糊涂啊！”这真是通达人才会说的话。

拉花者

丁御史芷溪言：曩在天津，遇上元，有少年观灯夜归，遇少妇甚妍丽，徘徊歧路[①]，若有所待，衣香鬓影，楚楚动人。初以为失侣之游女，挑与语，不答。问姓氏里居，亦不答。乃疑为幽期密约迟所欢而未至者，计可以挟制留也，邀至家少憩。坚不肯。强迫之同归。柏酒粉团[②]，时犹未彻[③]，遂使杂坐妻妹间，联袂共饮。初甚腼腆，既而渐相调谑，媚态横生，与其妻妹互劝酬。少年狂喜，稍露留宿之意。则微笑曰：“缘蒙不弃，故暂借君家一卸妆。恐伙伴相待，不能久住。”起解衣饰卷束之，长揖径行，乃社会中拉花者也（秧歌队中作女妆者，俗谓之拉花）。少年愤恚，追至门外，欲与斗。邻里聚问，有亲见其强邀者，不能责以夜入人家；有亲见其唱歌者，不能责以改妆戏妇女，竟哄笑而散。此真侮人反自侮矣。

注释

①歧路：岔路口。

②柏酒粉团：指家宴。柏酒，柏叶酒，一般为春节饮用。粉团，一种用糯米油炸制成的食品。

③彻：撤下，撤去。

译文

御史丁芷溪说：他从前在天津的时候，正好赶上元宵节，有一个少年观赏灯会，晚上回家的时候遇到了一位少妇，这位少妇长得很漂亮，徘徊在岔路口，好像在等谁，衣袂飘香，发髻高耸，楚楚动人。一开始少年以为她是跟朋友走散的游女，故意与她搭话，但她不搭理他。少年问她的姓名，问她住在哪里，她也不回答。于是少年就疑心她是与人秘密幽会，心上人迟到还没有来，心想可以以此来要挟她留下来，于是邀请她到自己家里去休憩，少妇坚决不肯。少年就强行拉着她跟自己一起回家。家中的宴席还没有撤下，就让她坐在自己的妻妾中间，一起喝酒。一开始少妇还很害羞，不久后就渐渐调戏谐谑起来，媚态百生，跟少年的妻子妹妹相互敬酒。少年狂喜，稍微表达了请她住在这里的意思。少妇微微笑道："承蒙你不嫌弃，所以我想暂借你家卸妆，恐怕我的伙伴等我时间久了，不能在你这里长待下去。"说罢，她就站起解开衣服、卸下装饰，卷在一起，向少年一家一一行礼作揖后径自走了。原来这个人是秧歌队伍中的拉花者（秧歌队里那个男扮女装的人，俗称“拉花”）。少年又窘又气愤，追到门外想要跟他打架。邻居聚在一起问是怎么回事，有人说亲眼见到少年强拉着“少妇”进了自己家，不能责怪“少妇”在晚上进他家；有人说亲眼见过“少妇”唱歌，是秧歌队里的演员，不能责怪人家是男扮女装、调戏少年家中妇女。明白后，大家都哄笑着散开。这可真是想要侮辱别人结果侮辱了自己啊！

阿六贱婢

嵩辅堂阁学言：海淀有贵家守墓者，偶见数犬逐一狐，毛血狼藉。意甚悯之，持杖击犬散，提狐置室中，俟其苏息，送至旷野，纵之去。越数日，夜有女子款扉入[①]，容华绝代。骇问所自来。再拜曰：“身是狐女，昨遘大难，蒙君再生，今来为君拂枕席。”守墓者度无恶意，因纳之。往来狎昵，两月馀，日渐瘵瘦，然爱之不疑也。一日，方共寝，闻窗外呼曰：“阿六贱婢！我养创甫愈，未即报恩，尔何得冒托我名，魅郎君使病？脱有不讳，族党中谓我负义，我何以自明？即知事出于尔，而郎君救我，我坐视其死，又何以自安？今偕姑姊来诛尔。”女子惊起欲遁，业有数女排闼入，掊击立毙[2]。守墓者惑溺已久，痛惜恚忿，反斥此女无良，夺其所爱。此女反覆自陈，终不见省，且拔刃跃起，欲为彼女报冤。此女乃痛哭越墙而去。守墓者后为人言之，犹恨恨也。此所谓“忠而见谤，信而见疑”也欤！

注释

①款扉：敲门。

②掊 pǒu 击：打，打击。

译文

内阁学士嵩辅堂说：海淀颐和园处，有个给富贵人家守墓的人，偶然一次看到几只狗在追一只狐狸，那狐狸皮毛脱落，沾满鲜血。守墓人可怜它，就拿着棍子把狗赶走了，提着狐狸来到房间里，等它苏醒缓了口气，才将它送回到旷野中。过了几天，有个女子晚上叩门进来，容颜美丽异常。守墓人非常吃惊，问她是从哪里来的。女子拜了两拜道：“我是狐女，昨天遭遇了大难，承蒙你出手相救，今天我特意前来侍寝，以此相报。”守墓人见她没有恶意，于是就接纳了她。两人往来亲近已经有两个多月，守墓人一天比一天病弱，但是因为深爱着狐女，对她没有任何怀疑。一天，他们正要熄灯睡觉时，忽然听见窗外的叫喊声："阿六，你这个贱婢！我养伤刚好，还来不及报恩，你怎么能冒充我的名义媚惑，使得郎君患病？倘若他有个三长两短，族党就会说我忘恩负义，我怎么能为自己辩白？就算大家知道是你干的坏事，但是郎君救我一命，我要是坐视不管，心中又怎能安稳？今天，我带了一群姐妹来杀你！"狐女听了后大惊失色，想要起身逃跑，但是已经有几个女子推门闯了进来，抓住她暴打一顿，狐女竟被打死了。守墓人被狐女媚惑已久，对她已经产生了深厚的感情，心中痛惜，非常愤怒，反而斥责这个女子心不好，说她夺走了他的爱人。这个狐女反复为自己解释，守墓人还是听不进去，他拔刀跳起，想要为心爱的狐女报仇。真正被他救过的狐女这才恸哭着翻墙走了。后来，守墓人向别人说起这件事，仍旧痛恨不已。这就是所谓的"忠而见谤，信而见疑"啊！

狐家婢女绿云

又舅氏安公五占，居县东留福庄。其邻家二犬，一夕吠甚急。邻妇出视无一人，惟闻屋上语曰："汝家犬太恶，我不敢下。有逃婢匿汝家灶内，烦以烟熏之，当自出。”妇大骇，入视灶内，果嘤嘤有泣声。问是何物，何以至此？灶内小语曰：“我名绿云，狐家婢也。不胜鞭捶，逃匿于此，冀少缓须臾死[1]，惟娘子哀之。”妇故长斋礼佛，意颇怜悯，向屋仰语曰：“渠畏怖不出，我亦实不忍火攻。苟无大罪，乞仙家（里俗呼狐曰仙家）舍之。”屋上应曰：“我二千钱新买得，那能即舍？”妇曰：“二千钱赎之，可乎？”良久，乃应曰：“是或尚可。”妇以钱掷于屋上，遂不闻声。妇扣灶呼曰：“绿云可出，我已赎得汝。汝主去矣。”灶内应曰：“感活命恩，今便随娘子驱使。”妇曰：“人那可蓄狐婢，汝且自去；恐惊骇小儿女，亦慎勿露形。”果似有黑物瞥然逝。后每逢元旦[2]，辄闻窗外呼曰：“绿云叩头。”

注释

①须臾：片刻。

②元旦：新年的第一天。

译文

我的舅辈安五占先生，居住在本县东留福庄。他的邻居家有两条狗，一天晚上叫得很急。邻居的妇人出来一看没有一个人，只听见屋上有人说道："你家的狗太凶了，我不敢下来，我有个逃跑的婢女藏在你家的灶孔中，还劳烦你用烟将她熏出来。"妇人大为惊讶，回去一看灶孔中，果真听见了"嘤嘤"的哭泣声。妇人问道："你是什么怪物？为什么跑到这里来？"灶内小声回答道："我叫绿云，是狐狸的婢女，禁不住鞭打，就逃跑躲在这里，希望或许能晚死一会儿，只希望娘子可怜可怜我。"妇人向来吃斋念佛，对这个婢女也非常同情，她走出门对着屋顶仰头道："她害怕得不敢出来，我也不忍心用烟把她熏出来，要是她没有犯下大错的话，还请仙家（老百姓把狐狸俗称为'仙家'）放了她吧。"屋上回应道："我用二千钱新买的奴婢，哪里能让她跑了？"妇人问道："那我用两千钱将她赎买，可以吗？"过了好一会儿，屋顶上才答道："这样还差不多。"妇人将钱丢到屋顶上，于是就听不见狐仙的声音了。妇人回家叩响灶呼唤道："绿云，你可以出来了，我已经将你赎身，你的主人已经走了。"灶内回应道："感谢你的救命之恩，现在我跟着娘子，听凭娘子使唤。"妇人道："人怎能用狐狸做婢女呢？你还是走吧，我怕你吓到我家的小孩子，可千万别露出原形。"果然好像有一团黑黑的物体一眨眼就不见了。后来每逢大年初一夜晚，总能听见窗外有声音说："绿云给您叩头！"

以贼攻贼

马德重言：沧州城南，盗劫一富室，已破扉入，主人夫妇并被执，众莫敢谁何。有妾居东厢，变服逃匿厨下，私语灶婢曰："主人在盗手，是不敢与斗。渠辈屋脊各有人，以防救应；然不能见檐下。汝挟后窗循檐出，密告诸仆：各乘马执械，四面伏三五里外。盗四更后必出。四更不出，则天晓不能归巢也。出必挟主人送；苟无人阻，则行一二里必释，不释恐见其去向也。俟其释主人，急负还而相率随其后，相去务在半里内。彼如返斗即奔还，彼止亦止，彼行又随行；再返斗即奔还，彼止亦止，彼行又随行；再返斗仍奔，再止仍止，再行仍随行。如此数四，彼不返斗则随之得其巢；彼返斗则既不得战，又不得遁，逮至天明，无一人得脱矣。"婢冒死出告，众以为中理[1]，如其言，果并就擒。重赏灶婢。妾与嫡故不甚协，至是亦相睦。后问妾何以办此？泫然曰："吾故盗魁某甲女，父在时，尝言行劫所畏惟此法，然未见有用之者。今事急姑试，竟侥幸验也。"故曰，用兵者务得敌之情。又曰，以贼攻贼。

注释

①中理：合理。

译文

马德重说：在沧州城南，有一家富室被强盗偷了，强盗们破门而入，主人夫妇一起被捆了起来，众人没有敢反抗的。有个小妾居住在东厢房，换了一身衣服躲在厨房中，悄悄对烧火的婢女说道："主人在强盗手里，我们不敢跟他们争斗，房脊上到处都是他们的人，以防备有人来救，但是在屋檐下却没有人把守。你快从后面的窗户里逃走，悄悄告诉众仆人，让他们骑上马带上武器，埋伏在三五里地之外。强盗四更之后一定会走，如果四更天他们还不走，那么天一亮他们就很难回家了。他们走时一定会挟持主人送他们，如果没有遇到人阻拦，走上一二里路就会放了他，如果不放的话会暴露他们的去向。等他们放了主人后，赶紧派人把主人送回家，让大家跟在强盗的后面，距离他们一定要在半里之内。如果他们反追，你们就往回跑；如果他们停下来，你们也停下来；他们走，你们也跟着走；他们再返身杀来，你们再跑；他们再停下，你们也停下；他们走，你们还跟着。像这样反复多次之后，他们不返身杀回的话，你们就会跟随他们找到巢穴所在；如果他们返回战斗，又打不成，又跑不了，等到天亮后，没有一个人可以跑掉。”婢女冒着生命危险去送信，众人都认为这个计策有理，就照着她的话去做，果然将强盗们抓获。于是主人重赏了烧饭的婢女。小妾与正夫人关系向来不和睦，因为这件事两人也变得融洽起来。后来有人问小妾为何会想出这种妙计，小妾流泪道：“我过去是某个强盗头子的女儿，父亲在世时，曾经说过在行盗时所害怕的只有这个，但是从来没有看见谁用过这法子。在事情紧急的时候，我姑且一用，竟然侥幸灵验了。”所以说：用兵的人一定要了解敌人的情形。这又叫作以贼攻贼。

玉面狐

张太守墨谷言：德、景间有富室，恒积谷而不积金，防劫盗也。康熙、雍正间，岁频歉，米价昂。闭廪不肯粜升合[①]，冀价再增。乡人病之，而无如何。有角妓号玉面狐者曰：“是易与，第备钱以待可耳。”乃自诣其家曰：“我为鸨母钱树，鸨母顾虐我。昨与勃豀[②]，约我以千金自赎。我亦厌倦风尘，愿得一忠厚长者托终身，念无如公者。公能捐千金，则终身执巾栉。闻公不喜积金，即钱二千贯亦足抵。昨有木商闻此事，已回天津取资。计其到，当在半月外。我不愿随此庸奴。公能于十日内先定，则受德多矣。”张故惑此妓，闻之惊喜，急出谷贱售。廪已开，买者坌至[3]，不能复闭，遂空其所积，米价大平。谷尽之日，妓遣谢富室曰：“鸨母养我久，一时负气相诟，致有是议，今悔过挽留，义不可负心。所言姑俟诸异日。”富室原与私约，无媒无证，无一钱聘定，竟无如何也。此事李露园亦言之，当非虚谬。闻此妓年甫十六七，遽能办此，亦女侠哉！

注释

①廪：米仓，谷仓。

②勃谿：吵架，闹矛盾。

③坌：聚集，集合。

译文

张太守墨谷说：在德州、景州之间有个富户，总是积蓄谷物而不积攒银子，为的是防止强盗偷取。康熙、雍正年间，连年歉收，米价昂贵。这个富户却关着粮仓一粒米也不肯卖，希望米价上涨之后再卖。乡里人都怨恨他，却又无可奈何。当时有个妓女，号称“玉面狐”，她对大家说道：“这事容易得很，大家筹备钱财等着就行了”。于是她就到富户家中说道：“我是鸨母的一棵摇钱树，她却虐待我。昨天我和她吵了一架，她让我出一千两银子赎身。我也已经厌倦了风尘，希望找到一个忠厚年长的人托付一生，想来想去没有比得上您的。如果您能拿出一千两银子来，我便一辈子伺候您。听说您不喜欢积蓄钱银，您要是有意的话，拿出二千贯的钱就足够了。昨天有个木柴商人听说了这件事，已经回天津取钱去了。计算一下，应当在半月后就回来，但我不想跟着他那种庸俗的人。假若您能在十天之内先定下此事，我就更感谢您的恩德。”这个富户向来就喜欢这个妓女，听说后十分惊喜，急忙开仓售粮，价钱很低。刚刚打开粮仓，买粮的人像潮水一般涌过来，富户想将粮仓关了却关不了，于是他的粮食很快就卖光了，市场上的米价也平稳下来。粮食卖光的那一天，妓女打发人向富户表示谢意，说道：“鸨母将我养育已久，上次说让我赎身是她一气之下说的话，我才会跟你商议赎身，现在她后悔了，极力挽留我，我也不能负心。上次跟你所说的话姑且等以后再说吧。”富户跟玉面狐的赎身之议原本就是私下里的约定，没有媒人也没有证人，更没有一分钱的聘礼。富户竟然无可奈何。这件事李露园也跟我说过，应该不会是假的。听说这个妓女刚刚才十六七岁，竟能办成此事，可谓是女侠了！

村妇巧弄县吏

王梅序言：交河有为盗诬引者，乡民朴愿，无以自明，以赂求援于县吏。吏闻盗之诬引，由私调其妇，致为所殴，意其妇必美，却赂而微示以意曰：“此事秘密，须其妇潜身自来，乃可授方略。”居间者以告乡民。乡民惮死失志，呼妇母至狱，私语以故。母告妇，咈然不应也。越两三日，吏家有人夜扣门。启视则一丐妇，布帕裹首，衣百结破衫，闯然入。问之不答，且行且解衫与帕，则鲜妆华服艳妇也。惊问所自。红潮晕颊，俯首无言，惟袖出片纸。就所持灯视之，某人妻三字而已。吏喜过望，引入内室，故问其来意。妇掩泪曰：“不喻君语，何以夜来？既已来此，不必问矣，惟祈毋失信耳。”吏发洪誓，遂相燕婉，潜留数日，大为妇所蛊惑，神志颠倒，惟恐不得当妇意。妇暂辞去，言村中日日受侮，难于久住，如城中近君租数楹，便可托庇荫，免无赖凌藉，亦可朝夕相往来。吏益喜，竟百计白其冤。狱解之后，遇乡民，意甚索漠，以为狎昵其妇，愧相见也。后因事到乡，诣其家，亦拒不见，知其相绝，乃大恨。会有挟妓诱博者讼于官，官断妓押归原籍。吏视之，乡民妇也，就与语。妇言苦为夫禁制，愧相负，相忆殊深，今幸相逢，乞念旧时数日欢，免杖免解。吏又惑之，因告官曰："妓所供乃母家籍，实县民某妻，宜究其夫。"盖觊怂恿官卖，自买之也。遣拘乡民，乡民携妻至，乃别一人，问乡里皆云不伪。问吏何以诬乡民，吏不能对，第曰风闻。问闻之何人，则噤无语。呼妓问之，妓乃言吏初欲挟污乡民妻，妻念从则失身，不从则夫死，值妓新来，乃尽脱簪珥赂妓。冒名往，故与吏狎识。今当受杖，适与相逢，因仍诳托乡民妻，冀脱棰楚，不虞其又有他谋，致两败也。官覆勘乡民，果被诬。姑念其计出救死，又出于其妻，释不究，而严惩此吏焉。神奸巨蠹，莫吏若矣，而为村妇所笼络，如玩弄婴孩。盖愚者恒为智者败，而物极必反，亦往往于所备之外，有智出其上者，突起而胜之。无往不复，天之道也。使智者终不败，则天地间惟智者存，愚者断绝矣，有是理哉！

译文

王梅序说：交河有个被强盗诬陷的乡里人，乡村民夫淳朴憨厚，没办法给自己辩白，就贿赂县吏请求相助。县吏听说强盗污蔑这个人，是因为私底下调戏乡里人的妻子，被打了一顿，心想他的妻子一定很美，于是就拒绝乡里人的贿赂，略微暗示道：“这件事情牵扯到机密，必须要你的妻子偷偷来一趟，才可以告诉她解救的方法。”中间人将这话转告了乡里人。乡里人怕死，就把岳母叫到了监狱里来，悄悄告诉了她事情的原委。岳母回家后又将这件事告诉了她的女儿，女儿愤怒拒绝。过了两三天，有人晚上来敲县吏家的门。开门后只见一个乞丐妇人，用布巾包裹着头，衣服破破烂烂，打了一百多个补丁，直闯进门内。县吏问她话，她也不回答。一边走一边解开布衫与布巾，却是个衣饰华美、妆容鲜亮的美艳妇人。县吏吃了一惊，问她从哪里来。妇女脸上泛上红晕，低着头不说话，只是从袖子里拿出一张纸。县吏拿着纸到灯前一看，是“某人妻”三个字。县吏大喜过望，将妇人引到内室，却故意问她来这里做什么。妇人掩泣道：“如果不明白你说的话，我怎么会在夜里到你家来呢？既然我已经来到你家，你就没必要再问了，只是希望你不要失信。”县吏大发誓言，于是两人便亲热起来。县吏悄悄留她在家里住了好几天，已经完全被美妇人迷惑了，神魂颠倒，唯恐哪里做得不好没称美妇人的心意。妇人暂时告辞回家，说在村里每天都受到欺侮，难以长久住下去，如果在离城中近的地方，县吏能帮她租到几间房屋，便可以依赖他的庇护，免得被无赖欺负，也可以朝夕往来。县吏更加高兴了，竟然千方百计为她的丈夫辩述冤情。案件被平反之后，县吏遇到了乡里人，看他的神情态度十分冷漠，以为是因为自己奸淫了他的妻子，羞愧于见到自己。后来县吏因为有事来到乡下，到乡里人家去，夫妇二人也拒绝见他。县吏便知道那美妇人要跟自己一刀两断了，怀恨在心。当时正好有个利用妓女去诱使别人赌博的人被告到官府中，官员判案命人将妓女押回原籍。县吏见到这位妓女后，认出她就是乡里人的妻子，便靠近跟她说话。美妇人说道："我苦于被丈夫禁止，心中愧疚辜负了你，十分想念，今天幸好遇见了你，还希望你能念在往日的情分上，让我免除杖打和押回原籍的处罚吧。"县吏又被迷惑住了，于是就对官员报告道："妓女所供的是娘家的籍贯，其实她本来是本县某乡民的妻子，应当追究她的丈夫才是。"县吏本想怂恿官员将妓女拍卖，然后自己买了。县官派人将乡里人拘捕了，乡里人带着自己的妻子来到官府，那乡里人的妻子竟然是另外一个人。县官反复询问乡里人，他说自己的妻子没有诱使别人赌博，县官就问县吏为何要诬告乡民，县吏回答不上来，只是说听别人说的。县官又问他是听谁说的，县吏就噤声不敢说话了。传来那个妓女问，妓女才说县吏一开始想要挟持奸污乡里人的妻子，他妻子想如果听从的话就会失身，如果不听从丈夫就会死，刚好这个妓女是新来的，那妻子就把身上的发簪、耳环都摘下来送给妓女，想让她假冒自己的名义前往。所以妓女才跟县吏相识。今天要受到杖打，恰好与他相遇，因此就又假冒乡里人的妻子，希望能免去一顿杖刑。没有想到县吏又有别的打算，致使两方面都败露了。县官又再问乡里人，果真是被诬陷的。考虑到乡里人的妻子这样做是为了解救丈夫，而且主意也出自她，于是县官就将乡里人释放了不再追究，但严厉惩罚了县吏。大奸大恶，莫过于像这个县吏的，但被一个村妇牵制，就好像在玩弄一个婴孩一般，大概愚蠢的人总是败在聪明人的手里，但物极必反，往往在预料之外，他们的智慧比聪明人还要高。无往不复，这是天道。如果聪明人永远不败，那么天地间就只有聪明的人，愚蠢的人就没有了，有这个道理吗？

溧阳续录

秘本

慧灯和尚言：有举子于丰宜门外租小庵过夏，地甚幽僻。一日，得揣摩秘本，于灯下手钞。闻窗外似窸窣有人，试问为谁。外应曰："身是幽魂，沈滞于此，不闻书声者百馀年矣。连日听君讽诵，枨触夙心[①]，思一晤谈[②]，以消郁结。与君气类，幸勿相惊。"语讫，揭帘径入，举止温雅，甚有士风。举子惶怖，呼寺僧。僧至，鬼亦不畏，指一椅曰："师且坐，我故识师。师素朴野，无丛林市井气，可共语也。"僧及举子俱踧踖不能答[③]。鬼乃探取所录书，才阅数行，遽掷之于地，奄然而灭[④]。

注释

①枨 chéng 触：触动。夙心：向来的心愿。

②晤 wù：会面，见面。

③踧踖 cùjí：局促不安的样子。

④奄然：忽然，突然。

译文

慧灯和尚说：有个举人在丰宜门外租住了一个小庵，消暑过夏。小庵十分幽静偏僻。一天，举人正在揣摩得到的一部秘本，在灯下抄写时，听见窗户外面窸窸窣窣，似乎有人的动静，书生就探问是谁。外面回答道："我是一个幽魂，滞留在这里，已经有一百多年没有听见读书声了。连续几天听你朗诵，触动我平素心怀，想要跟你见面谈一谈，来消解心中郁闷。我跟你都是读书人，你不要惊讶。"说完后，那个幽魂掀开帘子直接进来了，举止温雅，颇有士子风度。举人见后惶恐，呼喊寺庙里的和尚，和尚来了后，鬼也不害怕，指着一张椅子说道："师傅请坐，我从前就认识师傅。师傅平素质朴厚道，没有市侩气息，可以一起谈话。"和尚和举人都感到不安，不知道该说些什么。那鬼魂拿起举人正在抄写的书，才看几行，就迅速丢到地上，忽然消失不见了。

别延高僧

吴青纡前辈言：横街一宅，旧云有祟，居者多不安。宅主病之，延僧作佛事。入夜放焰口时，忽二女鬼现灯下，向僧作礼曰：“师等皆饮酒食肉，诵经礼忏殊无益；即焰口施食，亦皆虚抛米谷，无佛法点化，鬼弗能得。烦师传语主人，别延道德高者为之，则幸得超生矣。”僧怖且愧，不觉失足落座下，不终事，灭烛去。后先师程文恭公居之，别延僧禅诵，音响遂绝。此宅文恭公殁后，今归沧州李臬使随轩。

译文

吴青纡前辈说：横街有一个宅院，据说常常有鬼作祟。居住在那里的人非常不安，这已经成了宅子主人的心病，就邀请和尚到他家做法事。晚上放焰口时，忽然两个女鬼出现在灯下，向和尚们行礼道：“师傅们都喝酒吃肉，（已经破了戒身），念经忏悔没有任何作用。即便你们放焰口，布施食物，也都是浪费粮食；你们没有佛法，不能点化，鬼魂也得不到教益。还要烦请师傅告诉房子主人，另外请有德高僧来做法事，让我们鬼魂得以超生。”和尚们又害怕又惭愧，不觉失足掉下座，没有等到佛事做完，就灭烛离开了。后来先师程文恭先生住在这所宅子里，另外请了和尚诵咏超度，宅院里的动静才消失。文恭先生死后，这所宅子归属于沧州按察使李随轩。

书痴

先姚安公曰："子弟读书之馀，亦当略知家事，略知世事，而后可以治家，可以涉世。明之季年，道学弥尊，科甲弥重。于是黠者坐讲心学[①]，以攀援声气；朴者株守课册，以求取功名。致读书之人，十无二三能解事。崇祯壬午，厚斋公携家居河间，避孟村土寇。厚斋公卒后，闻大兵将至河间，又拟乡居。濒行时，比邻一叟顾门神叹曰：'使今日有一人如尉迟敬德、秦琼，当不至此。'汝两曾伯祖，一讳景星，一讳景辰，皆名诸生也。方在门外束襆被，闻之，与辩曰：'此神荼、郁垒像，非尉迟敬德、秦琼也。'叟不服，检邱处机《西游记》为证。二公谓委巷小说不足据[②]，又入室取东方朔《神异经》与争。时已薄暮，检寻既移时，反覆讲论又移时，城门已阖，遂不能出。次日将行，而大兵已合围矣。城破，遂全家遇难。惟汝曾祖光禄公、曾伯祖镇番公及叔祖云台公存耳。死生呼吸，间不容发之时，尚考证古书之真伪，岂非惟知读书不预外事之故哉！"姚安公此论，余初作各种笔记，皆未敢载，为涉及两曾伯祖也。今再思之，书痴尚非不佳事，古来大儒似此者不一，因补书于此。

注释

①心学：儒学的一个门派。

②委巷：指民间。

译文

先父姚安公说："子弟在读书之余，应该略微知道一些管理家务和处世的方法，然后才能管好家，才能涉世。明朝末年，道学越来越受到尊崇，科考越来越受到重视，于是狡诈的人就坐着谈论心学，用以攀高枝，互通声气。纯朴的人就守着书本死记硬背，以取得科第功名。从而导致读书人中，十个里头找不到两三个懂得事理的。崇祯壬午年间，先高祖厚斋公携家属移居到河间，以躲避孟村的土匪。厚斋公去世后，听说大军将到河间，家人又打算迁居到乡间居住。临走时候，邻居一个老人回头看看门神叹道：'假如现在有一个像尉迟敬德、秦琼那样的人，也不至于落到这样的境地。'你的两位曾伯祖，一个名叫景星，一个名叫景辰，都是有名的秀才，他们正在门外捆绑行李，听了老人的话就跟他辩解道：'这是神荼、郁垒的画像，不是敬德、秦琼啊。'

那老人不服气，取出邱处机写的《西游记》来作证。两个曾伯祖说此书为街巷小说，不足为证。老人又到房间内取出东方朔的《神异经》跟他们争论。当时天已快黑，取书辩论浪费了很多时间，反复辩解又浪费了很多时间，城门已经关闭，他们也就出不了城。第二天将要走的时候，大兵已经将城包围。城被攻破，他们全家因而遇难。只有你的曾祖光禄公、曾伯祖镇番公和叔祖云台公活了下来。死与生处在一瞬间，情势十分危急之时，却还在考证古书的真伪，难道不是只知道读书，不顾及外面世事的缘故吗？”姚安公的这番话，我一开始写各种笔记的时候，都不敢记载下来，因为这涉及我的两个曾伯祖。现在再三考虑，觉得书痴不是不好的事，古往今来的大学问家做出此类事情也不止一个，因此，我就补记在这里。

小人谓天下皆小人

姚安公言：庐江孙起山先生谒选时[①]，贫无资斧，沿途雇驴而行，北方所谓短盘也。一日，至河间南门外，雇驴未得。大雨骤来，避民家屋檐下。主人见之，怒曰：“造屋时汝未出钱，筑地时汝未出力，何无故坐此？”推之立雨中。时河间犹未改题缺，起山入都，不数月竟掣得是县。赴任时，此人识之，惶愧自悔，谋卖屋移家。起山闻之，召来笑而语之曰：“吾何至与汝辈较。今既经此，后无复然，亦忠厚养福之道也。”因举一事曰：“吾乡有爱莳花者[②]，一夜偶起，见数女子立花下，皆非素识。知为狐魅，遽掷以块，曰：‘妖物何得偷看花！’一女子笑而答曰：‘君自昼赏，我自夜游，于君何碍？夜夜来此，花不损一茎一叶，于花又何碍？遽见声色，何鄙吝至此耶？吾非不能揉碎君花，恐人谓我辈所见，亦与君等，故不为耳。’飘然共去。后亦无他。狐尚不与此辈较，我乃不及狐耶？”后此人终不自安，移家莫知所往。起山叹曰：“小人之心，竟谓天下皆小人。”

注释

①谒选：官员到吏部去应选。

②莳 shì 花：种花。

译文

姚安公说：庐江人孙起山先生进京城候选官职时，贫困没有旅费，沿途想雇一个毛驴赶路，就是北方人所说的“短盘”。一天，他来到了河间县的南门外，没有雇到毛驴，此时突然下起大雨，就在一家屋檐下避雨。主人见到他后，怒气冲冲地说："我建造这房屋时你没有出钱，我修筑这墙时你也没有出力，你凭什么坐在这里？"说罢将孙起山推进了雨中。当时河间县令的职位正空缺，孙起山进京后，不过几个月就任职为河间县令。赴任的时候，房屋的主人认出了他，又惶恐又惭愧，万分后悔，想要卖掉房子搬家。孙起山听到后，将他叫来，对他说道："我何至于跟你们计较？你已经知道自己的过错，以后就不要再错了。这也是为人忠厚、保持幸福之道。"随后他又给房主讲了个故事："我的家乡有一个喜欢种花的人，一天晚上偶然起床，看见几个女子站在花下，都与他素不相识，便知道那些女子是狐魅，就急忙捡起石块向她们扔过去，怒道：'你们这些妖物为何要来看花？'一个女子笑着回答道：'你在白天赏花，我们在晚上游览，哪里妨碍你了？每天晚上我们都来，也没有损害花的一茎一叶，又哪里妨害到花了？看你那声色俱厉的样子，为何吝啬到这种地步？我们并不是不能揉碎你的花，但是怕那样做了后，别人说我们狐狸的见识跟你一样，所以才不做。'说完后就一起飘然离开了，后来也就没发生其他的事情。狐狸尚且不跟这种人计较，难道我还比不上狐狸吗？"后来这个人始终觉得不安，举家搬走，没有人知道他们去了哪里。起山感叹道："小人心中，竟然把天下人都看成小人了。"

小狐狸受惩罚

小时闻乳母李氏言：一人家与佛寺邻。偶寺廊跃下一小狐，儿童捕得，絷缚鞭捶[1]，皆慑伏不动。放之则来往于院中，绝不他往。与之食则食，不与亦不敢盗，饥则向人摇尾而已。呼之似解人语，指挥之亦似解人意。举家怜之，恒禁儿童勿凌虐。一日，忽作人语曰："我名小香，是钟楼上狐家婢。偶嬉戏误事，因汝家儿童顽劣，罚受其蹂躏一月[2]。今限满当归，故此告别。"问："何故不逃避？"曰："主人养育多年，岂有逃避之理？"语讫，作叩额状，翩然越墙而去。时余家一小奴窃物远扬，乳母因说此事，喟然曰："此奴乃不及此狐。"

注释

①絷 zhí 缚：绑着，捆着。

②蹂躏：欺辱；欺压。

译文

我小时候听乳娘李氏说：有户人家跟佛寺相邻居住。有一次，忽然有个小狐狸从寺庙廊下跳出来，小孩子捉到后，就用绳子将它捆绑，鞭打它，小狐狸吓得伏在地上一动也不动。将它放了，它就在院子里活动，也绝对不会去其他地方。给它食物它就吃，不给食物也不偷吃，饿了就向人摇尾巴。叫它时，它好像听得懂人们讲话，指挥它时，也能明白人的意思，全家人都很怜爱它，禁止小孩子们去欺负、虐待它。一天，这个小狐狸忽然像人一样说话道："我的名字叫小香，是钟楼上一个狐仙的婢女。偶然嬉戏贪玩误了主人的事，因为你家的小孩子顽皮，所以就惩罚我受你家小孩虐待一个月。现在期限已满，我也该回去了，所以前来告别。"这家人就问它："那你为什么不逃避呢？"小狐狸说道："主人养育我很多年，怎么能逃避呢？"说完，做出磕头的动作，翻墙离去。当时我家有个小奴偷了东西远走高飞，乳母因此说起这个故事，她长叹道："这个小奴还不如这个小狐狸呢！"

牛马有人心

高官农家畜一牛，其子幼时，日与牛嬉戏，攀角捋尾皆不动。牛或嗅儿顶、舐儿掌[①]，儿亦不惧。

稍长，使之牧。儿出即出，儿归即归，儿行即行，儿止即止，儿睡则卧于侧，有年矣。一日往牧，牛忽狂奔至家，头颈皆浴血，跳踉哮吼，以角触门。儿父出视，即掉头向旧路。知必有变，尽力追之。至野外，则儿已破颅死；又一人横卧道左，腹裂肠出，一枣棍弃于地。审视，乃三果庄盗牛者（三果庄回民所聚，沧州盗薮也[②]）。始知儿为盗杀，牛又触盗死也。是牛也，有人心焉。又西商李盛庭买一马，极驯良。惟路逢白马，必立而注视，鞭策不肯前。或望见白马，必驰而追及，衔勒不能止。后与原主谈及，原主曰："是本白马所生，时时觅其母也。"是马也，亦有人心焉。

注释

①舐：用舌头舔。

②盗薮：强盗窝。

译文

高官乡有户农家养了一头牛，他家儿子小的时候，天天与这头牛嬉戏玩闹，攀着牛角，抓牛的尾巴，牛都不动。有时候牛还用鼻子嗅一嗅小孩的脑袋，舔一舔小孩的手，小孩也不怕它。等到小孩稍稍长大后，家人就让他去放牛。从此以后，小孩出门，牛就跟着出门；小孩回家，牛也跟着回家；小孩走路，牛就跟着走路；小孩停下来，牛也停下来；小孩躺在草地上，牛便卧倒在他旁边，就这样过了好几年。有一天，小孩去放牛，那头牛突然狂奔到家里，头上、脖子上都是血，咆哮着用牛角撞门。小孩父亲刚出来一看，牛就转头向回来的那条路上狂奔而去。小孩父亲知道肯定发生了什么事情，一路紧紧追了过去，到了野外发现儿子已经摔破脑袋死了，还有一个人躺在路边，开膛破肚，肠子翻了出来，一根枣树棍子丢在旁边。仔细一看竟然是三果庄偷牛的人（三果庄是回民聚集的地方，沧州的强盗窝）。父亲这才知道儿子被强盗杀害，牛又用犄角撞死了强盗。这头牛是通人性的。还有一个故事，一个名叫李盛庭的西商买了一匹马，马极其驯良，只是每当在路上遇见白马的时候，就一定长久站着看那白马，鞭打也不肯走。有时远远看见了白马，一定要飞奔上前追过去，主人勒马嚼子也阻止不了它。后来李盛庭跟马原来的主人谈到这个情况，原来的主人说："它是一匹白马生的，一直在找它的妈妈。"看来这匹马也有了人的心灵。

驯马

豫南李某，酷好马。尝于遵化牛市中见一马，通体如墨，映日有光，而腹毛则白于霜雪，所谓乌云托月者也。高六尺馀，骏尾鬈然[①]，足生爪，长寸许，双目莹澈如水晶，其气昂昂如鸡群之鹤。李以百金得之，爱其神骏，刍秣必身亲[②]。然性至犷劣，每覆障泥[③]，须施绊锁，有力者数人左右把持，然后可乘。按辔徐行，不觉其驶，而瞬息已百里。有一处去家五日程，午初就道，比至，则日未衔山也，以此愈爱之。而畏其难控，亦不敢数乘。一日，有伟丈夫碧眼虬髯，款门求见，自云能教此马。引就枥下，马一见即长鸣。此人以掌击左右肋，始弭耳不动。乃牵就空屋中，阖户与马盘旋。李自隙窥之，见其手提马耳，喃喃似有所云，马似首肯。徐又提耳喃喃如前，马亦似首肯。李大惊异，以为真能通马语也。少间，启户，引缰授李，马已汗如濡矣。临行谓李曰："此马能择主，亦甚可喜。然其性未定，恐或伤人，今则可以无虑矣。"马自是驯良，经二十馀载，骨干如初。后李至九十馀而终。马忽逸去，莫知所往。

注释

①鬈 quán 然：毛发美好的样子。

②秣：给牛羊马等牲畜所喂的草料，此处用为动词，喂养。

③障泥：垂在马腹两侧，用来遮挡尘土的用具。

译文

河南人李某，喜欢马，曾经在遵化的牛市上，看见一匹马。这匹马全身像墨一样黑，在阳光下闪闪发亮，而腹部的毛发白得就像霜雪一样，这就是人们所说的“乌云托月”。马高达六尺多，鬃毛尾巴卷起，蹄上长着趾甲，有一寸多长，双目清亮好像水晶，气宇轩昂如鹤立鸡群。李某用上百两银子买了下来，非常喜欢这匹马的俊逸神采，喂马的时候一定会亲自动手。但是马的性情桀骜暴烈，每当放上障泥时，需要用绊马锁，将它捆住，叫上好几个力气大的人，左右两边把持着，才可以坐上去。握着马缰绳缓缓行走，还没觉得它快跑，已经一下子跑了百里路。有一个地方离家需要走五天路程，骑上这匹马只用半天不到的时间就能赶到。从此以后李某更加喜爱这匹马了，但是怕它难以驾驭，也不敢常骑。一天，有一个身材伟岸的大汉，长着绿眼睛卷胡子，登门求见。他说自己能驯服此马。主人将马牵到马棚边，马一见到大汉就长嘶。这个大汉用手拍击马的左右两肋，马就不再动了。于是大汉就牵马到一间空屋子里，关了门，独自驯马兜着圈子。李某从门缝中看，只见那大汉提着马的耳朵，喃喃地说些什么，马好像点了点头。一会儿，大汉又提着马的耳朵，像刚才那样说着话，马又点了点头。李某十分惊异，以为那人真的能懂马语。过了一会儿，门打开了，大汉将绳索交给李某，马已经是大汗淋漓。大汉临走时对李某说道："这匹马会选择主人，也是很可喜的一件事。但是它的性情不稳定，恐怕会伤人，从今往后就没有这个顾虑了。"马从此以后变得很驯良，过了二十多年，身体依然健壮，还是像刚买回来时的样子。后来李某活到了九十多岁才死去。李某死后，马忽然跑走，也不知道它去了哪里。

图书在版编目（CIP）数据

阅微草堂笔记译注 /（清）纪昀著；绿净译注．
—北京：北京联合出版公司，2015.7（2023.8重印）
ISBN 978-7-5502-4095-7

Ⅰ.①阅… Ⅱ.①纪… ②绿… Ⅲ.①笔记小说－小说集－中国－清代②《阅微草堂笔记》－译文③《阅微草堂笔记》－注释 Ⅳ.①I242.1

中国版本图书馆CIP数据核字（2015）第144879号

阅微草堂笔记译注

作　　者：（清）纪昀
译　　注：绿　净
出 品 人：赵红仕
选题策划：梁明德　邵鹏军
责任编辑：王　巍
特约编辑：苑浩泰
封面设计：格林文化
版式设计：格林文化

北京联合出版公司出版
（北京市西城区德外大街83号楼9层　100088）
天津丰富彩艺印刷有限公司　新华书店经销
字数174千字　960毫米×640毫米　1/16　印张27
2015年9月第1版　2023年8月第3次印刷
ISBN 978-7-5502-4095-7
定价：62.00元